PAOLO RIVA

Commissario
LUCA

TOSKANISCHE SÜNDEN

Bella-Italia-Krimi

HOFFMANN UND CAMPE

1. Auflage 2023
© 2023 Hoffmann und Campe Verlag, Hamburg
www.hoffmann-und-campe.de
Umschlaggestaltung: © zero media, München
Umschlagabbildung: Landschaft: © Evelina Kremsdorf / Trevillion Images;
Olivenzweige / Flagge / Schrabbel: FinePic®, München
Karte und Illustration auf Vor- und Nachsatz: Nina Heinke
Satz: Pinkuin Satz & Datentechnik, Berlin
Gesetzt aus der Minion Pro
Druck und Bindung: C. H. Beck, Nördlingen
Printed in Germany
ISBN 978-3-455-01433-4

Ein Unternehmen der
GANSKE VERLAGSGRUPPE

Mercoledì – Mittwoch

La luna piena dei conflitti
–
Der Vollmond der Streitigkeiten

1

Commissario Luca schreckte aus dem Schlaf hoch und setzte sich abrupt im Bett auf. Sein Zimmer war erstaunlich hell, obwohl der Himmel vor seinem Fenster schwarz war. Es musste noch tief in der Nacht sein.

Da – da war es wieder. Das Geräusch, das ihn aus dem Schlaf gerissen hatte.

War das ein Knall? Klang fast wie ein Schuss.

Mit einem Satz war er aus dem Bett und tapste mit nackten Füßen über den kalten Steinboden. Wie spät es wohl war? Commissario Luca warf einen schnellen Blick auf die leuchtenden Zeiger der Uhr im Flur. Vier Uhr morgens.

Wie immer, wenn etwas ungewöhnlich war, ging er zuerst ans andere Ende des Flurs und öffnete leise die Tür zum Kinderzimmer. Unwillkürlich musste er lächeln. Seine Tochter lag in ihrem weißen Bett unter dem Moskitonetz, die Bettdecke hing halb auf dem Dielenboden, und sie sah ganz ruhig und friedlich aus – natürlich, ein Knall, und sei er noch so laut, würde doch Emma nicht aus ihrem tiefen Schlaf reißen. Leise schloss Luca die Tür wieder.

Da – er zuckte tatsächlich kurz zusammen: wieder dieser Knall. Aber Moment mal – ein Schuss war das ganz sicher nicht gewesen. Sein Herz zog sich zusammen. Luca ging zu dem Schuhschrank aus alten Weinkisten, griff nach seinen Gummistiefeln und schlüpfte hinein. Er musste reichlich komisch aussehen: unten die dunkelblauen Stiefel, darüber nur eine Boxershorts und das alte Fußballtrikot vom AC Florenz, das er immer zum Schlafen trug. So trat er hinaus in die Nacht – eine äußerst eigentümliche Nacht.

In den allermeisten Nächten war der Himmel hier oben auf dem Hochplateau ganz dunkel, sodass sich über ihrem alten Hof eine Kinoleinwand auftat, die Tausende und Abertausende hell blinkender Sterne zeigte. Doch heute war da eine einzige Lichtquelle, und die strahlte so hell, dass die Sterne in den Hintergrund traten: Der Vollmond schien der Erde so nah zu sein, als wollte er gleich herniedersinken, seine Krater und Gebirge waren so deutlich zu erkennen, wie Luca es noch nie gesehen hatte – er konnte sich jedenfalls nicht daran erinnern. Wow, es war wirklich ein hinreißendes Bild. Sogar die Zikaden schienen verwirrt, sie zirpten immer noch, als wäre es Tag, dabei hielten sie sich sonst rigoros an die Ruhezeiten, die ihnen die Natur eingebläut hatte – aber nein, nicht bei diesem Mond.

Wieder knallte es, dass man wirklich hätte meinen können, es sei ein Schuss gefallen, aber nein, Luca wusste inzwischen, was das war. Schnurstracks stapfte er durch das Gras, auf dem der Tau im Mondlicht glitzerte, öffnete das Gatter und betrat die feste Erde. Nein, Matteo hatte sich niedergelegt wie stets, ihm ging es gut. In der Nacht hielt er sein Schläfchen immer im Liegen. Er rührte sich nicht, leises Schnarchen drang zu Luca. Aber dort, weiter hinten, standen die beiden anderen grauen Riesen im Licht des Mondes. Und dann sah er, wie sich der rechte der beiden aufbäumte. Luca wurde es schwer ums Herz. Das Knallen – war Husten. Ach je. Er ging näher und sah, dass Sergio seinen Compagnon geradezu besorgt anblickte. Immer wieder stupste er den hustenden Esel mit seiner Schnauze an. Schon hatte Silvio den nächsten Anfall, hustete wild, und es klang ganz trocken, kam tief aus der Kehle. Luca trat zu dem Tier mit den hübschen braunen Augen und legte ihm sanft die Hand aufs Maul.

»*Dio mio*, mein Armer, was hast du denn?«

Wieder hustete Silvio, und zwar so stark, dass sein mächtiger Körper regelrecht durchgeschüttelt wurde.

»Dich hat es ja richtig erwischt. Ist dir die Nacht zu kalt?«

Der Esel antwortete naturgemäß nicht, sondern blickte sein Herrchen lediglich hilfesuchend an. Luca kraulte ihn eine Weile zwischen den Ohren, dann sagte er:

»Ich rufe nachher, wenn die Sonne aufgeht, gleich den Tierarzt an, versprochen. Auch wenn's schwerfällt: Ruht euch aus, so gut es geht, ja?«

Er wusste, dass Sergio kein Auge zumachen würde, solange es seinem Freund nicht gut ging – während Matteo seelenruhig seinen Schönheitsschlaf hielt. Es war wirklich bemerkenswert, wie charaktertreu die Esel sich blieben. Luca ging wieder zum Haus zurück, doch kaum stand er in der Tür, hielt er inne und schlug sich mit der Hand an die Stirn. *Stupido*, schalt er sich, er wusste es doch eigentlich – Dottore Terrosi war auf seiner alljährlichen Kreuzfahrt. Ausgerechnet jetzt. Wo doch die Esel sonst nie krank waren. Aber was sollte es, musste er also eine andere Lösung finden.

Luca betrachtete die Uhr im Flur erneut. Nun war es schon halb fünf. Er würde sicher noch mal einschlafen. Andererseits: Der Morgen hier oben hatte seine ganz eigene Magie. Er zuckte die Schultern. Was sollte es? Also trat er in die große Küche, füllte die alte Espressokanne mit Wasser, gab Kaffeepulver ins Sieb und stellte sie auf den Herd. Er drückte den kleinen Knopf und drehte den größeren. Schon zündete die Gasflamme, und sofort spürte er die Wärme, die von dem alten Herd ausging. Er liebte dieses Haus, das sein Elternhaus war. Von dem Herd hatte er sich bei der Renovierung nicht trennen können, schließlich hatte früher, als er noch ein Kind war, seine Mutter darauf allabendlich ihre Pasta gekocht. Während sein Papa vor der Tür den Grill anheizte, auf dem als *secondo* dann wahlweise eine *bistecca* oder ein frischer Fisch vom Fang des Tages an der Küste briet.

Luca liebte es, in diesen Erinnerungen zu schwelgen, auch wenn sie ihn stets wehmütig machten. Seine Mutter war gestorben, kurz bevor er Giulia kennengelernt hatte. Sie hatte so viel verpasst. Seine große Liebe. Und ihre gemeinsame Tochter. Papa hatte beide kennengelernt und sowohl Lucas Frau als auch seine Enkelin vergöttert. Er hatte sogar, ohne zu murren, dann und wann das heimatliche Idyll in Montegiardino verlassen, um seine Kinder in Venedig zu besuchen. In Venedig. Inmitten all der Touristenmassen. Es war seinem Vater sehr fremd gewesen, aber er hatte es getan, um Luca und seiner kleinen Familie nah zu sein.

Er war vor vier Jahren gestorben. Ein Jahr bevor ...

Der Commissario konnte den Gedanken nicht zu Ende bringen.

Auf dem Herd bollerte die Kaffeekanne bereits, und dieses Geräusch des Morgens beruhigte Luca ein wenig.

Er nahm sich eine kleine Tasse aus dem alten Bauernschrank, dann goss er den tiefschwarzen *caffè* hinein. Schließlich öffnete er wieder die Tür zum Garten und trat hinaus. Er hatte keine Lust, sich an den Tisch auf der Terrasse zu setzen, stattdessen ging er zuerst zum Hühnerhaus, das neben dem Eselgehege stand. Gleich würde der stolze Hahn wach werden, deshalb machte Luca die Tür ganz leise auf und warf aus dem Eimer schon zwei Handvoll Körner in den Sand. Jetzt im Morgengrauen kam der Fuchs bestimmt nicht mehr.

Dann trat er an den Rand der Weide und sah ins Tal. Unter ihm ergoss sich das Panorama der südlichen Toskana. Da war der

Fluss, der Arno, der hier gar nicht flach und langweilig war wie im Centro von Florenz, sondern kurvenreich und wild über die gewaltigen Steine floss. Darüber ging die Steinbrücke, die Montegiardino schon im Mittelalter zu einem wichtigen Handelszentrum gemacht hatte. Schließlich die roten Dächer der alten Häuser. Jetzt, im Frühjahr, drang der Rauch noch aus den Schornsteinen, weil die Menschen im Städtchen die Wärme gewohnt waren – und deshalb schnell froren. So war dieses Bild das reine Idyll, kleine Rauchwölkchen inklusive.

Und dann kam noch das i-Tüpfelchen: als sich nämlich auf der gegenüberliegenden Hochebene die Sonne Zentimeter für Zentimeter über die Bergkuppe schob. Dort lagen die Höfe der wichtigsten Bauern der Stadt, auch jener von Maria, der alten Dame, die auf dem Markt unten im Tal Obst, Gemüse und Kräuter feilbot. Auch die Olivenhaine der Familie Garaviglia erstreckten sich dort, jener Familie, deren Leben vor gerade einmal einem halben Jahr in ernster Gefahr gewesen waren. Doch Luca hatte es geschafft, diese Gefahr abzuwenden; es war eine schwierige Zeit, über die alle im Städtchen sich beinah spinnefeind geworden wären – aber Montegiardino hatte sich, nachdem die Mörder gefunden waren, schnell wieder zusammengerauft, ja man konnte sogar meinen, es war darüber noch enger zusammengewachsen.

In diesem Augenblick wurden die Bäume in den Olivenhainen in ein tiefes Gold getaucht. Die Sonne hatte es geschafft, und nun dauerte es nur noch wenige Sekunden, bis auch Luca von der aufgehenden Sonne in der Nase gekitzelt wurde. Sofort spürte er die Wärme auf der Haut. Nun war der richtige Moment: Er führte die Tasse zum Mund, atmete den starken Kaffeegeruch ein und trank einen Schluck, der würzige Geschmack legte sich auf seine Zunge und belebte ihn sofort.

Was für ein Morgen, dachte er und lächelte kopfschüttelnd.

Das hier war das Paradies. Der perfekte Ort für Emma und ihn.

Auch wenn die Umstände, wegen derer sie hierhergekommen waren, ganz sicher nicht paradiesisch gewesen waren.

2

»Papa ... Papa ...«

»Ja, Emma, was denn ...« Er war nicht genervt, er war einfach nur hundemüde. Luca bekam die Augen nur mühsam auf, seine Tochter hüpfte auf dem Bett herum, ihre kleinen nackten Füße hinterließen Kuhlen auf der Matratze.

Er musste nach dem *caffè* um fünf während der Lektüre im Sitzen noch mal eingenickt und dann wirklich zur Seite gekippt und tief eingeschlafen sein, wie er überrascht feststellte. Und hätte Luca gewusst, was ihn im Laufe des kommenden Tages erwarten würde – er wäre wohl einfach im Bett geblieben.

»Papa, nun wach schon auf. Ich muss zur Schule.«

»Ist ja schon gut ...«, sagte er und mühte sich aus dem Bett.

Emma umarmte ihn von hinten und drückte sich fest an ihn.

»Ich freu mich so!«, rief sie. »Am Freitag ist Noemis Geburtstag – und heute sprechen wir darüber, wer ihr was schenkt. Ihre Mama bäckt eine riesige Torte, also frühstücken wir alle zusammen Kuchen in der Schule – und dann ist am nächsten Tag das Fest bei ihr zu Hause, und dann können wir alle richtig lange aufbleiben, weil ja danach Sonntag ist. Toll, oder?«

»Ja, das ist ja wirklich toll – Kuchen zum Frühstück, kann ich auch ein Stück?«

»Na klar, ich meine ...«, Emma grinste, »Signora Friuli würde bestimmt große Augen machen, wenn du mit in die Klasse kommst.«

»Ah ja ... Na, dann lieber nicht«, murmelte Luca, der wusste, was Emma meinte. Und der froh war, dass sie mittlerweile sogar Witze darüber machen konnte, dass er wohl der begehrteste Junggeselle der Gemeinde Montegiardino war – auch für Emmas Mathelehrerin.

»Also kein Frühstück für dich?«, fragte er.

»Nei – ei – ein«, sagte Emma klar und deutlich, »los jetzt, ich will nicht zu spät kommen!«

Luca schaffte es in knapp zehn Minuten, zu duschen und sich die blaue Uniform der Stadtpolizei von Montegiardino anzuziehen – eine Uniform, die exakt von einem Mann im Ort getragen wurde: von ihm selbst. Er war der einzige Polizist in der kleinen Stadt, sein direkter Vorgesetzter war der Bürgermeister, sein Büro lag im herrlichen Rathaus vis-à-vis der alten Kirche.

Als sie weitere drei Minuten später im Auto saßen, fragte Emma: »Sag mal, Papa, hab ich das geträumt, oder hat es heute Nacht ganz laut gedonnert?«

Hatte sie es also doch gehört.

»Nein, geträumt hast du das nicht, aber es war kein Gewitter. Ich muss mich da gleich drum kümmern, wenn du in der Schule bist. Es ist Silvio. Der Arme hat einen schlimmen Husten.«

»Silvio?« Ihr sonst so fröhliches Gesicht bekam Sorgenfalten. »Echt?« Sie liebte die drei Esel so sehr, sie war dem kleinen Rudel zur Anführerin geworden. »Aber das ist komisch, ich war vorhin bei ihnen, ich habe sie ja gefüttert, da war alles in Ordnung.«

»Ich weiß auch nicht, vielleicht ist ihm heute Nacht zu kalt geworden. Ich werde nachher einen Tierarzt anrufen. Ich will auf Nummer sicher gehen. Er hat gehustet wie eine alte Dampflok.«

»Silvio ist doch keine alte Lok!«, sagte Emma entrüstet. Ihre Haare flatterten in dem offenen Citroën Méhari im Wind. Gerade als Luca antworten wollte, klingelte sein Telefon. Er fingerte in der Tasche seiner Uniformhose.

»Papa, guck nach vorne«, mahnte Emma tadelnd.

»*Si?*« Er hatte sich das Telefon ans Ohr geklemmt und hörte die Stimme von Maria. Eine ungewöhnliche Anruferin, normalerweise sahen sie sich ja jeden Tag – warum sollte sie ihn also anrufen? Heute war Markttag in Montegiardino und sie doch bestimmt längst dabei, ihr Obst und Gemüse unter die Leute zu bringen – vielleicht sogar ihre Steinpilze, die einfach eine Wucht waren. Niemand wusste, wo sie sie fand, und die Hausfrauen und Köchinnen von Montegiardino hätten gemordet, um es herauszufinden. Im September zauberte die kleine Frau mit dem nicht zu tilgenden Lächeln für ihre liebsten Stammkunden sogar Trüffel unter ihrer Theke hervor.

»Was gibt es denn, Maria?«

»Na, Commissario, ich denke, es wäre besser, wenn du herkommst. Unser Wetterphänomen scheint uns auch dieses Jahr in seinen Folgen nicht zu enttäuschen.«

»Hä? Was ist los?« Luca verstand nur Bahnhof.

»Komm zum Mercado und sieh selbst. Es macht gar nichts, wenn es schnell geht. Ich habe keine Lust, dass Alberto dem Neuen den Schädel einschlägt. Mit seinem Steinbutt.«

Der Fischer sollte *einem Neuen* den Schädel einschlagen? Mit einem Fisch? Was, zum Teufel …?

»Ich bin auf dem Weg, ich setz nur schnell Emma an der Schule ab, dann komme ich.«

»Sehr gut, Commissario. Ich werde mal versuchen, die Lage mit einem Eimer kaltem Wasser zu beruhigen.«

Luca trat das Gaspedal durch, und der kleine Wagen, den schon Louis de Funès in den Saint-Tropez-Filmen gefahren hatte, beschleunigte. Der Commissario hatte ihn umspritzen lassen, als er die Stelle in Montegiardino antrat. Nun war er nicht mehr sonnengelb, sondern strahlend weiß lackiert, und die auf einer dunkelgrünen Banderole prangende Aufschrift *Polizia municipale* wies ihn als Dienstwagen des Commissarios aus. Und da das Wetter hier auch im Oktober und November noch wunderschön war, brauchte Montegiardinos Polizist kein geschlossenes Fahrzeug – für Dezember und Januar reichte es, wenn er die Plastikplane darüberzog.

Und jetzt, kurz vor Ostern, war es zwar morgens noch recht frisch, nachher aber würde es ein strahlend schöner Tag werden, das spürte Luca, der das Wetter in diesem Tal so gut kannte, weil ihm schon sein Vater oben auf der Ebene vor vierzig Jahren beigebracht hatte, die Zeichen zu lesen: wie schnell die Tautropfen am Morgen von den Halmen wegtrockneten, wie tief die Bussarde flogen oder eben wie hoch, und – am wichtigsten – wie die Wolken aussahen, dort oben am hellblauen Firmament.

Jetzt allerdings hatte er für Wetterbeobachtung keine Zeit mehr, denn die sonst so ruhige Maria hatte wirklich ernst geklungen.

Offenbar war auch seine Tochter in Gedanken, wie Luca mit einem Seitenblick feststellte, sie hatte nicht die Hände in den Wind gestreckt, hatte nicht einmal den schrecklichen Popsender RTL 102,5 eingeschaltet, den sie immer auf den fünf Minuten Schulweg hörte – was Luca dann einen grässlichen Ohrwurm bescherte, der ihn den ganzen Tag über begleitete. Heute sah sie nachdenklich aus dem Fenster. Der Commissario legte seine Hand auf ihre kleine Hand und sagte leise: »Emma, mach dir keine Sorgen, ich kümmere mich um Silvio.«

»Ja?«

»Habe ich dich jemals angelogen?«

Emma lächelte ihn an. »Nur als du gesagt hast, dass das Nutella alle ist – und dann war da noch ein großes Glas im Schrank.«

»Das war keine Lüge!«, protestierte Luca. »Ich hatte es wirklich vergessen.« Auch er musste lächeln. »Du hast Silvio wirklich sehr gerne, was?«

Emma nickte entschieden und sagte: »Er ist so schön verrückt, Papa. Matteo und Sergio, na ja, die sind auch toll, aber es sind Esel. Und Silvio hat so viel Spaß und macht so viel Quatsch, manchmal denke ich, er wäre mein Bruder.«

»Einen sehr haarigen Bruder hast du da.«

»Mama hat auch so viel Quatsch gemacht.«

Sie sagte es ganz leise. Er merkte, wie auch er selbst direkt mit der Traurigkeit rang. Es stimmte. Giulia hatte ständig Unsinn im Kopf gehabt – was ihrer kleinen Familie eine stete Dosis Fröhlichkeit verpasst hatte. Mit der Zeit hatten Emma und Luca gelernt, Giulia in guter Erinnerung zu behalten – und ihr Leben, so gut es ging, weiterzuleben. Aber an manchen Tagen war es, als würde Giulia von oben im Himmel besonders dicke Gedankenfäden schicken – und dann waren all die Traurigkeit und die Rührung und das Vermissen wieder da. Heute war wohl ein solcher Tag. Luca hatte gelernt, diese Augenblicke zu nehmen, wie sie waren: traurig-schön. Deshalb ließ er ihnen beiden diesen schweigsamen Moment, bevor er wenig später um die Ecke hinterm Rathaus bog, die kleine Anhöhe nahm und mit quietschenden Reifen vor der Schule bremste.

»Ich wünsch dir einen richtig schönen Tag, *cara*. Such ein tolles Geschenk aus, das besorgen wir dann heute Nachmittag in Siena, okay?«

»Oh ja, *grazie*, Papa.«

Sie stieg aus, und Luca nahm sich die Zeit, ihr zu winken, als sie oben am Eingangsportal angekommen war und sich noch einmal nach ihm umdrehte. Dann fuhr er an, wendete, rollte langsam an der Schule vorbei, um dann den Hügel hinabzurasen. Gott sei Dank war er der einzige Polizist in Montegiardino und somit auch der Einzige, der Geschwindigkeitskontrollen durchführte. Mit Ausnahme der Carabinieri aus Siena, aber die mussten sich vorher bei ihm anmelden.

Er passierte das Rathaus, überlegte kurz, seinen Parkplatz zu benutzen, verwarf den Gedanken aber gleich wieder und fuhr noch das kurze Stück bis zum Markt, der sich auf dem Hauptplatz des Städtchens befand, zwischen Kirche und Bar – der Dreiklang des italienischen Centro.

Luca bremste und stieg aus, ausnahmsweise setzte er sich seine Polizeimütze auf den Kopf. Wenn es schon Ärger gab, dann wollte er auch aussehen wie eine Amtsperson.

Ärger. Hier. In Montegiardino. Hatte er das wirklich gerade gedacht? Hier gab es doch nie Ärger?

Er überlegte, welcher Tag war. Ob Maria ihm einen Streich hatte spielen wollen? Aber nein. Heute war nicht der erste April. Sondern der siebenundzwanzigste März.

Doch als er hinter dem Brunnen um die Ecke bog und die ersten Marktstände sah, war klar: Maria hatte nicht gescherzt. Da stand nämlich Alberto, der alte Fischhändler, dieser Bär von einem Mann, und hatte einen deutlich jüngeren und deutlich kleineren Mann am Schlafittchen gepackt. Seine riesige Pranke hielt ihn am Kragen und schüttelte ihn – und Commissario Luca beschleunigte seinen Schritt.

»Hey, hey, hey, was ist denn hier los?«, rief er schon von weitem. Aus dem Augenwinkel nahm er den fremden Transporter wahr, der die Seite hochgeklappt hatte, die Auslage lag voller Fisch auf kleinen Eisbrocken, laut Kennzeichen kam der Wagen aus Pisa. Merkwürdig.

Alle Augen wandten sich Luca zu, doch Alberto lockerte seinen Griff nicht, stattdessen zog er den jungen Mann noch ein Stück zu sich heran, sodass dessen Beine plötzlich in der Luft baumelten. Er versuchte verzweifelt, sich loszumachen, strampelte mit den

Armen und Beinen, aber aller Widerstand war zwecklos, er steckte fest wie in einem Schraubstock.

Luca trat zu den beiden und legte Alberto seine Hand auf die Schulter. Er spürte, wie der Fischer bebte. Nein, dieser Hüne war wirklich keiner, mit dem man sich gerne anlegen wollte. Und gerade war er auf hundertachtzig. Mindestens.

»Was ist hier los?«, fragte Luca.

»Gut, dass Sie kommen, Commissario«, brachte der Fischer mühsam hervor. Reden und den anderen in Schach halten kostete offenbar zu viel Kraft. »Der hier macht mir meinen Stand streitig – und als ich ihn zur Rede stellen wollte, hat er mich ausgelacht.«

»Quatsch!«, stieß der Jüngere hervor. »So ein Quatsch, verdammt, Sie sind doch Polizist, machen Sie, dass dieser Kerl mich endlich loslässt.«

»Sie ...«, Luca sah den jungen Mann streng an, »habe ich bisher nicht gefragt, sondern den Bürger meiner Stadt. Also, Alberto, können wir nicht in Ruhe reden? Ich glaube, es wäre besser, wenn dieser Mann seine Füße wieder auf den Boden stellen kann.«

Alberto sah sich um und bemerkte, dass ihn alle auf dem Markt anschauten, die Bürger von Montegiardino genauso wie die Händler von auswärts. Ihre Mienen zeigten alle Spektren von Verwunderung über Neugier bis zu Besorgnis. Da schüttelte sich Alberto, ehe er den jungen Mann losließ und ihm noch einen Schubs gab, der ihn ins Taumeln brachte.

Luca hielt den Mann gerade noch fest und brachte ihn wieder zu einem festen Stand.

»Okay, also, kann mir jetzt hier jemand sagen, was genau los ist?« Hilfesuchend wandte er sich um. »Maria?« Die alte Frau hatte sich hinter ihrem Fruchtstand versteckt und kam erst jetzt wieder hervor. Sie zuckte mit den Achseln.

»Also, wer sind Sie?«

»Mein Name ist Enrico Ennese, ich bin ... Nun, ich bin Fischhändler, und ich wollte eben meinen Stand aufbauen, als der da«, er zeigte mit dem Finger auf Alberto, es sollte cool wirken, in seinem Gesicht aber war die pure Angst zu erkennen, »als der mich einfach angegriffen hat. Er hat gefragt, was ich hier mache, und bevor ich antworten konnte, hat er meine Tür aufgerissen und mich rausgezogen, und dann wollte er mich zusammenschlagen.«

»Wenn ich dich hätte zusammenschlagen wollen, dann würdest du jetzt mangels Zähnen kein Wort mehr rauskriegen, Bürschchen, meinst du nicht auch?« Alberto bebte immer noch, sein Gesicht war dunkelrot. Langsam machte sich Luca Sorgen, dass das Herz des Alten mit der ganzen Situation etwas überfordert war.

»Du musst dich beruhigen, Alberto«, sagte er und legte ihm die Hand auf den Arm.

»Luca, du kennst mich«, antwortete der Fischer, »aber so etwas ist mir noch nie passiert. Ich bin seit achtunddreißig Jahren Händler auf diesem Markt. Meine Produkte sind tadellos, lupenrein – so gute Fische haben sie nicht mal in der Markthalle von Florenz. Und nun kommt dieser Typ da, dieser Verbrecher mit seinen stinkenden Fischen – und will mir hier Konkurrenz machen. Das lasse ich nicht auf mir sitzen, verstanden?«

»Aber ich ...« Der junge Mann schob sich ein Stück nach vorne, und Luca konnte Alberto nur mit einem beherzten Zugriff davon abhalten, noch einmal auf ihn loszugehen. »Aber ich habe eine Erlaubnis, einen Gewerbeschein. Hier.« Er zog ein zerknülltes Blatt Papier aus seiner Hosentasche. »Hier, Commissario, lesen Sie das.« Luca fasste das Blatt mit spitzen Fingern an, es war nicht nur zerknittert, es war speckig. Er überflog es.

Gewerbeerlaubnis für den Markt von Montegiardino – hiermit gestattet der Bürgermeister dem Händler Enrico Ennese aus Pisa den Verkauf von Frischfisch zur Probe, vorerst an vier Mittwochsmärkten in Folge. Die Gebühr von 28 Euro pro Standtag wurde vorab bezahlt.

Nach dem Probemonat besteht die Option der Gemeinde zur Verlängerung. *Gezeichnet Vittorio Martinelli, Bürgermeister von Montegiardino*

Luca kannte die Unterschrift seines Chefs, und er kannte das Siegel der Stadt. Beides stimmte. Er räusperte sich.

»Also, ich weiß nicht, warum es so ist, Alberto, aber ich muss dir sagen, dass alles seine Ordnung hat. Dieser Mann hat eine Erlaubnis, auf unserem Markt seinen Fisch zu verkaufen.«

»Aber warum?«, fuhr Alberto auf. »Ich bin hier der Fischhändler, und zwar seit Jahrzehnten! Das macht mir doch jetzt so ein windiger Kerl nicht streitig! Wo kriegst du deine stinkende Ware überhaupt her? Aus China?«

»Hören Sie mal«, wehrte sich der junge Mann, »das ist astreine Ware.«

»Was du nicht sagst!«, rief Alberto wütend. »Da, sieh doch selbst, Luca, da tropft es aus dem Wagen. All das stinkende Wasser. Der hat viel zu wenig Eis dabei, und sieh doch ...«, er zog Luca hinter sich her, »sieh doch, wie die Sardinen schon hängen, die sind viel zu alt – und da, die Doraden, die Augen, die sind nicht klar wie bei meinen Fischen, die sind fast rot – wer die isst, der verbringt die Nacht aber nicht im Bett, da gebe ich dir mein Wort drauf.«

Luca betrachtete die Fische in der Auslage, die in der Tat ein trauriger Anblick waren. Auch schmolz das wenige Eis in der heraufziehenden Wärme des Tages schneller, als es einem Hygienekontrolleur lieb sein konnte. Doch der Commissario zog die Schultern hoch und sagte zu Alberto:

»Dieser Signore darf hier stehen. Ich muss dieses Recht durchsetzen. Deshalb empfehle ich dir, ihn nun arbeiten zu lassen. Sonst muss ich dich vom Markt verbannen, auch wenn es mir schwerfällt.«

»Und wenn ich mich weigere zu gehen?«

»Dann würdest du deine Konzession verlieren. Und du weißt, was das bedeuten würde.«

Alberto schwieg betreten. In der Tat, er wusste es. Ein Fischhändler ohne Marktkonzession – das wäre die Garantie für eine rasche Pleite.

Also nickte der alte Fischer, und der junge Mann machte ein triumphierendes Gesicht. »Na, ich wusste doch, dass ich recht habe.« Dann verschwand er schnell ins Innere seines Wagens.

Luca wandte sich wieder an Alberto.

»Hör mal, ich werde mit dem Bürgermeister sprechen. Diese Erlaubnis kann ich mir auch nicht erklären. Gib mir etwas Zeit, einverstanden?«

Alberto nickte wieder, und jetzt sahen seine Augen fast betreten drein.

»Ja, natürlich. Danke, Commissario. Ich verstehe überhaupt nicht, was den Bürgermeister da geritten hat. Aber es stimmt, ich hätte nicht so aus der Haut fahren dürfen wie ein garstiger Pulpo.«

»Ein sehr hübsches Bild, Alberto«, sagte Luca. »Und nun los, die Kunden warten.«

Alberto wandte sich um und sah die Schlange, die sich vor seinem Verkaufsstand gebildet hatte. »Oh«, murmelte er. Der Markt am Mittwoch war nach dem am Samstag der zweitwichtigste der Woche. »Commissario ...«

»Hmm?«

»Ich habe ganz frische *branzino*, ich schenk Ihnen zwei, wenn Sie mögen.«

»Ich komme sowieso noch mal vorbei«, antwortete Luca, »vielen Dank.«

Als er Alberto noch einmal zugenickt hatte und den Weg über den Markt fortsetzen wollte, war es, als teilte sich das Meer vor ihm: Die Bürger von Montegiardino, die neugierig waren, wie es in der

DNA dieses Ortes festgeschrieben zu sein schien, taten auf einmal, als gäbe es nichts zu sehen, sie wandten sich ab und kümmerten sich wieder um ihre Besorgungen.

Luca ging lächelnd auf Maria zu, die hinter ihrem Stand gerade eine Tüte mit Raukeblättern füllte und sie auf die Waage legte.

»Na, ein Glück, dass du mich gerufen hast.«

»Das hätte übel enden können, Luca«, antwortete Maria. »Aber ich hatte das Ganze schon kommen sehen.«

Den letzten Satz hatte sie in dem verschwörerischen Tonfall der alten Leute geraunt, der Luca immer wahnsinnig machte. Sicher kam jetzt gleich eine waghalsige Begründung, warum sie den Streit vorausgesehen hatte.

»Weil dir klar war, dass ausgerechnet heute der Bürgermeister einem neuen Händler eine Lizenz erteilt? Ohne mir davon zu erzählen?«

Luca sah, wie sie die Brauen hob, doch er war nicht auf das vorbereitet, was sie ihm kurz darauf zuflüsterte:

»Nein, Commissario, ich vergesse nur immer wieder, dass du ja so lange weg warst, in der großen Stadt. Aber wir Leute von hier, wir wissen, was es bedeutet, wenn er kommt.«

»Wer?« Luca stand kurz davor, fuchsteufelswild zu werden. »Kannst du jetzt mal aufhören mit deinen Andeutungen und mir sagen, *wer* kommt?«

Maria legte die Tüte auf den Tresen, dann kam sie ihm ganz nahe und flüsterte:

»Na, der Vollmond der Streitigkeiten.«

»Der Vollmond der ...« Eigentlich wollte Luca den kurzen Satz nur sinnfrei wiederholen, doch er stockte, als etwas in seinem Kopf aufploppte. »Ach, du je.«

»Du weißt, was das bedeutet?«

Luca grub tief in seinen hinteren Hirnwindungen, aber diese Wendung ... Es stimmte, es war eine Wendung, die sowohl sein

Vater als auch seine absolut nicht des Aberglaubens verdächtige Mutter manchmal mit angstgeweiteten Augen benutzt hatten.
»Es ist ein Vollmond im Frühling, der sehr ... Nein, ehrlich, Maria, ich kriege es nicht zusammen.«
»Es geschieht nur etwa einmal pro Dekade, denn es müssen viele Dinge zusammenkommen: Die Fastenzeit neigt sich dem Ende, Ostern ist nicht mehr weit – und dann, nach einer langen kalten Phase, ein Vollmond, der das Wetter umschlagen lässt, Hitze, Gewitter, derlei, und dieser Mond muss der Erde sehr nah sein, so nah, dass man glaubt, ihn berühren zu können«, sie flüsterte fast, »und diesmal scheint es wieder so weit zu sein. Und du weißt, was dann hier im Städtchen los ist?« Luca schüttelte den Kopf. »Aus irgendwelchen Gründen beginnt es meist schon ein, zwei Tage vorher, dass sich die Leute aus heiterem Himmel anfangen zu streiten. Sonst ganz sanfte Bewohner von Montegiardino werden zu wilden Furien, aus den geringsten Anlässen. Das war doch das beste Beispiel eben – oder hast du Alberto jemals so aufbrausend erlebt? Nein, das«, sie zeigte zischend zum Himmel, »das sind die Vorboten des Vollmondes. Ich weiß noch, vor einundzwanzig Jahren, da war es zum letzten Mal so, da hat Fabio im jugendlichen Leichtsinn einen Gast niedergeschlagen, weil die beiden sich über ein Fußballergebnis in die Haare bekommen haben – ich glaube, es ging darum, ob Siena oder Florenz zuerst absteigt.«
»Na, da hätte ich mich vielleicht auch geprügelt.«
»Machst du dich über mich lustig, Luca?« Sie sah ihn tadelnd an. »Ich sage dir, es ist nicht zum Lachen, ganz und gar nicht. Erst recht nicht, wenn man der Ordnungshüter von Montegiardino ist. Aber ...«, sie faltete ihre schwieligen Hände, die noch schmutzig vom Salatpflücken waren, »wir können ja noch beten. Wenn heute Nacht der Himmel von Wolken bedeckt und der Mond nicht zu sehen ist, dann vergehen die Streitigkeiten wie von selbst. Dann passiert gar nichts. So war es vor neun Jahren. Da hatten sich alle

schon auf eine gruselige Woche eingestellt, aber es hat plötzlich angefangen zu regnen, und so war es die ganze Zeit dicht bewölkt – und am nächsten Morgen war unser Städtchen so friedlich wie eh und je.«

»Nun ja«, sagte Luca mit einem Blick in den Himmel. »Ich sage das zwar selten, aber wenn ich mir die grauen Wolken dahinten ansehe, dann kann ich nur hoffen, dass sie nicht in den Bergen stecken bleiben, sondern es hierherschaffen.«

»Das hoffe ich auch, *mio dio*.«

3

»Hmm«, murmelte Luca. Eigentlich hätte er gerne noch einen *caffè* in Fabios Bar getrunken. Aber er spürte, dass ihm die Frage auf der Seele brannte, und deswegen strebte er zuerst aufs Rathaus zu.

Die Verwaltung von Montegiardino war – wie in Italien üblich – in einem sehr repräsentativen Bau untergebracht, das Portal ruhte auf hohen dorischen Säulen, wie man sie in ihrer weißen Schlichtheit überall in der Toskana fand, die Mauern waren aus tiefroten Steinen, und über dem Siegel der Republik und dem Wappen von Montegiardino wehte am langen Fahnenmast eine träge Trikolore in ihren kräftigen Farben, die Luca stets Hunger auf Pasta mit Pesto und frischen Tomaten machten.

Er betrat das Gebäude und stieg die Marmortreppe hinauf. Deren Stufen waren so eingedellt, als wären es seit zweihundert Jahren dieselben – obwohl: Wahrscheinlich war es sogar so.

Die Beletage hieß in Italien traditionell *piano mobile*, und um eine solche handelte es sich hier – außen waren Verzierungen an den Wänden, drinnen gab es Wandgemälde, und alles strebte auf das letzte und größte Büro zu, jenes, das einen herrlichen Ausblick auf die Stadt und den Fluss bot.

Doch so nobel das alles auch aussah, mondän ging es hier drinnen ganz und gar nicht zu, sondern hemdsärmelig und zupackend, und genau das schätzte Luca sehr. Er sah durch die offene Tür des Nachbarbüros, wo Signora Tedesco gerade telefonierte; ihrer freundlichen Stimme nach zu urteilen, war es ein Privatgespräch. Sie zwinkerte ihm zu, wies auf die geschlossene Tür nebenan und nickte. Also klopfte er an der zweiflügeligen Tür aus Holz einmal an, wartete kurz und drehte den Knauf, genau in dem Moment, in dem Martinelli von drinnen mit seiner dröhnenden und dennoch sehr fröhlichen Stimme »*Si!*« rief.

Als Luca eintrat, setzte der Bürgermeister gerade den Fahrradhelm ab. Er hatte leichte Schweißperlen auf der Stirn, und sein Atem ging schwer. Die Funktionskleidung in Signalfarben war schlammbespritzt.

»Commissario, schönen guten Morgen, ich bin auch gerade erst rein, also, ich kann Ihnen was erzählen«, sagte er und klang etwas aufgeregt, jedenfalls aufgeregter als sonst. Der Mann war eigentlich durch nichts zu erschüttern. »Da fahre ich gerade den Berg rauf, und da überholt mich so ein Volltrottel mit seinem kleinen Fiat an der engsten Stelle, Sie wissen schon, da unten beim Schneidermeister, so ein rotes Teufelsgefährt, ein 500er, aber ein alter, ich sage Ihnen – und der schert so knapp vor mir wieder ein, dass es mich fast umreißt. Ich muss irgendwie den Lenker verzogen haben, und plötzlich war da Splitt auf der Straße, und dann hat's mich aber weggewedelt – also, ich sage Ihnen, wenn ich den erwische!«

Luca machte ein ernstes Gesicht. »Ist denn alles in Ordnung, Dottore? Haben Sie sich verletzt?«

»Nein, nein«, sagte er beruhigend, »Sie wissen ja, Commissario, politisches Unkraut vergeht nicht.«

»Wer fährt denn in Montegiardino einen Fiat 500?«, fragte Luca, aber es war eher eine rhetorische Frage. »Ich werde gleich mal in die Zulassungsakten schauen. Wenn derjenige aus der Stadt kommt, dann schreibe ich eine Verwarnung.«

»Ich habe das Kennzeichen nicht sehen können, es ging so verdammt schnell. Aber wenn Sie in den nächsten Tagen einen Fiat 500 sehen, rufen Sie mich sofort. Dann übe ich Selbstjustiz.« Der Bürgermeister zwinkerte ihm zu. »Aber Sie wollten mich ja offensichtlich sprechen, Commissario. Ah, mögen Sie eigentlich einen *caffè*? Ich weiß, Sie bevorzugen ja eher den Espresso draußen, aber ...«

»Ach Dottore, nein, lassen Sie nur ...«, Luca lachte und zwinkerte ihm zu, sie beide wussten, dass der *caffè* im Büro des Bürgermeisters aus der alten Filtermaschine seiner Sekretärin stammte – und für den Commissario ungenießbar war. »Ich gehe nachher zu Fabio.«

Der Bürgermeister hatte sich endlich aus seiner Fahrradkluft gepellt und ließ sich auf seinen Lederstuhl hinter dem riesigen Holzschreibtisch fallen. »Also, nun erzählen Sie mal, Sie haben doch was auf dem Herzen.«

Luca nahm ihm gegenüber Platz. »Ja, Dottore, ich komme gerade vom Marktplatz, und es gab ... nun ja, eine kleine Auseinandersetzung. Es war ein handfester Streit zwischen Alberto, dem Fischhändler, und einem Neuankömmling, der auch Fisch verkaufen wollte. Der junge Mann aus Pisa hat mir seine Genehmigung gezeigt, und damit schien alles in Ordnung zu sein – Ihr Name stand darunter, Dottore, aber ich wollte einmal nachfragen, warum Sie das genehmigt haben. Seit Menschengedenken verkauft Alberto Fisch in Montegiardino, und es hat noch immer für alle gereicht – ich kann mir nicht vorstellen, warum Sie das ändern oder ihm einen Konkurrenten vor die Nase setzen wollten.«

»Eine Auseinandersetzung, soso. Aber es ist doch niemand verletzt worden?«

»Viel hat nicht gefehlt«, erwiderte Luca. »Es stand kurz vorm

Handgemenge – Sie wissen ja, Alberto ist ein ordentlicher Hüne, trotz seines biblischen Alters.«

Ein leichtes Lächeln umspielte die Mundwinkel des Bürgermeisters, als er sich vorbeugte und Luca listig zuzwinkerte. »Es kam so über mich, Commissario, vor einigen Tagen. Ich wollte an einem Markttag mal wieder in mein Rathaus, und Alberto hätte mich fast vom Fahrrad geholt, als er die Tür seines Transporters öffnete, ohne in den Spiegel zu schauen. Und dann war da noch der Kühlanhänger mit dem frischen Fisch, der wieder im Halteverbot vorm Rathaus stand – vor unserem Rathaus. Da aber unser Polizist sich nicht damit aufhält, die braven Händler unseres Marktes mit Strafzetteln zu behelligen – was ich ja zugegebenermaßen sehr richtig finde –, war ich dennoch der Meinung, dass diese ...«, er kratzte sich am Kopf, als suchte er nach Worten, aber Luca kannte diesen klugen Mann zu gut, es war keine Pose, er wog seine bereits gefundenen Worte nur sorgfältig ab, »dass diese Selbstverständlichkeit, mit der die Händler alle Annehmlichkeiten des Lebens in Montegiardino hinnehmen, mal wieder etwas aufgerüttelt werden sollte.« Nun grinste er nicht mehr, er lächelte sogar ganz offen. »Sie wissen ja, Commissario, der Markt hat eine Warteliste, die ist länger als mein Arm. Montegiardino ist ein Touristenmagnet, und zudem lieben unsere Bürger das gute Leben – und lassen deshalb viel Geld auf dem Markt. Just an diesem Tag jedenfalls kam eine neue Bewerbung rein, ein junger Mann aus Pisa, der als Fischer bei uns verkaufen wollte – er klang recht verzweifelt, wohl weil seine Geschäfte nicht so gut liefen. Da dachte ich mir: Einen Versuch ist es wert – dieser Marktplatz verträgt zwei Fischer, und so würde ich dem jungen Mann helfen und könnte zudem dafür sorgen, dass Alberto mal wieder zu schätzen lernt, was er an uns hat – vielleicht verbessert das auch die Park-Attitüde der anderen Händler. Dass das allerdings zu einer Prügelei führt ...«

Nun war es an Luca zu lächeln.

»Das konnten Sie ja nicht ahnen, Dottore. Ich muss sagen, ich verstehe, was Sie meinen. Obwohl Sie sich den Fisch des jungen Mannes mal ansehen sollten. Es ist nicht die beste Qualität, wissen Sie ... Und die Prügelei – nun, es könnte sein, dass das zeitliche Zusammentreffen des neuen Händlers mit ...«, Luca zögerte, »mit dem Vollmond der Streitigkeiten nicht die beste Idee war.«

»Der Vollmond der Streitigkeiten?« Dottore Martinelli sprang auf. »Nun sagen Sie nicht, Commissario, dass Sie auch an diesen Quatsch glauben. Meine Frau liegt mir auch schon damit in den Ohren, seit Tagen. Ich sage Ihnen, ich bin hier der Bürgermeister seit achtzehn Jahren, ich habe noch keinen Vollmond erlebt, der die Leute zu Furien macht – dafür sorgen die Leute immer schon selbst. Ich hoffe doch, dass Sie nicht solchen kruden Theorien auf den Leim gehen?«

»Nein, Dottore«, sagte Luca beruhigend. »Wobei Sie die Szene vorhin nicht gesehen haben – es war schon ernst. Und Sie wissen ja: Die Einbildungskraft der Leute hier im Städtchen ... Sie ist groß. Und wenn die sich einbilden, dass sie miteinander streiten werden ...«

»... dann streiten sie.« Der Bürgermeister setzte sich wieder. »Sie haben recht, Commissario. Ich werde mir den neuen Händler nachher mal genauer ansehen. Und dann werde ich auch mit Alberto reden und ihm ein bisschen was erklären. Bei der Gelegenheit kann ich gleich noch Fisch fürs Abendessen kaufen. Ich koche heute nämlich, damit meine Frau diesen Vollmond vergisst.«

Nun mussten beide lachen.

»Einen schönen Tag, Commissario.«

»Das Gleiche für Sie, Dottore.«

Luca verließ das Büro und dachte über seinen Chef nach. Es war so wohltuend, für Vittorio Martinelli zu arbeiten – und für die Bürger von Montegiardino. In der legendären Polizia di Stato hatte der Commissario erst in Rom und dann in Venedig in hohen Positionen gearbeitet, auch als Chef der Mordkommission. Aber er hatte stets so viele Hierarchien und Regeln beachten müssen, um ans Ziel zu gelangen. Immerzu ging es um Positionen, um Ränkespiele und darum, den nächsten oberen Dienstherren zu gefallen, dem Questore, dem Präfekten, ganz am Ende der Leiter auch dem Innenminister. Die meisten in diesen Rängen buckelten nach oben und traten nach unten – und das war Luca immer ein Graus gewesen. Diesem Mann aber, dem Bürgermeister seiner Heimatgemeinde, vertraute er bedingungslos – für ihn würde er wahrhaft durchs Feuer gehen –, und er war sich sicher, dass auch Martinelli ihn immer schützen und vor Ärger bewahren wollen würde.

Luca hatte die Entscheidung, drei Ränge und drei Gehaltsklassen aufzugeben, um zurück nach Montegiardino zu gehen, nie bereut – nicht einen Tag.

4

Es waren genau achtundfünfzig Stufen bis hinauf in das Dachgeschoss. Dann schloss Luca am Ende des Flures die rechte Tür auf und stand in seinem Büro, das dem des Bürgermeisters nicht gegensätzlicher hätte sein können: Es war allenfalls ein Zehntel so groß, nur eine Kammer mit Dachschrägen und Holzbalken. Im Sommer wurde es hier oben unerträglich warm, deshalb lagerte der Commissario mehrere Ventilatoren im Keller des Rathauses. Jetzt aber, im Frühling, war dieses Büro perfekt klimatisiert – und es war vor allem so schön ruhig hier. Er liebte es, draußen auf der Straße mit den Bürgern ins Gespräch zu kommen, doch wenn man in Montegiardino nicht aufpasste, war es schon später Nachmittag, und er hatte den ganzen Tag nur geplaudert und das Leben genossen. Hier oben kam er zur Ruhe. Dies war sein Rückzugsort.

Sein Vorgänger hatte einen schweren Marmorschreibtisch hier hineingestellt; wie er dieses tonnenschwere Ding die drei Etagen hochgewuchtet hatte, war sein Geheimnis geblieben. Doch Luca mochte den massiven Schreibtisch mit seiner Kühle und seiner Eleganz, und auch jetzt berührte er erst einmal die Steinplatte, ehe er sich dahintersetzte.

Dann holte er sein Handy aus der Hosentasche und wählte die Nummer der Frau, die er schon seit dem frühen Morgen erreichen wollte.

»Dottoressa Chigi. Commissario, ich sehe, dass Sie es sind, einen Moment bitte«, erklang am anderen Ende ihre wohltuende Stimme, dann wurde das Telefon geräuschvoll abgelegt, und Luca hörte sie sehr laut und sehr freundlich sagen: »Nein, Signore Aleardi, Sie können die Hose wieder hochziehen, die Impfung gegen Pneumokokken spritze ich nicht in den Po.« Luca musste grinsen, und auch Signore Aleardi fing zu lachen an. »Na, einen Versuch war es wert«, murmelte der Mann, der wohl der Älteste der Stadt war. Der Commissario hörte, wie sie das Desinfektionsspray aufspritzte, dann dauerte es noch einige Sekunden, bis sie sagte: »Also, alles gut. Ihnen einen schönen Tag, Signore, Monica gibt Ihnen noch das Rezept für die neue Gehhilfe.«

Luca hörte die schlurfenden Schritte des Alten, dann war die Ärztin wieder am Telefon.

»Ein nackter Po am Morgen vertreibt Kummer und Sorgen. Also, Commissario, *buongiorno*. Wollen Sie mich endlich zum Essen einladen?«

»Beim vorletzten Versuch hatten Sie einen Notfall, beim letzten Mal wurde ich zu einem Verkehrsunfall gerufen. Es scheint, wir haben beide keine Berufe, die gute Planung ermöglichen.«

»Aber essen müssen wir ja beide. Also essen wir einfach mal zusammen, was meinen Sie?«

»Gut. Aber dann planen wir es nicht groß, sondern machen es. Morgen Abend?«

»Das ist ein Wort, Commissario.«

»Ich rufe aber wegen etwas anderem an. Ich …« Er war immer eingeschüchtert, wenn er ihre ruhige und freundliche Stimme am Telefon hörte, was aber kein Vergleich war zu den Augenblicken, wenn er unerwartet vor ihr stand. Nun aber war das Problem ein anderes. »Ich habe ein krankes Familienmitglied, mit einem schlimmen Husten ... ich weiß nicht, ob ich Sie damit behelligen ...«

»Emma ist krank?«, rief Dottoressa Chigi, »na, hören Sie mal, Commissario, damit behelligen Sie mich doch nicht, ich kann auch Kinder behandeln ...«

»Es ist nicht Emma«, sagte Luca leise. Die Dottoressa brauchte einen Moment, um sich zu sammeln. »Aber ... Sagen Sie bitte nicht, es handelt sich um einen großen braunen Zeitgenossen.«

»In der Tat: Silvio, der Lieblingsesel von Emma, hat einen Husten, er klingt wie ein Maschinengewehr, und Dottore Terrosi, der Veterinario, ist doch im Frühjahr immer auf dieser Kreuzfahrt.«

»Ja, wenn ich so viele schwarze Rechnungen ausstellen würde wie der Tierarzt, dann würde ich auch fünfmal im Jahr durch die Karibik kreuzen ...« Sie räusperte sich, und Luca musste lächeln.

»Okay, der Esel Silvio also. Na, dann werde ich wohl mal das große Stethoskop nehmen. Ich komme nachher zu Ihnen, in der Mittagspause. Geht das? Aber damit das klar ist: Ich stecke meine Hand nicht in irgendwelche Tierhintern. Bis gleich, Commissario.«

»Bis gleich, Chiara, äh ...«, Luca kam ins Stottern. »... Dottoressa. Und danke.«

Sie sollten wirklich mal ihr Verhältnis klären, dachte Luca, als er aufgelegt hatte. Sie waren doch schon vor ein paar Monaten beim Du angekommen, aber weil sie es nie hingekriegt hatten, ihr Date Wirklichkeit werden zu lassen, hatte sich irgendwann wieder die scheue Unvertrautheit über ihre Beziehung gelegt, und das Sie war zurückgekehrt. Doch gerade als er weiter darüber und über den Menüplan für den nächsten Abend nachdenken wollte, klingelte sein Telefon.

»Luca hier.«

»Hier ist Maria«, rief die Marktfrau ins Telefon, »ich glaube, es geht weiter. Diesmal bei Fabio ... Komm schnell ...«

»Ach, du jemine«, konnte Luca noch stöhnen, dann sprang er auf die Füße und rannte aus seinem Büro.

Er nahm die Rathaustreppe schneller als vorhin, viel schneller. Und doch war ihm, als er vor der Bar Centrale ankam, als sei längst eine Ortsvollversammlung einberufen worden. Da standen Dutzende Montegiardiner und starrten durch die Scheibe, einige hatten ihre Hände an das Glas gelegt, um trotz der Sonne besser hineinsehen zu können. Der Commissario atmete einmal tief durch und ging auf die Menge zu. Dann rief er laut und deutlich: »Hey, Leute, was soll denn das? Weg vom Fenster ... Was ist hier los?«

Er sah, wie die Leute zurückwichen und ihn erschreckt anstarrten, für einen kurzen Moment jedenfalls; schon siegte die Neugier, und sie blickten wieder ins Innere der Bar. Luca schob sich an ihnen vorbei, öffnete die Tür und blieb vor Überraschung abrupt stehen: Hier sah es aus wie in einem Western. Soeben war offenbar ein Dutzend Pferde durch den Saloon gefegt.

Die Hocker an der Fensterfront lagen auf dem Boden, mehrere Stühle an den Tischen waren umgeworfen worden, und in der Mitte des Ladens stand Fabio, der Inhaber, aufgerichtet wie eine Skulptur, die Hand zum Schlag erhoben, unter ihm ein junger Mann, der angstvoll nach oben sah. Der Mann war viel größer als der kleine Fabio, viel massiger – und so wirkte die ganze Szenerie ungewollt lächerlich.

»Hey!«, rief Luca, dem das Ganze trotz allem ganz und gar nicht komisch vorkam. »*Basta*, Fabio!« Die beiden Männer wandten ihm die Köpfe zu, Fabio mit noch immer erhobener Hand.

»Weg von ihm!«, befahl Luca, schob den Wirt beiseite, reichte dem Mann die Hand und zog ihn auf die Beine. Dann stellte er sich demonstrativ zwischen die beiden, gleichzeitig sah er, wie sie draußen alle ihre Nasen an der Scheibe platt drückten – Herrgott, Montegiardino war ein Jahrmarkt. »Was soll denn das, Fabio?«, rief

Luca und war jetzt wirklich sauer, »warum schlägst du denn einen Gast nieder?« Denn tatsächlich blutete der Mann aus der Nase. Luca hatte ihn noch nie hier gesehen.

Doch Fabio war so außer sich, dass er erst mal Luft holen musste, er pumpte richtig, seine schmale Brust hob und senkte sich wie die eines Huhnes, das gerade ein Ei gelegt hatte.

»Der kommt hier rein, der Clown«, rief er atemlos, »und besudelt mein Erbe.«

»Was?«, rief der Unbekannte mit hoher Stimme, »ich ... welches Erbe denn? Ich hab nur gesagt, dein *caffè* ist untrinkbar ...«

Luca konnte gar nicht so schnell hin- und hergucken, wie Fabio sich wieder aufpumpte und an ihm vorbeidrängte, um den nächsten Schlag zu landen. Jetzt reichte es dem Commissario, er stellte sich Fabio in den Weg und hob den kleinen Wirt sprichwörtlich aus den Angeln, griff seinen Arm und warf ihn zu Boden, dann drehte er ihm die Hand auf den Rücken und sagte drohend: »Wenn ich sage *Schluss*, dann *ist* Schluss.«

»Au, aua, Luca ...«, wimmerte Fabio, der nach Atem rang, »das tut weh.«

Luca ließ ein wenig locker und zog den Wirt auf die Füße zurück. »Okay. Wirst du jetzt da hinter deinen Tresen gehen und ruhig bleiben?« Der Mann rieb sich seinen Arm, nickte ergeben und blickte seinen Stammgast angstvoll an.

»Was ist passiert, Fabio?«

»Na, hat er ja eben gesagt. Der Schnösel aus Florenz hat meinen *caffè* beleidigt – den *caffè*, den schon mein Vater an diesem Ort serviert hat –, also mein Erbe. Er kommt hier rein, stellt sich an die Bar, probiert und wirft halb die Tasse um, ruft: *Was ist denn das für ein Gesöff? In Florenz würden sie dich dafür aus der Stadt verbannen* – und als ich ihm einen anderen anbieten will, weil ich nicht wusste, was los ist, ruft er: *Nein, lass stecken*, und will verduften, ohne zu bezahlen. Das ist doch wohl unerhört, so ein ...«

Fabios Gesicht war hochrot, und Luca nickte ihm beruhigend zu. Jetzt verstand er: Wer Fabios *caffè* beleidigte – der ohne Fehl und Tadel war, wie Luca in Gedanken hinzufügte –, der beleidigte das Andenken an mehrere Generationen montegiardinischer Baristas.

»Stimmt das?«, fragte er also den unbekannten Mann, der einen Anzug trug – allein das war schon etwas, was einen in Montegiardino als Außerirdischen auswies. Hier trug nur der Bürgermeister Anzug und Fliege, sonst niemand.

»Der *caffè* war wirklich ungenießbar, voll die Plörre. Dafür zahl ich doch keinen Euro.«

»Wer sind Sie?«

»Ich bin Gianluca Zaffarella, ich bin aus Florenz, das stimmt, ich bin Vertreter für Lebensversicherungen und ...«

»Noch ein Grund mehr, dem auf die Fresse zu hauen!«, rief Fabio. »So ein Abzocker, der unseren Leuten das Geld aus der Tasche zieht. Du weißt doch, als die Versicherung pleitegegangen ist, hat die alte Signora Baldini alles verloren und ...«

Luca wies Fabio mit einem Kopfnicken an, zu schweigen.

»Signore Zaffarella«, sagte er ernst, »ich bin der örtliche Polizist, und ich frequentiere diese Bar jeden Tag mehrmals. Für mich war der *caffè* unseres geschätzten Fabio noch nie ungenießbar – im Gegenteil, er ist immer erstklassig. Ich würde sagen, der Barista gibt uns noch eine Kostprobe, und wir werden ihn probieren – und wenn alles damit in Ordnung ist, dann werden Sie Ihren Euro bezahlen und von hier verschwinden.«

»Aber ... Er hat mich niedergeschlagen«, fuhr der Mann auf, »ich werde ihn anzeigen...«

»Signore Zaffarella«, sagte Luca nun noch deutlicher, »Sie können gerne eine Anzeige schreiben, aber dann gehen wir zusammen hinaus und sehen uns Ihren Wagen an, mit allem Drum und Dran, mit Verbandskasten, Warndreieck, Warnwesten, einschließlich technischer Kontrolle, dann werde ich einen Alkohol- und Drogentest bei Ihnen machen, schließlich werde ich eine finanzielle Durchleuchtung Ihrer Aktivitäten bei der Guardia di Finanzia in Auftrag geben, dann kommt die ganz dicke Steuerprüfung dieses Jahr noch – also, das können wir gerne so machen. Oder Sie vergessen die Anzeige, wir trinken den *caffè*, und dann machen Sie, dass Sie hier wegkommen. Also, wofür entscheiden Sie sich?«

»Ich ...«, der Typ zuppelte seinen Anzug zurecht und schmierte sich dabei direkt Blut aufs Revers. Luca reichte ihm ein frisches Taschentuch. Nach einigem Wischen nickte der junge Mann. »Okay. Aber ich verzichte auf den *caffè*.«

»Ich werde Sie nicht dazu zwingen«, sagte Luca, und der Fremde ging zur Tür. Dann drehte er sich noch einmal um und sah Fabio wütend an – und der Commissario wurde das Gefühl nicht los, dass dieser Vollmond der Streitigkeiten noch einiges an Überraschungen für ihn bereithalten würde.

5

»Du brauchst jetzt keine Belehrung von mir, Fabio, denn ich weiß: Niemand sollte deinen *caffè* beleidigen«, sagte Luca, als er endlich am Tresen stand und seinen – natürlich hervorragenden – Espresso trank. Die Gäste waren wieder auf die Barhocker und Stühle zurückgekehrt, und die Bar war wieder erfüllt vom üblichen Geplauder und Gelächter. Dennoch bemühte sich Luca, seine Stimme zu senken, als er den Barista ins Gebet nahm. »Es wäre trotzdem schön, wenn du deine Fäuste bei dir behältst, einverstanden?«

»Ich werde mich bemühen«, sagte Fabio leise und sah zu Boden, als sei er selbst der geprügelte Hund, doch dann sah er wieder auf und fügte hinzu: »Aber dieser Fatzke … Keine Ahnung, was all diese geschniegelten Typen hier wollen. Obwohl …« Er ließ das Wort in der Luft hängen.

»Nun komm schon, Fabio, spiel jetzt nicht den Schweigsamen.«

»Okay. Das junge Ding wohnt hier seit einem Monat, sie arbeitet oben beim Winzer. Und seitdem rauschen ständig solche Schnösel an, die ihr den Hof machen wollen …« Er zögerte. »Du weißt ja, ich mag solche Unruhe gar nicht – und solche geschniegelten Typen erst recht nicht.«

»Na, das mit den Typen glaube ich dir«, sagte Luca, »aber dass du Unruhe nicht magst ...? Entschuldige, Fabio, aber du liebst doch alles, was ein wenig Abwechslung in unser Kleinstadtleben bringt.«

Fabio sah ihn kurz wütend an, musste dann aber doch grinsen, zwinkerte und wies auf Lucas Tasse: »Geht auf mich, dein *caffè*, du Judoka. Hast mich schön ausgehebelt.«

Dann nahm er den Lappen und begann die Theke zu wischen, als wäre nichts passiert. Der Commissario überlegte währenddessen: Er hatte natürlich als einziger Polizist der kleinen Stadt die volle Übersicht, wer nach Montegiardino zog – viele Umzüge gab es hier ohnehin nicht. Das Mädchen hatte er aber tatsächlich noch nicht kennengelernt – er war mit Emma in den späten Skiferien in den Dolomiten gewesen und erst vor zwei Wochen zurückgekehrt. Seitdem war er der jungen Frau noch nicht begegnet. Vielleicht sollte er mal hinauffahren zum Winzer, um die neue Bewohnerin zu begrüßen. Einstweilen aber blickte er auf die Bahnhofsuhr an der Wand.

»*Grazie per il caffè!*«, rief er, dann verließ er die Bar und spürte die Blicke der Gäste in seinem Rücken.

Die Sonne kitzelte seine Nasenspitze, als er nach draußen trat. Er betrachtete den wieder wolkenlosen Himmel. Der Frühling war wirklich mit rasanten Schritten eingefallen. Gegenüber wurde die riesige hölzerne Tür der Kirche aufgerissen, so schnell, dass es schien, als wäre sie aus Pressspan, doch Luca wusste, wie schwer das Portal in Wirklichkeit war. Signore Riccione trat heraus, einer von Montegiardinos vielgefragten Handwerkern, er strich sich über die schwitzende Stirn und schnaufte vor Wut. Was war denn da schon wieder los? Luca wollte gerade auf ihn zugehen, doch als der Handwerker ihn sah, machte er abrupt kehrt. Er stieg in seinen alten Transporter, der im Parkverbot stand, und fuhr mit quietschenden Reifen los. Luca überlegte, ob er beim Pfarrer nachfragen sollte, was in der Kirche vorgefallen war. Andererseits: Er hatte genug Streitigkeiten erlebt für einen Tag.

Er stieg in den offenen Méhari und wendete, dann nahm er die Ausfallstraße, verließ das Ortszentrum und fuhr den Berg hinauf in Richtung des Hügels, der die Kleinstadt nach Süden hin begrenzte. Hier standen nur noch vereinzelte Höfe, weiter unten waren es die Gärtner und Gemüsebauern, auf halber Strecke kamen die zwei Züchter der seltenen weißen Chianina-Rinder der Maremma, deren Fleisch so zart und mürbe war, dass sich die Wirte in Florenz darum rissen, wer den Zuschlag für eines der Tiere bekam. Schließlich war es in ganz Italien bekannt, dass eine *Bistecca alla fiorentina* von einem Chianina-Rind ein Gedicht war, einer der größten Genüsse, die sich Gourmets und Fleischliebhaber südlich der Alpen vorstellen konnten. Das lag daran, dass die Tiere früher reine Arbeitsrinder gewesen waren, sie waren so kraftvoll, dass ihr Fett gelb war, und brachten am Ende ihres Lebens oft anderthalb Tonnen auf die Waage.

Luca sah die edlen Tiere jenseits des großen Weidezauns stehen. Sie sahen sehr friedlich aus, es war aber auch schon vorgekommen, dass Luca sie freundlich, aber bestimmt von der Via Nazionale leiten musste, weil ihre massigen Körper dem Schulbus im Weg waren und einige Kinder geängstigt hatten. Gino, einer der Züchter, war nämlich zwar sehr freundlich, er brannte nur leider seinen Schnaps selbst, was der Qualität des hochprozentigen Gesöffs nicht sehr zuträglich war, weshalb Gino sein eigener bester Kunde war. So ließ er manche Nacht das Gatter offen – und das führte dann am Morgen zu Verkehrsstau.

Heute aber war alles in Ordnung. Luca nahm die Straße, die sich in kleinen Kurven den Hügel hinaufwand. In der Ferne standen die Höfe der Olivenbauern, er bog vorher schon an der Schotterpiste nach rechts ab. Er sah die Staubwolke vor sich, die Dottoressa war also pünktlich – er hatte nichts anderes erwartet. Als er die letzte Kurve nahm, sah er Matteo, der ihn mit einem Nicken seines braunen Kopfes begrüßte. Er ließ den Méhari ausrollen. Chiara Chigi stand am Zaun des Gatters und streichelte Sergio die Nase, was der quittierte, indem er träumerisch die Augen schloss. So hatte Luca Zeit, die Szenerie zu betrachten. Das Bauernhaus seiner Eltern, gebaut aus groben Natursteinen, das rote Dach, die kleine Scheune im hinteren Teil, daneben das Hühnerhaus und dann die große umzäunte Koppel der Esel, die sich den Hang hinabzog – und an deren Zaun stand nun ausgerechnet sie: die wunderschöne Ärztin der kleinen Stadt, sie trug einen dunkelblauen Wollpullover und eine hellblaue Jeans, die ihre langen Beine perfekt zur Geltung brachte. Ihre roten Locken fielen über ihre Schultern, und dann drehte sie sich in einer fließenden Bewegung um und lächelte ihn an, dabei griff sie sich in ihre Haare und warf sie nach hinten. Als sie sah, dass er sie betrachtete, schien sie leicht zu erröten, dabei war doch eigentlich er es, der ertappt worden war. Er sprang aus dem Wagen und lächelte seinerseits, dann gingen sie aufeinander zu, und er gab ihr die vier Wangenküsse, wobei er stets ein wenig zu lange verharrte, weil er ihren Duft einfach so liebte.

»Dottoressa«, sagte er leise, »ich bin Ihnen echt dankbar.«

Kaum hatte er das gesagt und noch ehe sie antworten konnte, hallte ein Knall über die Wiese. Sofort hob die Ärztin den Kopf. »Ist das …«, fragte sie und verzog das Gesicht. Luca nickte. »Ja, das ist der arme Silvio. Los, kommen Sie, sehen wir ihn uns an, er hat sich wohl in den Stall verzogen.« Luca sah in Richtung des hölzernen Regenschutzes, aus dem der Knall gekommen war. »Er muss wirklich krank sein, Silvio gefällt es sonst gar nicht, drinnen zu sein.«

Sie gingen in den Stall, in dem es nach Heu und den Tieren roch, ein animalischer Geruch, wild und rau. Luca liebte ihn, und immer wenn er hier drinnen war, atmete er tief ein.

»Na, dann wollen wir mal. Ich habe mich schon gefragt, wann ich mein halbes Semester Tieranatomie mal sinnvoll einsetzen kann.«

»Sie haben auch Veterinärmedizin studiert?«

»Sie wissen doch, Commissario, ich mag eigentlich keine Menschen. Aber als ich meine erste Kuh behandeln musste, hab ich mich doch noch einmal umentschieden. Können Sie ihn festhalten?«

Luca stellte sich nach vorne an Silvios Kopf und streichelte ihm die Nüstern. Der Esel schloss genießerisch die Augen. »Alles gut«, flüsterte er, »Chiara macht dich gesund.«

Der Commissario sah zu, wie sie sich das Stethoskop in die Ohren steckte, dann hielt sie Silvio das kleine Bruststück an die linke Flanke. Sie hörte ganz genau hin, Luca liebte es, wie konzentriert sie wirkte in solchen Momenten. Er konnte den Blick nicht von ihr abwenden, während er den Kopf des Esels weiter sanft streichelte. Als sie das Stethoskop von den Ohren nahm, fragte er: »Und?«

»Seine Lunge klingt wie ein alter Dieselmotor«, antwortete die Dottoressa. »Ich weiß nicht, ob das ein normaler Infekt ist oder ob Esel auch eine Lungenentzündung haben können. Das muss ich nachlesen. Bis zu den Unpaarhufern bin ich im Studium nicht gekommen. Hast du ihm mal Fieber gemessen?«

Luca schüttelte den Kopf.

»Na, mir bleibt wohl nichts erspart.« Sie zog ein großes Thermometer aus der Arzttasche und lachte Luca kurz zu, bevor sie es in Silvios Hintern versenkte.

»Manche Tage sind anders als andere«, sagte sie, und er erwiderte ihr Lachen.

Nach einer Weile zog sie es wieder heraus.

»39,8«, las sie, »eindeutig erhöhte Temperatur. Er muss unbedingt im Stall bleiben. Es ist zu frisch draußen mit einer solchen Erkältung.«

»Und dann heißt es warten?«

»Hm, okay, pass auf, ich rufe einen Tierarzt in Lucca an, den ich aus dem Studium kenne, und frage ihn, was für ein Medikament wir geben können. Dann bestelle ich das, es sollte sicher morgen hier sein. In Ordnung?«
»Ich danke dir ... äh ... Ich danke Ih...«
»Schon in Ordnung, Commissario.«
»Was bekommen Sie?«
»Vierbeiner behandele ich gratis, keine Widerrede.«
»Ich ...«
»Das ist okay so, und damit basta«, unterbrach sie ihn. »Sie kochen ja übrigens morgen Abend für mich. Das ist doch was. Bis morgen!«

Sie küssten sich auf die Wangen, dann wandte sie sich um.

Er sah ihr nach, als sie in ihr Cabrio einstieg und den Kiesweg hinunterfuhr.

Dottoressa Chigi blieb für ihn ein unbegreifliches Wunder.

6

Er fuhr durch das Zentrum, gerade schien es ruhig zu sein, keine neuen Streitigkeiten, Gott sei Dank. Sein Ziel lag am Ortsausgang auf der anderen Seite von Montegiardino. Eine kleine Straße, ruhig und beschaulich, mit gedrungenen Häusern. Das Haus, auf das er zuhielt, unterschied sich von den anderen keineswegs, nur befand sich hinter der Tür, die er jetzt öffnete, kein Wohnzimmer, sondern ein Ladengeschäft. Eine Glocke bimmelte. Draußen hing kein Schild, von diesem Laden wussten nur Eingeweihte. Eine alte Frau erschien, sie hatte ein kleines Kissen in der Hand, in dem Nadeln steckten, im Mund hielt sie einen Faden.

»Oh«, sagte sie freundlich und überrascht, »Commissario.«

Er hatte Signora Christiana noch nie lächeln sehen. Sie lebte seit einigen Jahren in Montegiardino und war die talentierteste Schneiderin, die er je kennengelernt hatte. Was auch immer an Emmas Klamotten kaputtging, sie konnte es reparieren. Aber sie lebte für ihren Laden, sie ging nie in die Bar oder an andere öffentliche Orte.

»Was kann ich für Sie tun?«

»Es ist ... et... etwas ungewöhnlich«, sagte er und merkte, dass er stammelte. Ja, es war ungewöhnlich, aber wichtig war es auch. »Unser Esel Silvio, er ist schwer erkältet – und da dachte ich, vielleicht haben Sie eine sehr große Decke. Die ich ihm umbinden kann, um den Bauch? Eine normale Decke würde er sich mit seinem Maul einfach vom Rücken ziehen.«

»Äh, ja«, sagte sie und lachte offen und fröhlich, »das ist ungewöhnlich.« Sie sah sich in dem kleinen Laden um, der voller Stoffballen und großer Rollen stand, an der Seite lagen Dutzende Wollknäuel. »Also, ich habe nichts auf Anhieb da – aber wenn Silvio es noch eine Nacht aushält – ich habe gerade Zeit, ich kann ihm etwas nähen.«

»Das würden Sie tun?«

»Für kranke Esel und gesunde Polizisten tue ich alles, Commissario.«

»Sie sind ... einfach toll, danke. Soll ich Ihnen etwas anzahlen?«

»Sie werden wohl kaum davonlaufen, oder, Commissario? Also alles gut. Kommen Sie morgen um diese Zeit, dann bin ich bestimmt fertig.«

Er verließ den Laden und fuhr in Richtung Markt. Es wurde Zeit, dass er den Stapel auf seinem Schreibtisch ein wenig abarbeitete. Wer wusste schon, wie viel Zeit er ab morgen haben würde, wenn der Vollmond ... *Unfug*, schalt er sich. Er stieg aus dem Méhari und strebte dem Rathaus entgegen. Als er den verlassenen Fischtransporter passierte, warf er einen Blick hinein. Der junge Händler war verschwunden, da war nur der traurige Fisch, der ohne Eis vor sich hin gammelte. Was für eine Schande. Kein Wunder, dass niemand hier einkaufen wollte. Bei Alberto standen sie immer noch Schlange, wie er sah, als er sich umdrehte. Er würde wirklich ein ernstes Wörtchen mit dem Bürgermeister reden müssen.

7

Luca nahm noch einen Holzscheit aus der Kiste und legte ihn in den offenen Kamin aus grobem Stein. Früher hatte sein Vater an den Haken im Kamin den Topf gehängt und darin über offenem Feuer die toskanische Brotsuppe gekocht. Wie gerne er an diese Abende dachte!

Luca ließ sich in seinen Sessel fallen. Das Feuer loderte auf, und die Flammen griffen nach dem trockenen Holz. Die Wärme breitete sich im Raum aus und ließ ihn kurz die Augen schließen. »Was für ein Tag«, sagte er stöhnend.

Emma lag auf dem Sofa und las in einem Buch. »So schlimm?«, fragte sie, mehr ins Buch hinein als an ihn gerichtet. Es musste spannend sein.

»Den Streit, den du mitbekommen hast, der war leider nicht der einzige heute. Da fällt mir ein ...«

Er erhob sich noch einmal.

»Wo gehst du hin?«, fragte sie und ließ ihr Buch sinken.

»Ich muss nachsehen, ob es morgen so weitergeht.«

Das konnte sie jetzt nicht verstehen, dachte er, aber er würde es nachher erklären. Als er die Tür öffnete und ihm die Kühle des

Abends entgegenschlug, hielt er erst einmal sein Ohr in Richtung Stall. Nichts außer den Zikaden in den Bäumen. Aus dem Stall drang kein Knallen an sein Ohr, kein schweres Atmen. Die Medizin für Menschen schien auch dem Esel Silvio geholfen zu haben. Er würde für die Dottoressa etwas ganz Besonderes zum Essen kochen, dachte er lächelnd und spürte, wie sein Herz schneller schlug.

Dann aber sah er endlich zum Himmel. Er atmete auf. Da war sie, die dicke Wolkenschicht, die die Nacht viel dunkler machte als die vorherige. Man sah den Mond zwar, doch die grauen Massen verschleierten ihn gut. Aber was war das? Der Commissario spürte den Wind, der auffrischte. Die Wolken beschleunigten, begannen, sich gegenseitig zu überholen, die einzelnen Schichten verschoben sich, und Luca konnte nicht anders, als noch einmal zu stöhnen: »Och nein!« Aber doch, es war so, schon sah er im Norden, dass da keine Wolken mehr waren, nur der schwarze klare Himmel und die Sterne.

Er konnte förmlich dabei zusehen, wie der Wind die Wolken schob, weg, weit weg gen Süden, in Richtung Siena, in Richtung Umbrien.

Dann wurden die Umrisse der Landschaft heller und heller, der fahle Mondschein tauchte zunächst die gegenüberliegenden Hügel mit den Weinbergen in einen bläulichen Schimmer, dann erfasste er auch Montegiardino, schien mit der Kirchturmspitze zu spielen. Luca sah all die Lichter dort unten, die Menschen schienen wach geblieben zu sein, um zu sehen, ob der Vollmond sich zeigte – und: Ja, er hatte sie nicht enttäuscht.

Die Wolken zogen weiter, bis nach wenigen Minuten auch über ihm alle Schleier weggeblasen waren, und dann war er da, genau über ihm. Luca stand auf seiner Anhöhe und konnte sich nicht erinnern, den Mond jemals so nah gesehen zu haben. Die Hunde der Olivenbauern ringsum heulten, es schien ihnen ganz genauso zu gehen. Luca konnte die feinen Umrisse des riesigen Himmelskörpers erkennen, die Krater, die dunklen Flecken, fast schien es ihm, er könne nach ihnen greifen. Es war kein Fernglas nötig, kein Teleskop. Und was das bedeutete, wusste er: keine Wolken, der nahe Mond – das verhieß nichts Gutes für die nächsten Tage. Doch dann ärgerte er sich über sich selbst – seit wann gab er denn etwas auf das Geschwätz der Leute? Er zuckte die Schultern. Es würde schon alles gut werden. Andererseits: Da war das dunkle Gefühl, dass die Sorgen und die Traditionen der Bürger von Montegiardino noch nie getrogen hatten. Heute Nacht aber war er noch vor Streit und Wut sicher, denn jetzt würden ja wohl alle schlafen gehen, oder?

Der Commissario ging zurück ins Haus und wollte gerade Emma von dem hellen Mond erzählen, da sah er, dass ihr Buch auf den Boden gefallen war und sie mit offenem Mund auf dem Sofa lag und leise und gleichmäßig atmete. Er musste lächeln. Hier zumindest war kein Streit, nur Frieden und dieser süße kleine Mensch auf ihrem gemeinsamen Sofa. Luca dachte kurz an den süßen großen Menschen, der ihm diesen kleinen Menschen geschenkt hatte – dann legte er sich ganz vorsichtig neben Emma und nahm sie sanft in den Arm, um nur wenige Sekunden später mit Giulias Bild vor Augen tief und fest einzuschlafen.

Giovedì – Donnerstag

L'uomo nel fiume
–
Der Mann im Fluss

8

Als das Telefon schellte, wusste Luca nicht, wo er war. Er spürte den warmen Körper an seinem, er konnte seinen Arm nicht bewegen. Er rappelte sich hoch und schrie kurz auf, weil sein Arm eingeschlafen war, Emma musste stundenlang daraufgelegen haben. Obwohl das Telefon sehr laut klingelte, schlief sie einfach weiter, neben ihr hätte man tatsächlich auch einen Hahn dreimal krähen lassen können – Emmas Schlaf war göttlich.

Luca ging zu seiner Uniformjacke, die über dem Sessel lag, zog das Handy aus der Tasche, nahm kurz die Uhrzeit wahr, und sein Gesicht verzog sich schmerzhaft: zwanzig nach zwei Uhr morgens, das verhieß nichts Gutes. Insbesondere in Zusammenhang mit dem Mann, der anrief. Luca drückte den grünen Hörer und hielt sich das Handy ans Ohr. Er hörte Rauschen und Sirenen, deshalb schloss er schnell im Flur die Tür zum Wohnzimmer, bevor er laut sagte:

»*Sì*, Capitano Stranieri?«

»Oh, Commissario, na endlich.«

»Was gibt es denn?«

»Sie wissen, ich wecke Sie äußerst ungern. Aber ich hab natürlich von der Sache gehört, heute auf dem Markt. Deshalb dachte ich mir, es ist besser, wenn Sie herkommen. Der Zufall wäre nämlich ein bisschen zu groß ...«

»Was meinen Sie?«, fragte Luca, und sein Herz schien auf einmal in seinem Hals zu pochen. »Ist was mit Alberto?«

»Nein, mit Alberto eben nicht«, sagte Capitano Stranieri, der oberste Carabiniere von Siena, der nie zu schlafen schien. »Aber mit seinem Widersacher bei der Streiterei heute. Diesem jungen Mann. Er liegt hier vor mir, die Kollegen reanimieren ihn, der Rettungswagen ist unterwegs, aber es sieht nicht gut aus. Tut mir leid, Commissario. Ein Verkehrsunfall. Sie sollten dringend ...«

»Ich bin schon auf dem Weg, Capitano. Wo sind Sie?«

»Auf der Nazionale in Richtung Florenz. Kilometer 128.«

»Zehn Minuten, Capitano.«

Er legte auf und schüttelte den Kopf. Verdammt.

Dann öffnete er leise die Tür, ging zu Emma und nahm die Decke vom Rand der Couch, um sie gut zuzudecken. Das Feuer im Kamin war heruntergebrannt, und im Raum wurde es von Stunde zu Stunde merklich kühler. Es war eben noch lange kein Sommer.

»Schlaf gut, *cara*«, flüsterte er. »Ich bin gleich wieder da.«

Wie sehr er hoffte, dass das stimmte. Vorsichtshalber schrieb er ihr einen Zettel und legte ihn auf den Wohnzimmertisch.

Cara, ich musste zu einem Einsatz. Bin am Morgen zum Frühstück wieder bei Dir. Keine Sorge. Papa.

So groß war Emma jetzt schon – und so selbstständig, dass sie sich nie sorgte, allein zu Hause zu sein. Sie musste nur immer sicher wissen, dass ihr Vater in Sicherheit war. Seitdem Giulia tot war ... Luca konnte den Gedanken jetzt nicht mehr zu Ende denken, er musste los. Er streifte die Uniformjacke über, dann nahm er die warmen Winterstiefel wieder aus dem Schrank, heute Nacht würde er sie brauchen.

Leise ging er nach draußen und zog die Haustür hinter sich zu.

Luca schloss nicht ab, niemand in Montegiardino schloss seine Tür ab. Sollte irgendjemand sich nachts dem Haus nähern, der hier nicht hingehörte, würden die Esel einen Krach schlagen, der halb Montegiardino aus dem Bett holen würde. Jetzt aber, da sie den vertrauten Geruch von Luca wahrnahmen, hob nur Matteo den Kopf und sah dem Commissario dabei zu, wie er in seinen Wagen stieg, zurücksetzte und dann in Richtung Tal davonbrauste. Kurz vor Montegiardino bog Luca nach rechts ab, eine kleine Straße führte über die östliche Hügelkette und durch einen langen Tunnel und stieß hinterher auf die breite Via Nazionale, die Florenz mit Siena verband. Luca hielt sich links, er fluchte, weil er vor Hektik die Plane nicht heruntergeklappt hatte und ihn der kalte Fahrtwind jetzt schon so abgekühlt hatte, dass seine Zähne aufeinanderschlugen vor Kälte.

Aber er musste nicht mehr weit fahren. Als er den nächsten Hügel nahm und dann der lang gezogenen Abfahrt ins Tal des Arno folgte, sah er in der Ferne schon die blauen Lichter in der Dunkelheit zucken.

Es war nicht mehr weit bis zum nächsten Ort, wohl deshalb und um den Schlaf der Anwohner nicht zu stören, hatten die Carabinieri ihre Sirenen abgeschaltet. Hundert Meter vor der Unfallstelle stand ein junger Mann in Uniform, der alarmiert seine Kelle hob. »Stopp!«, rief er, offenbar war er neu hier. Die Carabinieri waren Soldaten, die, anders als die Mitglieder der Polizia di Stato, der Staatspolizei, und der Gemeindepolizeien, der Polizia municipale, nicht aus dem Ort kamen, an dem sie auch eingesetzt wurden, sondern stets einmal durchs ganze Land geschickt wurden. Es hieß, das solle vor allem im mafiösen Süden vor Korruption und einer zu großen Nähe von Polizei und Verbrechen schützen – andererseits hatte sich Luca immer gefragt, ob sich nicht auch Leute bestechen konnten, die sich vorher nicht kannten.

Dieser junge Kollege jedenfalls kannte Luca und sein besonderes

Gefährt noch nicht. Seine schwarze Mütze mit der silbernen stilisierten Granate saß etwas windschief, und die Jacke war falsch geknöpft, als sei der Carabiniere vorhin beim Einsatzalarm aus dem Bett gefallen.

»Ich bin Commissario Luca aus Montegiardino«, sagte Luca und wies auf seine Uniform, »Capitano Stranieri hat mich eben angerufen, Carabiniere.« Der junge Mann hatte noch kein einziges rotes Dreieck auf seiner Schulterklappe, er trug also den untersten Dienstgrad, wahrscheinlich kam er frisch aus der Kasernenausbildung. Plötzlich eingeschüchtert, trat der junge Mann zur Seite und winkte ihn mit der Kelle durch. Luca trat aufs Gaspedal und lenkte den Wagen noch das kurze Stück den Berg hinab, genau in dem Moment, als der Krankenwagen und der Notarztwagen die Sirenen anschalteten, wendeten und mit großem Getöse in Richtung Siena davonrasten. Luca bremste und stieg aus, er sah schon von weitem den Capitano auf sich zulaufen.

Seine Aufmerksamkeit wurde aber vom Anblick des Transporters abgelenkt, genau jenes Transporters, den er am Morgen auf dem Marktplatz zum ersten Mal gesehen hatte. Leider sah er jetzt ganz anders aus.

»*Merda*«, murmelte Luca.

Der alte Fiat Ducato war nur am Heck, da, wo der Fisch transportiert und gekühlt wurde, dort, wo der Verkaufsraum war, unbeschädigt, der Anhänger hingegen hatte sich um die Ecke gebogen, als sei die Stange nicht aus Metall, sondern aus Kaugummi. Und die Vorderseite des Transporters hatte sich um die alte Birke gewunden, als hätte er in zwei Teilen daran vorbeigewollt, links und rechts. Alles war voller Scherben, voller Blech und dicker, scharfer Splitter, der Baum stand förmlich mitten im Auto, aufrecht und ganz, als könnte ihm weder Sturm noch Unfall jemals etwas anhaben. Luca konnte den Blick nicht abwenden, auch dann nicht, als Capitano Stranieri endlich neben ihm stand.

»Dass der aus diesem Wrack überhaupt noch lebend rausgekommen ist, grenzt an ein Wunder«, sagte der alte Carabiniere, als Luca ihm die Hand gab. »*Sera*«, murmelte er.

»*Buona sera*, Commissario«, erwiderte Stranieri. Mit einem Seitenblick sah Luca, dass der Mann wie immer aussah, wie aus dem Ei gepellt, auch jetzt zur späten Nachtstunde saß seine Uniform adrett und war gebügelt, als hätte er sie vor drei Minuten frisch aus dem Schrank geholt. Die schwarzen Stiefel waren gewienert, die Mütze saß auf seinem Kopf so aufrecht, als wäre darin ein Drahtgestell. Nicht umsonst nannten sie ihn in der südlichen Toskana den George Clooney der Carabinieri – ganze Frauenschwärme umlagerten ihn, wenn er etwa in Siena auf Patrouille unterwegs war. Die Ähnlichkeit war aber auch zu verblüffend: Der Mann hatte die gleichen grauen Haare, die elegant, aber auch ein wenig wild zur Seite gelegt waren. Sein Teint war von den vielen Patrouillengängen dunkelbraun, und er hatte die tiefen Falten eines Mannes, der ein bewegtes, aber auch sehr glückliches Leben führte. Luca wusste, dass der Schein in diesem Fall nicht trügte: Capitano Stranieri war zum Missfallen der ledigen Frauen von Siena seit dreißig Jahren glücklich verheiratet, mit einer Frau, die einen sehr guten Delikatessenladen im Zentrum der Stadt führte. Das war doppeltes Glück, sozusagen.

»Wir haben versucht, den Wagen da rauszuziehen, aber der Baum droht dann auf das Auto zu fallen – und ich will wirklich keine Spuren zerstören. Deshalb habe ich einen Kran bestellt, der zugleich den Baum halten und den Transporter rausziehen kann. Oh ...«, er wies auf zwei Lichter und eine gelbe Rundumleuchte in der Ferne, »da kommt er schon. Na, das klappt doch heute Nacht.«

»Sie haben aber auch wirklich an alles gedacht, Capitano.«
»Ich wollte einmal schneller sein als Sie, Commissario.«
»Sie sind doch immer schneller.«

Die beiden Männer lächelten sich an. Als Luca den Posten im Rathaus übernommen hatte, war er in echter Sorge gewesen, welcher Hahnenkampf hier auf ihn warten würde. Sowohl in Rom als auch in Venedig hatte er erlebt, wie sehr das ewige Kompetenzgerangel zwischen Polizia di Stato und Carabinieri die Zusammenarbeit vergiftet hatte: Sogar wichtige Ermittlungen verzögerten sich dadurch, dass keiner dem anderen den Dreck unter den Fingernägeln gönnte, es wurde gestritten, gewartet, gezaudert und sich über den jeweils anderen beschwert, bis sich am Ende die zuständigen Minister – nämlich jene für Inneres und Verteidigung –, die sich traditionell ebenfalls spinnefeind waren, selbst wegen unwichtiger Probleme zusammenschalten mussten und irgendein Burgfrieden hergestellt wurde, der dann für höchstens vier Wochen hielt. Bis zum nächsten Problem.

Hier aber, in der südlichen Toskana, hatten sich Luca und Stranieri nach Lucas Amtsantritt einmal auf einen *caffè* getroffen, um sich kennenzulernen – das kurze Treffen am Nachmittag hatte nach acht Stunden und einem regelrechten Gelage mit mehreren Flaschen Chianti und einem sehr ausführlichen Mahl geendet –, seitdem verstanden sie sich wie wahre Freunde, sie halfen, informierten und schützten sich gegenseitig.

»Hierher!«, rief Stranieri dem Kranführer zu, gemeinsam wiesen sie den Mann in dem riesigen gelben Gefährt ein, der so spielerisch rangierte, als würde er einen Fiat 500 in eine riesige Parklücke einpassen wollen. »Geben Sie mir fünf Minuten!«, rief der Mann, dann krabbelte er aus dem Führerhaus, um den Baum an einem mächtigen Haken zu sichern.

»Wie war das denn heute früh auf dem Markt?«, fragte Capitano Stranieri. »Ich habe gehört, Sie waren sofort zur Stelle?«

»Wie kommt es, dass Sie immer so gut informiert sind?«

»Einer meiner Stabsgefreiten aus der Nachtschicht war direkt nach der Arbeit auf dem Markt, um ein paar Steaks fürs Mittagessen zu kaufen – da bekam er das Ende der Prügelei mit, aber Sie waren schon vor Ort. Also: Was ist da passiert?«

In wenigen Worten beschrieb Luca dem Carabiniere, der sichtlich amüsiert zuhörte, was vorgefallen war. »Dieser Alberto hat aber auch Pranken«, kommentierte der Uniformierte das Gehörte. »Wie geht es denn dem jungen Mann?«, fragte Luca.

Stranieri sah ihn ernst an. »Immerhin haben wir ihn zurückgeholt – er stand schon mit einem Bein im Jenseits«, sagte er leise, »aber dann hat ihn meine Ersthelferin reanimiert. So haben sie ihn in den Krankenwagen gesteckt. Er hat ordentlich was abbekommen, kein Wunder. Sie werden ihn in Siena gleich operieren.«

Sie sahen zu, wie der Kran den Baum hielt und gleichzeitig mit mehreren Stahlseilen den Transporter wieder auf die Straße zog. Es knirschte und knarzte gewaltig, all das kaputte Metall, aber irgendwann waren Wagen und Baum voneinander getrennt, stand der Transporter wieder auf der Straße.

»Meinen Sie, Alberto hat etwas mit diesem Unfall zu tun?«, fragte Stranieri.

Luca schüttelte wütend den Kopf. »Ich bete, dass es nicht so ist – und ehrlich gesagt: Ich kann es mir nicht vorstellen. Wir müssen ja erst mal sehen, woran es wirklich lag.«

»Ich lasse den Wagen direkt zur Spurensicherung bringen«, sagte der Carabiniere.

»Und ich werde rauskriegen, wo der junge Mann den Rest des Tages war. Der Markt endet um vier Uhr am Nachmittag, warum fährt er dann erst so spät zurück?«

»Das ist die Frage. Der Unfall ist vor einer Stunde geschehen, also kurz nach ein Uhr.«

»Ich werde natürlich auch schauen, wo Alberto heute Nacht war.«

»Wenn Sie mögen, kann ich das machen. Ich meine ...«, Stranieri zögerte, »falls Ihnen das unangenehm ist – schließlich kennen

Sie ihn schon lange, und ich weiß, wie schwer es ist, alte Freunde zu verdächtigen.«

»Wissen Sie, Capitano, als ich die Stelle antrat, habe ich nicht ansatzweise geahnt, dass alles, aber auch jede Kleinigkeit, ein Minenfeld ist. Aber mittlerweile habe ich mich daran gewöhnt – und es verschafft mir ja auch Respekt. Deshalb mache ich das schon.«

»Na dann, Sie Minenentschärfer. Treffen wir uns am Mittag bei mir? Dann werde ich bereits mehr wissen.«

»Einverstanden. Dann kann ich gleich im Krankenhaus nach Signore Ennese sehen.«

»Gut. Und jetzt schlafen Sie wohl, Commissario.«

»Sie auch – nachher, meine ich.« Luca wollte sich eben wegdrehen, doch dann fiel ihm noch etwas ein. »Ach, Capitano: Sagen Sie, kennen Sie den Vollmond der Streitigkeiten?«

Stranieri rollte mit den Augen. »Oh ja, ich ... Ich war damals vor zwanzig Jahren ganz frisch in Siena und hab mir das Schauspiel in Montegiardino mit eigenen Augen ansehen müssen. Aber so schlimm wie damals kann es ja wohl nicht werden, oder sind Sie auch so abergläubisch wie die Bürger Ihrer Stadt?«

»Ich hoffe, Sie haben recht, Capitano, ich hoffe es. Denn das hier könnte das erste Opfer sein«, sagte er und wies vielsagend auf den demolierten Transporter, der eben vom Kran auf den Anhänger gehoben wurde.

9

»Hast du nicht gut geschlafen, Papa?«

»Hä? Wieso?«

Luca sah lächelnd hinter seinem großen Glas frisch gepressten Orangensafts auf.

»Du siehst etwas müde aus.«

»Du hast echt geschlafen wie ein Murmeltier, oder, Emma? Du hast wirklich nicht gemerkt, dass ich heute Nacht unterwegs war ...«

»War etwa Silvio wieder so krank?« Ihr trauriger Blick fraß ein Loch in sein Herz.

»Nein, keine Sorge, mein Schatz. Ich hatte einen Einsatz.«

»Oh ...«, sie sah ihn besorgt an, aber es war eine andere Besorgnis, keine persönliche, eher eine professionelle Neugier – sofern eine Achtjährige so etwas haben konnte. »Was war denn los, Papa?«

»Ach, da war ein Verkehrsunfall unten an der Hauptstraße nach Siena. Der Fahrer hat die Kontrolle über seinen Wagen verloren.«

»Und da rufen die Carabinieri dich dazu?«

Verdammt. Seine Tochter kannte sich mittlerweile wirklich gut aus in polizeilichen Fragen.

»Der junge Mann hatte gestern einen Streit auf dem Markt.«
»Auf unserem Markt?«
»Mhm ...«
»Mit wem?«
»Mit Alberto.«
»Fisch-Alberto? Aber der kann doch keiner Fliege was zuleide tun. Der schenkt uns doch immer Sardinen.«
»Wenn dir jemand etwas schenkt, dann ist es ausgeschlossen, dass er etwas Böses machen könnte, oder?«
»Bei dir etwa nicht?«
»Vielleicht hast du recht«, sagte Luca, nahm Emmas Hand und streichelte sie lächelnd. »Ist sicher auch nur ein Zufall gewesen. Die Carabinieri untersuchen gerade das Auto. Bald wissen wir mehr.«
»Und was steht heute bei dir an?«
»Eigentlich nicht viel«, sagte Luca und dachte kurz an den Vollmond, den er am Vorabend gesehen hatte. »Hoffentlich«, fügte er leiser hinzu.

Emma schob ihre Müslischüssel von sich weg und stand vom Tisch auf. »Na, ich geh mal nach Silvio gucken.«

Luca sah seiner Tochter lächelnd nach. Er liebte diesen ruhigen Morgen. Auch wenn in seinem Hinterkopf immer noch die Bilder der Nacht spukten: das Skelett des Fischwagens, in dem der Baum steckte. Er war wirklich gespannt, was Stranieris Spurensicherung ergeben würde.

Als Emma wieder ins Haus zurückkam, musste Luca grinsen. »Hast du im Heu gebadet?«

Er zupfte ihr einige Stiele vom Pullover. »Silvio scheint es wieder richtig gut zu gehen«, sagte seine Tochter freudestrahlend. »Chiaras Medizin hat gewirkt.«

»Na, ein Glück«, erwiderte Luca.

Minuten später saßen sie im offenen Méhari und düsten Montegiardino entgegen. Emmas Haare flatterten im Wind, und sie hielt die Hände aus dem Wagen, im Radio lief der Popsender, den sie so liebte, und Emma sang laut einen Rihanna-Song mit. Luca spürte, wie ihn ein wohliges Gefühl überkam.

Noch vorm Ortsschild waren die ersten Höfe, dann kam die Einfahrt ins Städtchen. Jedes Mal wieder dachte er es: Das hier war seine Heimat – und es war doch merkwürdig, dass er erst so weit hatte fortgehen müssen – um dann voller Sehnsucht zurückzukehren. Montegiardino war in der größten Krise seines Lebens eine Zuflucht geworden. Seine Zuflucht. Und die Zuflucht von Emma, die in der kleinen Stadt ihre Familie gefunden hatte. Das war das Geheimnis von Montegiardino: Er war Emmas Papa, alle anderen Bürger aber bildeten gleichsam den Mutterersatz für die kleine Emma – seine Tochter wurde von der ganzen Stadt behütet und großgezogen.

Die Bebauung wurde dichter. Erst die Autowerkstatt von Signore Zucco, dann kamen einige Häuser, in denen alte Leute wohnten, die Luca schon seit seiner Kindheit kannte – und die ihm schon damals alt erschienen waren. Dann ging es langsam in den Stadtkern, kamen die Geschäfte, der Bäcker, der Fleischer, der Presseladen und dann der Marktplatz, der heute leer war, nur die Stühle auf der Terrasse vor Fabios Bar waren naturgemäß zu dieser Stunde schon voll besetzt. Alles hier wirkte friedlich, und der Commissario atmete innerlich auf. War der Vollmond doch nur ein Vollmond gewesen und kein schlechtes Omen? Luca bog nach rechts ab und fuhr den Berg hinauf, eine Minute später hielt er vor Emmas Schule.

»Ich wünsche dir einen herrlichen Tag, cara«, sagte er, und sie gab ihm einen Kuss. Dann rannte sie voller Energie den kleinen Weg hinauf, der zum Portal führte, wo ihre besten Freundinnen schon warteten und sie freudig umarmten. Allein zu sehen, wie sie lachten und einander herzten, bereitete Luca richtig gute Laune. Als er wendete, bemerkte er, dass sein Telefon surrte, er hatte das Klingeln noch nicht wieder eingeschaltet.

»*Sì?*«

»Hier ist die Station der Carabinieri in Siena, Commissario. Ich soll Ihnen von Capitano Stranieri ausrichten lassen, er würde Sie gern schon jetzt treffen. Kommen Sie direkt her zur Halle der Spurensicherung in Siena Sud, *d'accordo?*«

10

Die Strecke nach Siena war landschaftlich so schön, dass sogar der Motor des alten Citroën Méhari deswegen behaglich zu schnurren schien. Hinter Montegiardino schraubte sich die Straße in engen Kurven empor, bis sie schließlich auf einem Hochplateau quer durch die Weinberge führte. Hier oben war es einige Grad wärmer als unten im Tal, und die Sonne hatte die Vegetation förmlich explodieren lassen.

Die Reben standen schon in voller Blätterpracht, ein Meer von Grün erstreckte sich bis zum Horizont. Die Weinberge gehörten zum Anwesen der Familie Contadini; sie waren die bedeutendsten Winzer von Montegiardino. Früher hatte der alte Herr Massenweine für die Supermärkte produziert, doch seine Kinder, die Geschwister Contadini, hatten den Laden vor einer halben Dekade übernommen. Seither sprach man sogar in Rom und Florenz von der guten Qualität, die sie hier produzierten.

Aber was war das? Da stand ein kleiner Fiat am Straßenrand, ein roter Panda, die Warnblinkanlage war eingeschaltet. Luca hielt neben dem Wagen. Hinterm Steuer saß niemand. War das nicht das Auto von Renata Cipriani? Der Commissario sah sich um.

Weit und breit war niemand zu sehen. Merkwürdig. Luca stieg aus, nahm sein Warnkreuz aus dem Kofferraum und stellte es in einiger Entfernung hinter dem Fiat Panda auf. Dann sah er sich noch einmal um. Als er niemanden erblickte, setzte er sich wieder hinters Steuer und fuhr weiter.

Um diese Uhrzeit war hier nichts los, die frühen Pendler waren schon vor ein oder zwei Stunden Richtung Stadt aufgebrochen. Deshalb erschrak Luca regelrecht, als er hinter der nächsten Kurve schon wieder bremsen musste. »Gemeingefährlich«, murmelte er, weil der Traktor wirklich genau hinter der Einbiegung stand und vorher nicht zu sehen war.

Er hielt und schaltete die Warnblinkanlage ein, er wusste natürlich, wem dieser Traktor gehörte. Der große schwarze Transporter stand in den Weinbergen, die Aufschrift war unverkennbar: ein Traubenkranz, darunter in hübsch geschwungenen Lettern *Casa Contadini*, der Name des Weinguts. Luca stieg aus und ging auf den Transporter zu. Er liebte die Symmetrie in diesen Weinfeldern, die geraden Linien der Rebstöcke und der schmalen Gänge, die sie trennten – und in einem dieser Gänge sah er den Chef persönlich mit einigen Arbeitern.

Als er näher trat, blickte Tommaso auf und kniff die Augen zusammen, um gegen die tief stehende Sonne etwas zu sehen, dann setzte das Erkennen ein.

»Luca!«, rief er und kam auf ihn zu. »Schön, dich zu sehen. Ist 'ne Weile her. Willst du deinen Wein persönlich abholen? Bist ein bisschen früh dran.«

»Tommaso, *caro, buongiorno*«, antwortete Luca herzlich und meinte es genau so, »schön, dich zu sehen. Und schön wäre es auch, wenn du deinen Traktor nicht gerade direkt hinter der Kurve parken würdest, der steht da reichlich suboptimal.«

Der junge Winzer blickte zur Straße und sah Luca entschuldigend an. »Mist, du hast recht. Du weißt ja, wie es ist am Morgen, immer muss alles schnell gehen. Und hier fährt tagsüber ja ohnehin niemand lang.«

»Niemand außer mir«, entgegnete Luca und lachte. »Sag, was macht ihr?«

»Komm, ich zeige es dir«, antwortete Tommaso und nahm ihn mit an seine Seite. »Nach dem Pflanzen der jungen Reben ist das die wichtigste Arbeit des Frühjahrs.« Der Winzer zeigte auf das dichte Blattwerk der Weinstöcke. »Hier oben wachsen die Trauben für den Vernaccia.«

Luca kannte den Weißwein natürlich, den Tommaso seit einigen Jahren auf dem Plateau anpflanzte. Neben den edlen und schweren Rotweinen, um die sich die Gourmetrestaurants im ganzen Land schlugen, kelterten die Geschwister Contadini auch diesen Vernaccia, der eigentlich nur für die Bewohner von Montegiardino gedacht war. Denn die Rebfläche war nicht sehr groß – und weil der Wein so gut, lecker und frisch war, tranken sie unten im Tal reichlich davon. In Fabios Bar wurde er gern schon vor dem Mittagessen als Apéro bestellt – denn mit Sicherheit ließ es sich dann am Nachmittag dennoch ohne Kopfschmerzen, Kater und Müdigkeit arbeiten, aber eben mit dem gewissen leichten Schwips, einem Hochgefühl, das die Arbeit im Büro oder in der Werkstatt erheblich angenehmer gestaltete. Nun standen der Polizist und der Winzer bei den Arbeitern, die mit einfachen Gartenscheren das Laub abschnitten, der Boden unter den Reben war schon bedeckt. Unter den alten Männern mit den von der jahrelangen Arbeit schwieligen Händen war auch eine Frau, und als sie sich aufrichtete, erkannte der Commissario, wie jung sie war – jung und sehr hübsch –, und er wusste, dass sie es war, die er ohnehin einmal aufsuchen wollte.

Tommaso fuhr fort:

»Für diese Arbeit gibt es keine Maschinen, das können nur wir mit unserem Gespür und unseren Händen – an allen Reben hier oben müssen wir immer um diese Jahreszeit die Blätter abschneiden, aber nur diese hier.« Er wies auf die Blätter, die auf der West- und Ostseite der winzigen Trauben standen. Letztere waren nur kleine gelbgrüne Körnchen, die aussahen wie später die Kerne der Trauben, kein Vergleich zu den dicken gelben Beeren, die kurz vor der Ernte voller süßen Saftes an den Rebstöcken hingen und die Äste Richtung Erde bogen.

»Alle Blätter? Das ist ja eine Heidenarbeit. Aber wieso denn?«, fragte Luca erstaunt.

Doch es war nicht Tommaso, der antwortete, sondern die junge Frau, die zur Überraschung aller, auch der alten schweigsamen Arbeiter, das Wort ergriff: »Die kleinen Trauben sind zu empfindlich für die heiße Sonne am Nachmittag, die aus Süden kommt. Hier oben brennt sie ja richtig doll aufs Plateau. Das würden die Beeren nicht aushalten, sie würden schlicht verbrennen. Aber sie brauchen ja Sonne. Deshalb lassen wir die Blätter auf der Südseite stehen, damit sind die Beeren vor der Nachmittagssonne geschützt. Nur dieses Blattwerk hier nehmen wir eben ab, so kriegen die Trauben morgens, mittags und abends Sonne. Und deshalb schmeckt Tommasos Wein auch so sonnig.«

Sie musste lachen und sah ihren Chef und den Commissario keck an. Ihre Fröhlichkeit war ansteckend.

»Bewundernswert, wie viel du in der kurzen Zeit schon gelernt hast«, sagte der Winzer nicht ohne Stolz.

»Ein Lob vom berühmtesten Winzer der Gegend, das ist doch was. Ich bin übrigens Commissario Luca.« Er streckte ihr die Hand entgegen.

»Franca Baldini«, entgegnete sie, ergriff seine Hand und drückte sie fest. »Freut mich.«

»Willkommen in Montegiardino«, sagte Luca und zwinkerte ihr zu. »Wie lange sind Sie schon hier?«

»Seit einem Monat. Es ist so wunderschön hier – und es ist für

mich eine riesige Chance, ausgerechnet bei den Contadinis lernen zu dürfen. Tommaso und seine Schwester sind sehr freundlich.«
»Das heißt, Sie absolvieren hier Ihre Ausbildung zur Winzerin?«
»Oh ja!«, rief sie fröhlich, und Tommaso fügte hinzu: »Du weißt ja, Luca, wie schwer es ist, für bäuerliche Berufe überhaupt noch Nachwuchs zu finden. Und eine junge Frau, die frisch von der Universität kommt, das ist ein Sechser im Lotto. Noch dazu, wenn sie so schnell lernt wie unsere Franca hier.«
»Ich freue mich sehr, dass Sie unser Kleinstadtleben bereichern«, sagte Luca freundlich. »Aber darf ich kurz mit Ihnen unter vier Augen sprechen?«
Die junge Frau sah ihn nicht erschrocken, eher fragend an. »Aber natürlich, Commissario.«
Luca spürte Tommasos Blick in seinem Rücken, als er sie beiseitenahm und ein Stück die Rebstöcke entlangging.
»Ich weiß, Sie haben damit wahrscheinlich nichts zu tun. Aber wir hatten gestern einen unangenehmen Zwischenfall in unserer Bar. Fabio, der Wirt, er hatte einen Streit mit einem sehr ungehobelten jungen Mann. Die beiden haben sich geprügelt.«
»Wirklich?« Nun schien, entgegen Lucas Annahme, alle Anspannung von ihr gewichen zu sein. Sie musste sogar lachen. Merkwürdig, diese Reaktion, fand der Commissario.
»Ich glaube, dass dieser junge Mann wegen Ihnen hier war.«
»Hat Gianluca wirklich wieder jemanden aufgeregt?«
»Also kennen Sie ihn wirklich? Signore Zaffarella, meine ich?«
»Na klar. Er ist ein Snob, ein dummer Snob. Deshalb will ich ihn auch nicht mehr treffen. In Florenz an der Uni fand ich ihn ganz unterhaltsam – aber hier auf dem Land ist mir schnell aufgefallen, wie hohl er ist. Das habe ich ihm gestern gesagt – und wahrscheinlich war er danach etwas aufgebracht. Die Männer … Ach, Sie kennen das ja bestimmt, Commissario, Ihnen werden die Frauen ja auch nachlaufen.«

Sie sah den Commissario lächelnd an und legte den Kopf schief. Flirtete sie mit ihm? Luca betrachtete die junge Frau, die nur ein weißes T-Shirt trug, das bereits schmutzig war, eine sehr eng sitzende Jeans und weiße Sneakers ohne Socken. Es war die Uniform der jungen Leute aus Städten wie Florenz und Venedig, wie Luca wusste. Sie hatte lange dunkelbraune Haare, die sie immer wieder nach hinten strich, und tiefe dunkelbraune Augen. Ja, sie war sehr attraktiv, und so, wie sie sich gab, war unverkennbar, dass sie um die eigene Schönheit wusste.

»Nun gut«, sagte er, »ich verstehe seine Wut. Aber ich bitte Sie, zukünftig nicht mit jedem aufbrausenden Kerl aus Florenz anzubandeln, nur um dann hier mit ihm Schluss zu machen, damit unser ruhiges Örtchen ... Na ja, ich sehe, Sie verstehen schon.«

»Ich werde mir Mühe geben, Commissario. Vielleicht gibt es ja hier im Städtchen einen jungen Kerl, der ganz ausgeglichen ist. Wenn die Arbeit durch ist, kann ich ja mal auf die Suche gehen.«

»Viel Glück dabei, Signorina Baldini.«

Luca wandte sich Tommaso zu. »*Caro*, ich bin fertig. Kannst du jetzt den Traktor umparken? Euch hier noch einen guten Tag.«

»*Grazie*, Commissario. Franca, fährst du den Traktor weg?«

»*Certo*, Tommaso«, entgegnete sie und lief freudig zur Straße. Als Luca in seinen Wagen stieg, hatte sie das schwere dunkelgrüne Gefährt schon gewendet und es auf den Acker gefahren. Als er anfuhr, sah er noch, wie sie ihm zuwinkte. Entweder sie flirtete wirklich, oder sie machte sich über ihn lustig. Herrgott, diese Frau war gerade mal zwanzig, schätzte er. Sie schien wirklich der Typ junge Frau zu sein, der gerne die Welt verrückt machte. Er ahnte schon, dass dies nicht die letzte Begegnung mit ihr gewesen war.

Er beschleunigte, er hatte schon zu viel Zeit verloren. Die Straße verlief wieder schnurgerade und führte dann auf der anderen Seite des Plateaus den Berg hinunter. Kurz bevor die steile Abfahrt begann, bremste Luca stets ab, weil er sich an diesem Panorama nicht sattsehen konnte. Fast meinte man, auf der anderen Seite das Meer sehen zu können, so hoch lag dieser Ort. Er wusste natürlich, dass das Quatsch war, das Mittelmeer war von hier mindestens eine Stunde Fahrt entfernt. Und doch war der Blick bis zum Horizont einfach paradiesisch. Das hier war die Toskana in Reinkultur: die sich in engen Kurven dahinwindende Straße, einzeln verteilte kleine Bauernhäuser und große Höfe, wie von einem verliebten Maler hineingetupft in diese Landschaft. Dazu die Alleen von Zypressen, die jeder Toskana-Postkarte gut zu Gesicht gestanden hätten. Aber so war es eben mit den Klischees: Wo es besonders schön war, trafen sie zu. In der Ferne sah er den Torre del Mangia, den großen viereckigen Turm, der auf der Piazza del Campo, dem bedeutendsten Platz von Siena, stand und seit über siebenhundert Jahren die ganze Stadt überragte. Dort wollte er hin – deshalb trat Luca jetzt wieder aufs Gaspedal, und der Méhari schoss den Berg hinunter. Weitere zehn Minuten später fuhr er durch das enge Gassengewirr der Stadt. Eigentlich lag die Zentrale der Carabinieri am nördlichen Stadtrand neben dem Krankenhaus, ein schmuckloses modernes Gebäude, das nachts in den italienischen Farben angestrahlt wurde – was Luca ein wenig zu pompös fand. Die Spurensicherung aber befand sich am Südrand der Stadt, genau an der Schnellstraße, die Siena mit dem noch südlicher gelegenen Grosseto und der Maremma verband. Er hatte nie einen Zweifel daran gehabt, dass diese Stadt die schönste von ganz Italien war, mit ihrem pittoresken Ambiente aus roten Fassaden und historischen Gemäuern – eine kleinere Version von Florenz, die aber gerade durch ihre geringere Größe alle Annehmlichkeiten eines schönen Lebens bot.

Die rote Erde von Siena, die die Stadt berühmt gemacht hatte, war wohl das älteste Farbpigment überhaupt, das Menschen sich zunutze machten – schon in Höhlenmalereien war die Farbe aufgetaucht. Ursprünglich war der Sand eher von dunklem Gelb, einem Ocker, doch als die Menschen die Erde verbrannten, wurde daraus das dunkle Rot, in dem die Häuser auf der Piazza del Campo noch heute erstrahlen, das Rot, das Abertausende Fotos prägt, die unablässig mit *Grüßen aus der Toskana* in alle Welt verschickt werden. Der Commissario genoss die kurze Fahrt durch die engen Gassen, immer wieder musste er bremsen, weil unvorsichtige Touristen mitten auf der Straße ihre Fotos machten. Als er das Zentrum hinter sich gelassen hatte, ging es wieder schneller voran, bis zu dem alten Gemäuer, über dem das stolze Wappen mit der Aufschrift *Carabinieri* prangte. Als er parken wollte, dachte Luca zuerst, er würde sich täuschen. Aber nein, es war Capitano Stranieri, der im ordentlich gebügelten Anzug auf der Vortreppe unruhig von einem Fuß auf den anderen trat und dann, als er sich sicher war, loslief, um Luca abzuholen.

»Ich habe auf Sie gewartet, Commissario«, sagte er, als Luca ausstieg und den Capitano per Handschlag begrüßte.

»Also gibt es etwas Spannendes?«

»Das kann man wohl sagen. Kommen Sie.«

Er führte Luca über den Hof der Carabinieri. Ein junger Mann salutierte ihnen, als er sie durch die Tür ließ. Sie durchquerten lange Flure und kamen schließlich zu einer großen Halle, wo der Fuhrpark der Einsatztruppe repariert und gewartet wurde. Zwei kleine Streifenwagen und ein großer Transporter standen da. Auf der Hebebühne sah Luca den Marktwagen aus der Nacht, so zerstört, als wäre er von einem Elefanten gerammt worden. Noch immer tropfte es aus dem Motor. Capitano Stranieri wies auf den Wagen und sagte: »Na, sehen wir es uns mal an. Und dann bin ich sehr gespannt, was Sie zu unternehmen gedenken.«

Sie gingen an den Mechanikern vorbei, die sich um die Wagen der Carabinieri kümmerten. Die beiden Frauen, die an dem Fischwagen arbeiteten, trugen weiße Overalls mit der Aufschrift *Polizia Scientifica* auf dem Rücken.

»Wir waren so schnell«, sagte Stranieri, als er Luca die kleine

Treppe hinunterführte, sodass sie nun im Arbeitsgraben unter dem Fahrzeug standen, »weil jedes Kind hätte finden können, was wir gefunden haben. Sehen Sie ...« Er wies nach oben. Luca sah den Unterboden des Wagens prüfend an, wieder einmal erstaunt darüber, wie viel Blech und Stahl an so einem Auto verbaut waren. Doch dann blieb sein Blick an etwas hängen. An den Seiten, ungefähr dort, wo die Räder an den Achsen befestigt waren, lagen kleine schwarze Schläuche. Der Schnitt, der einen davon durchtrennt hatte, war mit so offensichtlicher Vehemenz gemacht worden, dass dem Commissario der Atem stockte. Schnell blickte er zur linken Achse des Wagens. Dort das gleiche Bild: ein glatter Schnitt in dem schwarzen Schlauch.

»Das ist ein Messer gewesen, oder?«

»Ein scharfes Messer oder ein Cutter, wahrscheinlich eher Letzteres, die Einstichstelle ist sehr dünn, aber sehr lang – und damit sehr wirkungsvoll.«

»Beide Bremsschläuche ...«

»Beide Bremsschläuche der Hinterachse sind zerschnitten worden – und«, Stranieri führte ihn nach vorne, »jemand wollte auf Nummer sicher gehen – auch beide Schläuche an der Vorderachse. Der Wagen war komplett ohne Bremswirkung – gut, der Fahrer hätte die Handbremse ziehen können, aber ein Gefährt mit diesem Gewicht, und dann noch bergab und voll beladen – das ist mit der Handbremse nicht zu stoppen. Nein ...« Der Capitano schüttelte den Kopf. »Das war ein Anschlag. Ein Anschlag auf Signore Ennese. Und um ein Haar wäre er gestorben.«

»Verdammt ...«, flüsterte Luca, ergriff die von Stranieri angebotenen Handschuhe und berührte vorsichtig den Schlauch, um ihn leicht zu öffnen.

»Die Bremsflüssigkeit ist komplett herausgeflossen, bis der Wagen nicht mehr zu halten war. Wir haben im ganzen Fahrzeug keine Bremsflüssigkeit mehr gefunden.«

»Aber … wer hätte das denn tun sollen, außer …«

Capitano Stranieri senkte den Kopf und ließ den Commissario kurz nachdenken. Dann sagte er nach einer Weile ganz ruhig, wie es seine Art war: »Ich habe noch nicht in Florenz angerufen, obwohl ich es hätte tun müssen. Vier Schnitte, das ist kein Zufall – und es ist auch kein versuchter Totschlag. Das war mindestens ein Mordversuch. Und dafür ist nun mal die Polizia di Stato zuständig. Dennoch habe ich noch gewartet, weil ich es Ihnen erst mal zeigen wollte. Sie wissen, was Sie tun müssen, Commissario?«

Luca hatte sofort das Gesicht des alten Alberto vor Augen. Das freundliche Gesicht jenes Mannes, der ihm immer Doraden verkaufte, Wolfsbarsche, Kalmare. Fische, die er bis vor wenigen Jahren noch selbst geangelt hatte; nun tat das seine reizende Tochter, und Alberto verkaufte nur noch. Der freundliche, interessierte, gut informierte Alberto. Luca hörte Emmas Satz: »*Der kann doch keiner Fliege was zuleide tun. Der schenkt uns doch immer Sardinen.*« Der Commissario hätte es nicht besser beschreiben können. Andererseits: Der Fischhändler war wirklich wütend gewesen, es ging schließlich um den wichtigsten Markt für seinen Stand – und für Einfluss und Geld hatten Menschen schon immer schlimme Dinge getan.

»Ich werde mit Alberto sprechen, Capitano.«

»Ich gehe davon aus, dass Sie kein lockeres Gespräch führen werden, richtig? Sie werden ihn verhaften. Das müssen Sie. Wenn Sie wollen …«, Stranieri ließ den Satz in der Luft hängen und beendete ihn erst, als Luca schon abwinken wollte, »wirklich, Commissario, wir können Ihnen helfen. Dann ist Montegiardino auf mich sauer – und nicht auf Sie.«

»Ich bringe meiner Stadt die guten Nachrichten, aber auch die schlechten. Ich melde mich, wenn ich was habe – und ich danke Ihnen für Ihre schnelle Arbeit und dafür, dass Sie es mir zuerst gesagt haben.«

»Ich halte meinen Bericht noch etwas zurück. Bis heute Abend. Dann muss ich ihn an die Questura in Florenz faxen. Aber bis dahin hatten Sie hoffentlich genügend Zeit für Ihre Ermittlungen – und für ein Geständnis.«

»Ich werde Signore Ennese im Krankenhaus ...«

»Capitano ...« Ein junger Carabiniere kam aus dem Bürotrakt gelaufen. »Ach, *buongiorno*, Commissario, gut, dass ich Sie beide hier treffe. Wir haben mehrere Notrufe bekommen, aus Montegiardino. Es gibt offensichtlich eine Prügelei in der Oberstadt und einen lautstarken Streit nahe dem Rathaus. Die Anrufer wussten nicht mehr, was sie tun sollten.«

Luca und der Capitano sahen sich an. Der Commissario verdrehte die Augen, und der Carabiniere schlug sich mit der Hand an die Stirn.

»Ich hasse diesen Vollmond«, sagte Luca leise.

»Fahren wir«, entgegnete Stranieri, und dann machten sich beide auf den Weg zu ihren Autos.

11

Luca raste hinein nach Montegiardino, er nahm die Kurven so rasant, dass der Méhari auf der rechten Seite einmal die Bodenhaftung verlor.

Aus dem Augenwinkel sah er die Schneiderei, das *Chiuso*-Schild hing im Fenster, Mittagspause, aber er hätte eh nicht anhalten können, um die Eseldecke mitzunehmen, im Städtchen ging es offenbar um Minuten.

Andererseits: Vielleicht war der Ausdruck *Prügelei* doch etwas zu drastisch, das hoffte Luca jedenfalls, als er um die letzte Ecke bog und aus Versehen das Bremspedal fast durchs Blech trat, was bei dem rostigen Unterboden kein wirkliches Wunder gewesen wäre. Aber wer hätte es ihm verdenken sollen – die dargebotene Szene auf der Via Piave war einfach zu … na, was eigentlich: epochal, urkomisch, zum Himmel schreiend? In jedem Fall eine Anekdote, die sie noch in zehn Jahren bei einem Grappa in Fabios Bar zum Besten geben würden.

Da stand Signora Castellucci und hieb mit ihrem Krückstock immer wieder gegen die Tür des gedrungenen Hauses von Signora Cipriani. Sie war wirklich nicht gut zu Fuß, die alte Dame, daher auch der Krückstock, auf den sie seit zehn Jahren angewiesen war – wobei sie, als sie ihn bekam, bereits weit über achtzig gewesen war. Sie hatte eine wahnsinnig tiefe Stimme, was von den Nazionali-Zigaretten kam, die schon seit mindestens fünfzehn Jahren nicht mehr im Handel waren. Die Castellucci rauchte sie aber nach wie vor – auch jetzt hatte sie in der freien Hand, die nicht den Krückstock hielt, eine glimmende Kippe. Luca rätselte noch immer, wo sie ihr geheimes Zigarettenlager hatte.

Mit ihrer tiefen Stimme rief sie immer wieder: »Mach auf, du Betrügerin!« Luca stieg aus, hielt aber noch einen Moment inne, weil er all das erst einmal verarbeiten musste, denn es war für ihn völlig unverständlich, warum die Frau immer wieder gegen die Tür drosch. Wahrscheinlich nur, weil das rot lackierte Blech so schön Krach schlug. Denn viel sinnvoller wäre es gewesen, gegen das Fenster zu dreschen, das sich genau neben der Tür befand und aus dem die halb wütende, halb verängstigte Signora Cipriani heraussah, die ihrerseits immer wieder »Mach dich vom Acker!« rief, sehr laut, sehr schrill. Jetzt reichte es dem Commissario, er setzte sich in Bewegung und rief, als er der alten Castellucci sehr nah gekommen war: »Hören Sie auf!« Er wusste, wie schwerhörig sie war. Doch die Frau dachte gar nicht daran aufzuhören, also legte er seine Hand auf den Krückstock, der eben wieder gegen die Tür sausen sollte. Aber er entwand ihn ihr nicht, der Commissario wusste, dass sie dann einfach umgekippt wäre. Er setzte die Spitze nur vorsichtig auf den Boden und stellte sich zwischen Frau und Tür. Die Cipriani beugte sich weiter aus dem Fenster heraus, so neugierig war sie.

»Signora Castellucci, was machen Sie denn da?«

Die alte Frau sah ihn an, als sei er eben vom Himmel gefallen. »Sie? Sie sind doch ... der neue Polizist.«

»Ganz recht«, erwiderte Luca, weil jetzt bestimmt nicht der richtige Zeitpunkt war, ihr zu sagen, dass er schon dreieinhalb Jahre in der Gemeinde arbeitete. »Aber was wollen Sie von Signora Cipriani?«

»Eben!«, rief Signora Cipriani. »Sie soll hier verschwinden!«

»Die hat mich betrogen, die alte Schachtel!«, rief die Castellucci mit ihrer Reibeisenstimme, die sehr entfernt an die von Bonnie Tyler erinnerte. »Die wollte mir mein Geld aus der Tasche ziehen.«

Luca ging in Gedanken kurz die Hauspläne der Via Piave durch und sagte dann:

»Sie sind doch Nachbarn, Signora, jetzt machen Sie mal halblang – wie kann Signora Cipriani Sie denn betrogen haben wollen?«

Die Castellucci fingerte sich eine Zigarette aus ihrer blau-weißen Nazionali-Packung und entzündete sie an der alten, die noch im Mund steckte, dann erst erwiderte sie: »Die hat mir ihre alte Gurke angedreht, sie meinte, der Wagen rolle noch wie am Schnürchen – aber sie wolle ja nicht mehr fahren, und so stehe die Karre nur in der Garage. Also macht sie mir einen guten Preis. Pah ...« Sie spuckte auf den Kies. »Ich hab sogar bar gezahlt.« Wieder hob sie den Krückstock und drohte der alten Nachbarin. »Und dann steig ich heute Morgen in die Karre, weil ich nach Siena will, ich brauche neue Schuhe, verstehen Sie, Commissario? Und dann bleibt das Ding einfach stehen, mit rauchendem Motor, und ich muss runterlaufen, den ganzen Weg.«

So langsam blitzte es in Lucas Kopf auf. Das Erkennen. Der Zusammenhang. Der rote Fiat Panda auf dem Hügel.

»Sie sind den ganzen Weg vom Hochplateau hierhergelaufen? Mit Ihrem Krückstock?«

»Irgendwann kam Gott sei Dank so ein hübsches Ding auf 'nem Traktor, da bin ich dazugestiegen.«

Die junge Franca hatte sich also schon Freunde unter den Bewohnern gemacht, dachte Luca, auch wenn er sich nicht vorstellen konnte, wie Signora Castellucci sich auf dem kleinen Traktor auf den Sozius gequetscht hatte.

»Und dann bin ich gleich hergekommen, um der Betrügerin meinen Besuch abzustatten. Hast du gehört, du Hexe? Du kannst deine Karre wiederhaben, Fiat, so ein Mist. *Fehler in allen Teilen* – wo sagt man das noch mal? Egal, es stimmt jedenfalls, und ich will mein Geld zurück!« Mit diesen Worten warf sie den Autoschlüssel auf den Boden, dass es nur so schepperte.

»Vergiss es!«, rief die Cipriani. »Du kriegst gar nichts zurück. Du hast wahrscheinlich keine Ahnung, wie man ein Auto fährt. Bei mir fuhr der immer tadellos. Und dann machst du ihn am ersten Tag kaputt.«

»Wie lange sind Sie denn nicht gefahren, Signora Cipriani?«

»Na, ich glaube, seit sie die Lira abgeschafft haben, nicht mehr.«

»Wie bitte?«

»Na ja, als ich das letzte Mal getankt habe, musste ich zwanzigtausend Lire berappen. Da hab ich gesagt, die können mich mal, ich sehe sowieso schlecht.«

»Und seitdem, also seit zwanzig Jahren, steht der Wagen in Ihrer Garage?«

»Er war doch top in Schuss.« Die alte Cipriani zuckte mit den Schultern.

»Okay, hören Sie«, sagte Luca, der wirklich nicht wusste, ob das hier ein eigens für ihn aufgeführtes Theaterstück war oder das wahre Leben. »Sie gehen jetzt nach Hause, Signora Castellucci – und Sie machen das Fenster zu, Signora Cipriani. Niemand droht, schlägt oder beleidigt jetzt hier noch jemanden, einverstanden? Ich nehme an, Sie haben das Auto seit zwanzig Jahren auch keinem Mechaniker gezeigt? Wegen der technischen Prüfung oder so?«

»Wie sollte denn das Auto in die Werkstatt kommen? Meinen Sie, es fliegt? Ich hab doch gesagt, ich fahre nicht.«

Luca schüttelte den Kopf. Der TÜV war also seit dem Jahr 2000 abgelaufen.

»Ich werde mir den Wagen nachher ansehen, Signora Castellucci. Ich denke, wir kriegen das wieder hin. Aber Sie gehen jetzt nach Hause, ja?«

»Hmm«, murrte die alte Frau und zog schon los, den Krückstock ließ sie wie ein Accessoire hinter sich herschleifen. »Aber wenn die Karre kaputt ist, dann komme ich wieder.«

»Das sollten Sie«, sagte Luca so leise, dass er sich selbst kaum hören konnte. Dann bückte er sich, hob den Schlüssel auf und steckte ihn ein, um gleich darauf zu seinem Wagen zu eilen. Auf dem Handy wählte er Stranieris Nummer. Doch der Capitano antwortete nicht. Also setzte er zurück und raste Richtung Stadtzentrum. Eigentlich wollte er nur kurz an Emmas Schule vorbeischauen, aber was er sah, brachte ihn dazu, sofort wieder voll abzubremsen.

»Hey!«, rief er den zwei Jungen zu, die sich genau an der Mauer prügelten, die die Schule von der Straße trennte. »Hey, hört auf, Jungs!«

Er sprang aus dem Wagen und rannte zu den beiden hin. Der eine wollte dem anderen gerade einen Schlag mit der Faust verpassen. Luca kam genau richtig, er fing die fliegende Hand ab und hielt sie fest. Da erst bemerkte er die Menge von Schülern, die im Eingangsportal stand. Und er erkannte sie sofort: seine Emma, die neugierig und ein wenig ängstlich hinaussah.

»Sag mal, habt ihr 'n Knall?«, entfuhr es ihm. »Wo sind denn eure Lehrer?«

Der Größere der beiden sah Luca bedröppelt an, während der Kleinere mit den Schultern zuckte.

»Du bist doch Sergio, oder? Dein Vater hat die Werkstatt. Und du?«

»Au…« Er sprach so leise, dass Luca es kaum hören konnte.

»Wie bitte?«

»Augusto.« Dem Jungen lief etwas Blut aus der Nase. Luca zog ein Papiertaschentuch hervor und gab es ihm.

»Und warum prügelt ihr euch?«
»Ich ...«
Die beiden Jungs senkten die Köpfe und schwiegen. Das hier war ihnen richtig unangenehm.

Luca hörte den Tumult an der Tür und sah noch, wie Emma versuchte, ihre beste Freundin Emilia festzuhalten. Doch die riss sich los und kam auf sie zugerannt. Atemlos und mit roten Flecken im Gesicht sagte sie: »*Ciao*, Commissario. Emma sagt, ich soll es nicht sagen. Aber ... na ja, Augusto ist ja schon lange in sie verknallt, und nun hat aber Sergio ein Auge auf sie geworfen, und er ist ja auch eingeladen zu der Party am Freitag. Und das hat Augusto gar nicht gepasst, und da ...«

Sie sah zwischen den Jungs hin und her. Luca aber traute seinen Ohren nicht. Er riss sich zusammen und sah das Mädchen freundlich an. »Danke, Emilia. Und nun ab mit dir, hier ist alles wieder in Ordnung. Ich rede nur noch ein kurzes Wörtchen mit den Jungs.«

Er sah ihr nach, wie sie wieder in die Schule stürmte, Emma war längst verschwunden. Der Vorfall musste ihr schrecklich peinlich sein. Luca verstand sie und merkte, wie es ihm kalt den Rücken runterlief. Sein kleines Mädchen ... Er wünschte sich so sehr, dass Giulia hier wäre – er war mit diesen Dingen dermaßen überfordert. Doch dann kehrte er zurück ins Hier und Jetzt, sah die beiden Jungs streng an und kniete sich zu ihnen auf den Fußboden. Augustos Hosen waren voller Dreck, er hätte den Kampf gegen den stärkeren und größeren Jungen wohl verloren. Aber das war ihm jetzt reichlich egal.

»Stimmt das, was Emilia sagt?«, fragte Luca.

Die beiden konnten nicht zu ihm aufsehen, doch Luca sah, wie rot die Wangen von Augusto geworden waren. Sergio tippte immer wieder nervös mit dem Fuß auf.

»Stimmt das?«, wiederholte er.

»Ja-a-a«, sagte Sergio genervt. »Emma is voll cool.«

»Aber sie ist *meine* Freundin!«, rief Augusto wütend.

Luca atmete tief durch und hielt den kleineren Jungen fest, der schon wieder Anstalten machte, aufzuspringen.

»Okay, Jungs, ich sag euch was, und das sag ich euch als Papa, nicht als Polizist. Emma ist acht. Acht Jahre alt. Wie alt bist du?« Augusto sah ihn fragend an. »Ich?« Luca nickte. »Neun.«

»Und du?«

»Auch neun. Nächste Woche werde ich zehn.«

»Gut. Dann geb ich euch einen freundlichen Rat: Das mit den Mädels wird noch stressig genug. Wenn die vierzehn oder fünfzehn sind, dann ist das nämlich wirklich eine Qual. Ihr baggert die ewig an, dann kommt ihr vielleicht zusammen oder auch nicht, ihr knutscht rum, und dann werdet ihr verlassen, oder ihr kriegt ständig Stress mit denen oder so. Es wird dann nichts anderes mehr geben, was euch beschäftigt. Ich verspreche euch das. Und wisst ihr, warum ich das weiß? Weil es bei mir genauso war. Deshalb macht doch, bis es so weit ist, irgendwas anderes, was Lustiges. Spielt Fußball, baut ein Baumhaus, was weiß ich.«

»Das war alles?«

Augusto und Sergio sahen ihn überrascht an. Sie hatten wohl mit einer Standpauke gerechnet. Doch Luca war noch nicht fertig.

»Nicht ganz. Das war der freundliche Rat. Hier kommt der andere: Emma ist meine Tochter – und wie gesagt: Sie ist acht. Wenn ihr Emma noch einmal zu nahe kommt, bevor sie zwölf ist, oder ihr euch noch mal rumprügelt, dann kriegt ihr richtig Ärger. Verstanden? Und jetzt rein in die Schule.«

Er hatte es halb scherzhaft gemeint, aber die Jungs hatten offenbar einen Heidenrespekt. Sie murmelten noch etwas und nickten, dann gingen sie Seite an Seite in Richtung Portal. Ihre Rivalität schien sich erst mal erledigt zu haben. Doch er hatte ja ganz woandershin gewollt. Luca rannte wieder zum Méhari, und als er einstieg, konnte er Emma in der ersten Etage am Fenster ihres Klassenraumes sehen. Sie winkte ihm zu. Er winkte zurück, dann ließ er den Motor an und brauste Richtung Marktplatz davon.

12

»Was, zum Teufel, ist denn hier los?« Luca musste fassungslos geklungen haben. Aber das hier war ja auch nicht zu fassen.

Der Commissario stand zwischen dem jungen Carabiniere, der Signore Zucco festhielt, und Fabio, der beruhigend auf Bianca einredete. Bianca, Emilias Mutter. Signore Zucco, der Werkstattbesitzer und Sergios Vater. Der Vater von dem Sergio, der sich gerade wild geprügelt hatte.

»Luca, es tut ja so gut, dich zu sehen«, flötete Bianca und entwand sich Fabios Griff. Luca nickte dem Barbesitzer zu, der sich, wie es schien, in einer Nacht vom Saulus zum Paulus gewandelt hatte. Heute war er der Streitschlichter. Emilias Mama wiederum schien wirklich wütend zu sein, er hatte sie noch nie so gesehen. Sie funkelte Zucco regelrecht an und stellte sich dann aufreizend nah neben Luca, als sei er ihr Komplize. Sie war immer noch sehr erpicht darauf, den begehrtesten Junggesellen Montegiardinos herumzukriegen. Er mochte Emilias Mutter sehr, als Freundin, mehr aber auch nicht.

»Ich wollte ein ganz besonderes Geschenk für Noemi, das hatten die Kinder ja in der Schule besprochen. Es sollte dieses Skateboard sein, das sie sich so sehr wünscht. Emma, Emilia und Carla haben doch dafür zusammengelegt. Sie wollte unbedingt das grün-weiße, hier aus dem Geschenkeladen. Ich komme gerade her, da schleppt der Kerl da genau dieses Skateboard raus. Ausgerechnet. Hat ihm sein Sohn wohl unser Geschenk verraten – und nun hat er es mir vor der Nase weggeschnappt.«

Luca sah Signore Zucco an. Der Carabiniere hatte den stämmigen Mann fest im Griff, das Skateboard lag wie ein erlegtes Beutetier auf dem Kopfsteinpflaster. »Ist das wahr?«

»Sergio hat mir erzählt, ich soll das Skateboard kaufen. Noemi wünscht es sich so sehr zum Geburtstag. Er hat mir genau beschrieben, welches. Ich glaube, er wollte es gemeinsam mit Ihrer Tochter schenken, Commissario.«

»Was sagst du da? Du bist ein Dieb!«, fuhr Bianca auf, und Luca ging dazwischen. Aus dem Augenwinkel sah er hinüber zum Rathaus und bemerkte, wie am Fenster der schönsten Etage eine Gestalt schnell verschwand, als der Commissario hinaufsah. Das war ja mal wieder typisch.

»Herrgott noch mal, das ist doch alles nicht zu glauben. Wird das ein Kindergeburtstag oder der Anlass, diese kleine Stadt in Schutt und Asche zu legen? Ich glaube, ich spinne ... Sind denn hier alle verrückt geworden?«

Es war nicht seine Art, sich so aufzuregen, deshalb standen alle um ihn herum wie angewurzelt da. So hatten sie den sonst immer besonnenen Mann noch nie erlebt. Die Münder standen offen, und Lucas Gesicht war hochrot.

»Ähm, Commissario, Entschuldigung?«

Vor ihm stand Signore Aleardi, der Weltkriegsveteran, der wie immer seinen schwarzen Anzug trug, egal wie warm oder kalt es war, und der saß immer wie angegossen. Doch irgendwie wirkte der alte Mann heute sehr unruhig, Luca konnte sich auch nicht erinnern, ihn jemals stottern gehört zu haben – der Alte sprach feinstes Hochitalienisch, mit zackig militärischer Verve. Eigentlich hatte Luca gerade kein Ohr für alte Kamellen übrig, aber irgendetwas sagte ihm, dass es sich lohnen könne, geduldig zu sein.

»Ja, Signore Aleardi?« Der Commissario bebte immer noch. »Ich glaube, ähm, ich glaube, es wäre besser, wenn Sie mitkommen würden.«

»Jetzt?« Luca sah ihn überrascht an. »Aber wohin denn?«

»Nach unten, zum Fluss. Sie wissen ja, dass ich dort nach dem Mittagessen immer spazieren gehe.«

»Signore Aleardi, ich will nicht unhöflich sein, aber Sie sehen doch, dass ich hier alle Hände voll zu tun habe ...«

Da legte der alte Mann seine knochige Hand auf die des Commissarios.

»Sie sollten wirklich mitkommen«, sagte er leise, »da liegt ein Toter.«

Das war einer der merkwürdigen Momente im Leben, in denen Luca quasi aus sich selbst heraustrat und die ganze Szenerie von außen betrachtete, den Pulk von Menschen um ihn herum, der bis eben noch wüst gestritten hatte und nun etwas ratlos in der Gegend stand; den alten Aleardi, der erschüttert auf ihn wartete, und sich selbst, der die Worte des Mannes noch einmal im Kopf wiederholte.

»Ein Toter?«, fragte er leise. »Warum sagen Sie das nicht gleich?«

»Dann hätten es wohl alle gehört, und ich hätte Ihnen direkt eine Menge Schaulustige beschert«, sagte Aleardi und klang so entrüstet, wie er wohl auch war.

Luca antwortete: »Da haben Sie recht, Signore, tut mir leid. Ich komme sofort mit.«

Er wandte sich an die Bürger seiner Stadt und sagte laut in die Menge: »Okay Leute, jetzt lasst es gut sein, genug für heute. Geht nach Hause – wenn ich hier noch einen erwische, der Stunk macht, dann verbringt er die Nacht in Siena in der Ausnüchterungszelle – und das gilt für jeden hier, verstanden?«

Luca sah in verdutzte Gesichter und in wütende, aber er sah auch nickende Köpfe. Die Menge fing an, sich zu zerstreuen. »Gehen wir«, sagte er leise zu Signore Aleardi. »Zeigen Sie mir, wo es ist.«

Sie verließen den Marktplatz, und der Commissario wunderte sich wieder einmal, wie rüstig dieser Mann noch war. Mit langen Schritten ging er voran, sodass Luca sich fast ein wenig ranhalten musste, um nicht zurückzufallen. Irgendwann würde er den Alten mal nach seinem Geheimnis fragen – vielleicht kannte er ja einen Zaubertrank.

Sie verließen die Piazza und gingen über die alte Steinbrücke, die den Arno überquerte, diesen schönen, in der Sonne glänzenden Fluss, der hier in Montegiardino sanft durch sein Bett floss und in dem bunte Steine lagen, die den Anblick noch malerischer machten. Der Commissario stellte erleichtert fest, dass von hier oben gar nichts zu sehen war. Er hatte befürchtet, die Leiche läge weithin sichtbar da, was für einen riesigen Aufruhr im Städtchen gesorgt hätte – doch da war nichts. Alles sah so friedlich aus wie immer. Vielleicht hatte Aleardi auch nur eine Erscheinung gehabt – ein bisschen merkwürdig war er ja. Auf der anderen Seite ging die Straße bergauf, doch es gab auch eine Steintreppe, die rechts hinter der Brücke begann und zu den Flussauen hinabführte, die sich auf der rechten Arno-Seite erstreckten. Die Bewohner des Städtchens pflegten hier ihren Abendspaziergang ausklingen zu lassen, es gab Angler, die Jagd auf Lachsforellen machten, und es war zudem ein romantischer Ort für Verliebte. Bei dem Gedanken zwickte es Luca – er hoffte, es würde noch sehr lange dauern, bis Emma diese Seite des Flusses regelmäßig erkundete.

»Kommen Sie, es ist dahinten, etwas versteckt.«

Der alte Mann ging immer noch voran, bis zu der Stelle, wo der Fluss eine Biegung machte, dort hatte sich ein kleiner See gebildet. Und genau in diesem See sah Luca, was Signore Aleardi gemeint hatte. »Da liegt er«, sagte der Alte und beschrieb damit das Offensichtliche. Die Beine sahen aus dem Wasser heraus, sie steckten in einer alten verdreckten Arbeitshose. Um den Bauch trug der Tote einen Werkzeuggürtel. Der Commissario trat näher. Der Oberkörper lag im Wasser, aber da der Arno so klar war, schien es, als lägen Brust, Hals und Gesicht des Toten in diesem gerade mal dreißig oder vierzig Zentimeter tiefen Wasser wie unter einem Schleier.

Der Tote. Ein Mann. Ein Mann aus Montegiardino.

Es wirkte, als wollte er zum Himmel aufschauen, in seinen Augen lag ein verblüffter Ausdruck, ja, das war es; aber vielleicht waren die Augen auch nur leicht zusammengekniffen, so als sei er zornig. Wahrscheinlich war das totaler Quatsch, dachte Luca, aber es war der erste Eindruck. Sein erster Eindruck. Und er wusste, wie wichtig der sein konnte.

»Verdammt«, entfuhr es dem Commissario, und er schloss einen Moment die Augen. »Das ist ...«

Signore Aleardi ergänzte, weil Luca nicht weitersprach: »Mario. Ja. Verdammt – Sie sagen es. Auch wenn ich nicht gern fluche. Der arme Kerl.«

Seit drei Jahren lebte Luca jetzt in Montegiardino. Die Stadt war ein eigener Kosmos. Da gab es die Menschen, die ständig um einen herum waren. Aus praktischen Gründen wie Fabio, der Barbesitzer, oder Maria, die Gemüseverkäuferin. Aus Gründen der Gewohnheit wie Signore Aleardi, der mehrmals am Tag die ganze Stadt durchquerte und dem er deswegen so oft begegnete. Oder aus Zuneigung wie Chiara, die Ärztin. Na gut, er empfand auch große Zuneigung für Maria und Fabio, korrigierte Luca sich. Und dann gab es die Menschen, die ebenfalls zu diesem Kosmos gehörten, die man aber seltener sah, weil sie auswärts arbeiteten oder nicht mehr aus ihren Häusern gingen – oder weil es sich einfach nicht ergab.

Es gab aber auch einige wenige, die Luca nur sehr selten sah oder an die er nicht so oft dachte, weil er sich irgendwann unterbewusst dagegen entschieden hatte. Irgendwas war mit diesen Menschen, dachte er, irgendeine Dunkelheit war da, die er intuitiv mied. Vielleicht war das ungerecht, aber er konnte einfach nichts dagegen tun. Zu Letzteren zählte auch Mario. Und so ging der Commissario die wenigen Details im Kopf durch, die er mit dem Mann verband, der dort vor ihm im Wasser lag.

Mario Riccione, ein Mann Anfang fünfzig, der sich als Handwerker verdingte. Er erledigte Aufträge für die alten Leute in Montegiardino, er strich ihre Fensterrahmen, reparierte Heizungen, deckte Garagendächer neu ein. Dergleichen. Luca hatte bisher vermieden nachzuprüfen, ob Mario das gegen korrekte Rechnung tat. Es gab manche Dinge, die ein Kleinstadtpolizist nur im äußersten Bedarfsfall tun sollte. Kontrolle war gut, Vertrauen war besser. Mario war alleinstehend, zumindest soweit es Luca bekannt war. Er wohnte in einem kleinen Haus am Ortsrand, das ein wenig heruntergekommen war. Offenbar reparierte er lieber bei anderen etwas als bei sich selbst.

Nun gut, er *hatte* repariert, korrigierte sich der Commissario. Denn dieser Mann hier würde nichts mehr reparieren. Nie wieder.

Signore Aleardi beugte sich hinunter und sagte:»Helfen Sie mir, wir ziehen ihn aus dem Wasser.« Doch Luca entgegnete:»Auf keinen Fall, Signore. Wir müssen jetzt die Spurensicherung anrufen.«

»Ach, meinen Sie ... Ich hätte gedacht, es sei das Herz ... Er hat doch immer gern einen über den Durst getrunken.«

»Wenn alle Leute, die ab und zu einen über den Durst trinken, sofort in den Fluss fallen, hätten wir eine viel höhere Sterberate«, entgegnete Luca.»Nein, bitte, ich rufe gleich an.«

Doch vorher sah sich Luca noch einmal um. Es stimmte: Die Steinbrücke war von dieser Stelle aus nicht zu sehen. Mittags waren auch keine Spaziergänger unterwegs, man aß zu dieser Zeit, trank den letzten Cappuccino des Tages – oder stritt sich, weil Vollmond war. *Mio dio*, dachte Luca.

Es konnte doch nicht sein, dass dieser Mann wegen des Vollmonds ... genau wie Enrico Ennese ... Die Gedanken des Commissario überschlugen sich.

Er blickte sich weiter um, suchte den Boden am Ufer ab, schnell und mit flinken Schritten, den Kopf tief gebeugt. Im Nu hatte er sich wieder verwandelt: vom Kleinstadtpolizisten, der sich hauptsächlich um Autounfälle, Marktlizenzen und kleine Streitigkeiten kümmerte, zu dem Mann, der er früher gewesen war. Der Fährtenleser, der Motivsucher, der Commissario der Mordkommission von Venedig.

Doch hier, am Ufer des Arno, war nichts zu finden. Da waren nur Steine, kleinere Kiesel und ein Weg ohne Fußspuren, weil es ewig nicht mehr richtig geregnet hatte. Ins Wasser würde er vorerst nicht gehen, er musste auf die Spurensicherung warten. Wegschwimmen würde in diesem Becken ohnehin nichts. Wieder blieb sein Blick an dem Mann hängen. Dem Toten im Wasser. Den toten Augen, die nach oben sahen, reglos, ziellos.

»*Grazie*, Signore Aleardi, dass Sie mir gleich Bescheid gesagt haben.« Luca griff zum Telefon. Er wählte Stranieris Nummer.

»Capitano«, sagte er leise.

Am anderen Ende sagte der Carabiniere: »Wir haben die Lage im Griff, es hat sich einigermaßen beruhigt, Commissario. Und bei Ihnen? Verrückt, das alles.«

»Verrückt. Das kann man wohl sagen. Hören Sie, ich brauche hier unten am rechten Ufer des Flusses alle Leute, die Sie entbehren können. Und die Spurensicherung aus Siena. Wir haben ... Wir haben hier einen Toten.«

»Was?« Capitano Stranieri entglitt die Stimme nur einen Moment. Dann war er wieder ganz der Alte, schnell, präzise, professionell. »Von allen Dingen, die Sie mir hätten sagen können, war das das Unerwartetste. Gut, ich schicke Ihnen alle meine Leute und komme gleich selbst herunter. Wohin genau?«

Luca beschrieb es ihm.

»Okay. Die Polizia Scientifica bestelle ich in Siena.«

»Gut – und ich wende mich an Florenz.«

»Sind Sie sicher, Commissario? Ist es denn ... ein Mord?«

»Kommen Sie und sehen Sie selbst, Capitano.«

Dann legte er auf und betrachtete eine Weile das Telefon. Er tippte die Nummer der Zentrale der Polizia di Stato in der Hauptstadt der Toskana, dann schüttelte er den Kopf. Er hatte sich entschieden. Luca löschte sie wieder, suchte im Verzeichnis nach dem Namen, an den er in den letzten Wochen manches Mal gedacht hatte wie an ein schönes Ereignis, dann drückte er auf den grünen Knopf. Es wählte, und schon nach wenigen Sekunden wurde abgehoben. Ihr Lachen erklang im Hörer.

»Hast du also doch Sehnsucht nach mir, Luca – ich dachte schon, du hättest zu viel Angst.«

»*Ciao*«, erwiderte der Commissario, »ich glaube, es wäre gut, wenn du herkämst, Aurora.«

13

Für ein Städtchen, in dem sonst nicht viel passierte, war in Montegiardino mit einem Mal sehr viel los, fand Luca. All die Sirenen der Carabinieri. Die weißen Transporter der Spurensicherung und der Polizia Scientifica, die aus Siena anrückten. Das Absperrband, das plötzlich überall am Fluss gespannt wurde. Das Zelt, das die Fundstelle vor neugierigen Blicken sicherte. Und dazu noch der – Trommelwirbel! –, ja, der marineblaue Hubschrauber mit der Aufschrift *Polizia*, der mit lautem Getöse zur Landung ansetzte. Er kam aus Richtung Florenz, was für Luca nur einen Schluss zuließ: Die Vice-Questora war verrückt geworden.

Klar, wozu der ganze Rummel führte: Auf der Brücke und auf der anderen Uferseite hatte sich eine Menge gebildet, eine Menge aus neugierig dreinblickenden Köpfen, Groß und Klein, Jung und Alt hatten sich dort versammelt. Es war wohl das ganze Städtchen, ganz Montegiardino, das nun hier herüberschielte – und vielleicht auch schon einige Bewohner der Nachbardörfer, denn besondere Nachrichten eilten hier quasi mit dem Wind über die Hügel.

Ein erfahrener Carabiniere ging auf der freien Wiese, die ein Stück flussabwärts lag, auf die Knie, dirigierte mit einstudierten

Handbewegungen den Hubschrauberpiloten und gab ihm ein Zeichen, als er den Boden berührt hatte. Sofort flog die hintere Tür auf, und sie sprang heraus.

Luca hatte immer wieder versucht, sich ihr Wiedersehen vorzustellen, aber es wollte nie so recht klappen – nicht nach diesem überstürzten Abschied und ... Nun ja, er musste den Gedanken daran verdrängen, sonst würde er sich hier gar nicht mehr konzentrieren können.

Jetzt war er sogar irgendwie erleichtert, dass sie sich nicht privat wiedersahen. Nein – er sah zur linken Flussseite –, privat war das hier wirklich nicht. Doch egal wie groß das Getümmel und was der Anlass – Luca konnte den Blick nicht von ihr lösen.

Aurora Mair. Ehemalige Leiterin der Mordkommission im Alto Adige. Südtirol. Dort war sie unehrenhaft entlassen worden. Um wenig später die Treppe hinaufzufallen – als neue Vice-Questora in Florenz.

Vor einigen Monaten hatten sie sich kennengelernt, hier in Montegiardino. Nachdem die junge Frau bei Ermittlungen nach einem Mordanschlag erst einmal alle Bewohner des Städtchens gegen sich aufgebracht und einen ziemlichen Wirbel verursacht hatte, waren sie und der Commissario sich näher gekommen, als er es jemals für möglich gehalten hatte. Wenn Luca an diese Nacht vor dem Eselstall dachte ...

Als sie jetzt auf ihn zukam, war sie genauso modisch gekleidet, wie er es in Erinnerung hatte: Sie trug ein schlichtes schwarzes T-Shirt und darüber eine dunkelbraune Lederjacke, dazu eine dunkelblaue Jeans, aber ganz unpassend – oder war das passend? Luca war da immer unsicher – orangefarbene High Heels. Er musste sie einfach ansehen. Und als sie ihn jetzt erblickte, legte sich sogleich ein kleines Lächeln auf ihr Gesicht. Es war doch ein Lächeln? Es war jedenfalls mehr als ein Erkennen, das in jedem Fall. Und er war nun erst recht gefangen, so sehr, dass er zurücklächeln musste, was ihm einigermaßen merkwürdig vorkam, schließlich stand er immer noch neben dem toten Mario. Doch er hatte beinahe vergessen, wie hellblau und funkelnd ihre Augen waren. Mit denen sie ihn nun maß, näher und näher kam und sich dann zu ihm hochreckte.

»Hi«, sagte sie und gab ihm kurzerhand einen Kuss auf die Wange, so schnell, dass er sich überhaupt nicht rühren konnte. Herrgott, was war das nur mit dieser Frau! Er schaute sich rasch um, ob die Carabinieri sie beide komisch ansahen, aber da hatte sie schon den Tonfall gewechselt.

»So, Commissario, was haben wir?«

»Na, erst mal haben wir eine Vice-Questora, die den großen Auftritt liebt.«

»Ach, das«, sie wies mit einer wegwerfenden Handbewegung auf den Helikopter. »Mittags kommt man gerade ganz schwer aus Florenz raus, die bauen an der Autobahn, aber offensichtlich bauen da Sizilianer, es dauert jedenfalls ewig. Und der Heli stand gerade auf dem Hof der Questura, da hab ich den Piloten gefragt, ob er mich eben schnell rüberbringt. Er hat nur kurz komisch geguckt. Und dann ging's los. Kannst gerne mal mitfliegen. Aber jetzt ...« Sie wies auf den Toten. »Sicher ein Mord?«

»Ich hab ihn nicht angerührt, erst recht nicht seitdem ich wusste, dass die Königin persönlich kommt.«

»Hmm, warum bist du denn schon wieder so ironisch, Commissario? Das ist doch *meine* Aufgabe. Also los, sag schon.«

Luca musste nicht auf sein Handy schauen, er hatte, während er auf sie wartete, in der Internetdatenbank alle Hintergründe zum Leichnam herausgesucht, weil er wusste, dass sie alles ganz genau wissen wollen würde. Also begann er:

»Mario Riccione. Geboren im November 1971 in Siena. Wohnt seit seiner Geburt in Montegiardino. Ausbildung zum Schreiner. Seit zwanzig Jahren macht er Handwerksdienste hier in der Stadt und in den umliegenden Dörfern. Finanziellen Hintergrund schaue ich mir noch an.«

»Verheiratet?«

»Nein. Nie gewesen. Keine Kinder.«

»Allein allein«, summte sie leise.

»Ja, so scheint es.«

»Gut. Holen wir ihn raus. Sind Sie fertig?«

Die Frau von der Polizia Scientifica hatte Luca gestern schon in der Autowerkstatt gesehen. Nun ließ sie die Kamera sinken, mit der sie aus allen möglichen Positionen Aufnahmen des Leichnams gemacht hatte, und nickte der Vice-Questora zu. »Fürs Erste können Sie ihn sich ansehen. Wir haben ein Problem: Der Gerichtsmediziner aus Siena ist heute krankgeschrieben. Wir suchen noch einen Ersatz. Aber der müsste aus Florenz herkommen.«

»Das sagen Sie mir erst jetzt, Signora?«, fuhr die Mair auf. »Da müssen Sie mich anfunken, dann schleppe ich den Mann aus Florenz doch direkt mit hierher! Verdammt.«

»Ich glaube, wir können das überbrücken«, sagte Luca, um die Situation zu entschärfen. »Ich rufe unsere Ärztin an, die kann bestimmt auch einen ersten Blick auf den Toten werfen.«

»Oh, die schöne Dottoressa«, sagte die Vice-Questora und zwinkerte Luca zu, der nicht recht wusste, ob sie jetzt ironisch oder ehrlich eifersüchtig war. »Ja, tu das. Sie soll sofort herkommen. Und Sie – ziehen Sie ihn raus.«

Die eine Spurensicherin breitete eine weiße Folie aus, dann fassten sie und ihre Kollegin den Mann vorsichtig an den Beinen und zogen ihn aus dem Wasser zunächst auf die Steine und dann auf die Folie. Dabei rutschte etwas aus der Hosentasche. Die ältere der beiden Frauen hob es auf. Das Handy des Mannes. Sie packte es in einen Beutel und hielt es hoch.

»Sofort zur Auswertung damit, in Ordnung?«

Die Vice-Questora und der Commissario gingen gleichzeitig in die Hocke, als der Tote vor ihnen lag.

»So, was haben sie dir angetan? Hast du ein Dach gedeckt, und es hat trotzdem noch durchgeregnet? Oder was ist hier passiert?«

»Ich muss Ihnen dazu gleich noch was sagen, Vice-Questora«, sagte Luca leise.

Sofort drehte sie den Kopf zu ihm und setzte ihr überraschtes Gesicht auf. »Ach nein, komm schon, Luca. Wenn du ins *Sie* verfällst, dann bedeutet das nichts Gutes. Kein irgendwie gearteter Kleinstadtquatsch, okay? Verschon mich damit. Lass uns einfach zusammen einen ganz normalen Fall lösen ... Aber dein Blick sagt mir, dass das wieder nichts wird. Richtig?«

»Ehrlich gesagt: Es ist alles etwas merkwürdig, seit ...

Sie wies ihn mit einer Handbewegung an, zu schweigen.

»Gleich. Okay? Das machen wir gleich. Jetzt wollen wir erst mal sehen, ob der Mann nicht doch einfach nur ein frühlingshaftes Bad im Fluss nehmen wollte und vorher etwas zu viel von eurem *vino bianco* hatte, den hier alle schon am frühen Morgen in sich hineinschütten. Seine Nase und die Äderchen da sehen zumindest so aus, als wäre er einem Glas nicht abgeneigt.«

»Ja, Signore Riccione hat gerne einen getrunken. Aber das hier ...« Luca richtete sich wieder auf und schüttelte den Kopf. Dann griff er zu seinem Handy. »Dottoressa Chigi?«, sagte er, als die Ärztin nach einer Weile abhob. »*Sì*, Commissario? Was ist denn da draußen los? Ich hab noch Sprechstunde, aber mein Wartezimmer hat sich eben schlagartig geleert, als sei auf dem Markt ein spontaner Schlussverkauf.«

»Leider ist es nicht ganz so unterhaltsam. Wir haben einen Toten am Fluss. Und der Gerichtsmediziner aus Siena ist krank. Könntest du ...«

»Ich komme, Commissario. Drei Minuten.«

Die Stadt der kurzen Wege. So war das in Montegiardino.

»Danke, Dottoressa«, sagte Luca und legte auf.

»Ich glaube, wir brauchen sie nicht mehr«, hörte er da Aurora in seinem Rücken. »Ich würde sagen, es war kein natürlicher Tod.«

Er wandte sich um, und dann sah er, dass sie gegen alle Regeln den Leichnam schon herumgedreht hatte.

»Oder er ist wirklich ganz blöd ausgerutscht«, fügte die Vice-Questora noch hinzu. Luca musste kurz die Augen schließen, weil das Wasser des Flusses die klaffende Wunde schon so aufgeweicht hatte, dass sie ganz blass und aufgedunsen aussah. Da war kein Blut mehr, es war längst geronnen und bläulich verfärbt. Marios Schädel war kahl, doch die große Wunde klaffte am unteren Ende des Hinterkopfes, dort, wo noch ein kleiner Haarkranz war, kurz bevor der Hals begann.

Luca kniete sich wieder neben Aurora und betrachtete die Wunde aus der Nähe. »Kann er auf einen Stein gefallen sein?«

»So spitze Steine habt ihr nicht mal in Montegiardino«, antwortete sie. »Sieh doch.«

Es stimmte, die Wunde lief spitz zu und war sehr tief. Die Vice-Questora reckte den Kopf zu den Spurensicherinnen, die sich im Hintergrund hielten. »Sind die Polizeitaucher aus Siena auch alle krank? Oder ist da vielleicht heute jemand zu bekommen?«

Ihr Ton triefte vor Ironie.

»Die Einheit wurde abgeschafft, Vice-Questora, Entscheidung aus Florenz. Wir haben schließlich kein Meer in Siena, da brauchen wir auch keine Taucher.« Eins zu eins, Ausgleich, dachte Luca.

»Gut, dann fordere ich die Kollegen aus Florenz an«, antwortete Aurora ungerührt. »Hier wird nichts bewegt. Ah, da kommt die schöne Dottoressa.«

Sie hatte die Ärztin zuerst erblickt, die sich gerade unter dem Absperrband der Polizei hindurchduckte und die Treppe nahm, um zu ihnen zu gelangen. Sie trug noch den weißen Kittel und hatte ihre Arzttasche in der Hand.

»Dottoressa, schön, Sie wiederzusehen«, sagte Aurora und streckte ihr die Hand entgegen.

»Ich hatte gerade drei Frühlingsgrippekranke in der Praxis, ich bevorzuge es also, Ihnen freundlich zuzunicken«, entgegnete die Ärztin und fügte stirnrunzelnd hinzu: »Na, wenn die Kavallerie wieder in Montegiardino einreitet, dann muss es ja wirklich ernst sein.«

»Ach, wissen Sie, ich habe mich so an Ihr schönes Städtchen gewöhnt – es gibt hier ja so viele Gründe, warum sich ein Besuch lohnt.«

Luca bemerkte ihren Seitenblick und beobachtete den Schlagabtausch fassungslos. *Schlagabtausch*. Ja, das war das Wort, das ihm hier zuerst einfiel. Galt das wirklich ihm? Oh Mann, wo war er hier nur reingeraten.

»Dann schauen wir mal.« Die Dottoressa beugte sich zu dem Toten hinab, äußerlich war sie ungerührt. Luca hörte sie leise sagen: »Signore Riccione. Verrückt. Hätte nicht gedacht, dass ich ihn jemals untersuchen darf.«

»Gehört er denn nicht zu Ihren Patienten?«, fragte die Vice-Questora nicht ohne eine gewisse Schärfe.

»Wissen Sie, Signora Mair, bei Männern dieser Generation ist es oft so, dass sie erst zum Arzt gehen würden, wenn sie bereits halb auf der Bahre liegen. Mario hier ist auch so ein Fall. Wie lange habe ich jetzt die Praxis? Sieben Jahre. Er war noch nie bei mir. Ich habe ihn nur ab und zu bei Fabio gesehen. Und einmal hat er mir eine Scheibe repariert, die die Kinder mit einem Fußball – ach, lassen wir das.« Sie zog sich die blauen Plastikhandschuhe aus ihrer Kitteltasche über und berührte den Kopf des Toten, lange, ausführlich, sehr genau prüfend.

»Kann ich ihn drehen?«

Aurora nickte. Luca half der Dottoressa, den Toten wieder in die Rückenlage zu bringen.

»*Grazie*, Commissario«, sagte sie und lächelte ihn an. Dann wandte sie sich wieder dem Leichnam zu, öffnete vorsichtig seinen Mund, besah sich genau die offenen Augen, die Lippen, den Hals. Erst nach einer Weile des Überlegens stand sie auf.

»Ich weiß natürlich nicht, ob er einen Infarkt oder einen Schlaganfall erlitten hat, bevor er gestürzt ist, das muss die Rechtsmedizin untersuchen. Der Augenschein deutet aber darauf hin, dass die Wunde am Hinterkopf todesursächlich war. Eine sehr tiefe Wunde, die vielleicht sogar einen Nerv oder eine Arterie verletzt hat, die das Hirn versorgen. Das könnte zum sofortigen Tod geführt haben – aber wie ich schon sagte: Das ist ein Konjunktiv. Um Genaueres zu erfahren, müssen Sie ihn öffnen lassen.«

»Was könnte diese Wunde verursacht haben?«, fragte Luca. »Ein Stein?«

Die Dottoressa sah ihn überrascht an. »Ach, Commissario, du willst nicht, dass es in Montegiardino einen weiteren Mord gibt, oder? Aber nein, das hier war kein Sturz auf einen Stein. So eine Wucht hätte der Aufprall nicht, nicht mal, wenn ein großer Mann rückwärts umfällt. Nein, nein, er wurde erschlagen.«

»Was trägt ein Handwerker an seinem Werkzeuggürtel?«, fragte Aurora und beugte sich wieder vor. Die Dottoressa und der Commissario sahen ihr aufmerksam zu.

»Er hat hier Schraubenzieher stecken und einen Cutter. Aber diese Öse hier ...« Sie zog daran, die breite Schlaufe war geweitet, aber leer. »Suchen wir also, was hier fehlt«, sagte sie, und Luca nickte. »Die Taucher rufe ich gleich dazu. Haben Sie vielen Dank, Dottoressa. Sie da ...«, sie winkte die ältere der beiden Spurensicherinnen hinzu, »machen Sie noch Fotos von der Rückseite, und dann ab mit ihm in die Gerichtsmedizin. Aber bitte nach Florenz. Ich will nicht warten, bis sich Ihr Kollege von seinem Magen-Darm-Infekt erholt hat.«

Die Frau im weißen Anzug zog eine Augenbraue hoch. »Zu Befehl, General«, sagte sie nicht ohne Ironie. Doch die Mair reagierte gar nicht.

»Gut, Luca. Und nun bin ich voller Sorge, welche Schoten du mir gleich erzählen wirst. Vielleicht kannst du das bei einem Mittagessen machen, ich hab nicht gefrühstückt und sterbe vor Hunger.«

»Commissario?« Die Dottoressa winkte Luca zur Seite. »Sieht so aus, als wäre heute nicht der günstigste Zeitpunkt für unser Abendessen, was?«

»Nein, tatsächlich.« Luca schüttelte bedauernd den Kopf. »Aber wir ermitteln so schnell wir können!«

14

Sie beobachteten noch, wie die Trage mit dem weißen Sack in den Wagen der Polizia Scientifica geschoben wurde, dann gingen die Vice-Questora und Luca langsam den Fluss entlang und stiegen die Treppe empor. Die Carabinieri hatten alles weiträumig abgesperrt, sogar die steinerne Brücke war für die Schaulustigen unzugänglich. Das war aber auch besser so, befand der Commissario, denn als sie hinübergingen, standen auf der anderen Seite der Absperrung schon Dutzende bekannte Gesichter, die Luca zuwinkten. Das halbe Städtchen war versammelt, tatsächlich. Gott sei Dank waren die Kinder noch in der Schule, sonst wäre es wohl ganz Montegiardino gewesen. Er sah ihre aufgeregten, neugierigen und teils verstörten Gesichter. Als Erstes erkannte er Maria, die lauthals rief:

»Commissario, was ist denn los?«

Luca ging auf sie zu und sagte: »Ich kann es dir noch nicht sagen. Gebt uns noch etwas Zeit, ja?«

»Aber ...«

»Bitte.« Er blieb dabei. Weiteren Fragen wich er aus. Nur mühsam konnten sie sich einen Weg durch die Menschenmenge bahnen. »Ich muss noch kurz etwas erledigen, in Ordnung?«

Aurora nickte. Er führte sie den ganzen Weg durch den Stadtkern, bis sie am Rathaus angekommen waren.

»Es ist kaum zu glauben, aber ich merke gerade wirklich, wie sehr ich diesen seltsamen kleinen Ort vermisst habe.«

»Na, seltsamer als in Südtirol ist es hier auch nicht«, bemerkte Luca trocken. »Gib mir eine Minute, ja?«

Er stieg die Treppe hinauf, während sie unten wartete. Es dauerte dann doch etwas länger, doch nach fünf Minuten kam der Commissario wieder herunter und sagte: »So, alles geklärt. Jetzt wird hoffentlich Ruhe einkehren, sodass wir arbeiten können.«

»Und endlich etwas essen?«

»Warte noch kurz.«

»*Buongiorno*, Signora Mair«, sagte die Stimme in ihrem Rücken. Es war der Bürgermeister. Vittorio Martinelli hatte sich, nachdem ihn Luca informiert hatte, schnell eine schwarze Krawatte umgebunden. Er sah blass aus. Kein Wunder, er hatte die Nachricht ja erst vor wenigen Minuten erhalten. Aber es war Lucas einzige Chance gewesen, seine Stadt zu beruhigen. Auf den Bürgermeister würden sie hören.

Martinelli trat aus dem Rathaus, nahm die Treppe mit ausladenden Schritten und ging in Richtung Marktplatz. Als die Menschen ihn erkannten, stürmten sie auf ihn zu, doch er brauchte in seinem schwarzen Anzug und mit all der Aura, die ihn umgab, nur kurz mit den Armen zu wedeln, um sie auf Abstand zu halten. Ein ordentlicher Halbkreis bildete sich um ihn, und während einige noch durcheinanderredeten, zischte Maria schon: »Pst, lasst ihn doch sprechen.«

Sofort ging es wie im Chor: »Psst, psst.« Und dann legte sich eine gespenstische Stille über den Marktplatz. Die Spannung war beinahe mit Händen zu greifen.

»Mitbürgerinnen und Mitbürger von Montegiardino. Ihr werdet es schon bemerkt haben, unser friedliches Städtchen steht wieder im Zentrum der Aufmerksamkeit. Und es ist für mich heute ein besonders schwerer Tag. Denn ich muss euch mitteilen, dass einer der Unseren heute sein Leben verloren hat. Noch sind die Hintergründe unklar – und das darf nicht so bleiben. Doch damit die Strafverfolger unter der Leitung unseres vertrauten Commissario Luca ihre Arbeit machen können, bitte ich euch: Beteiligt euch nicht an Spekulationen. Stellt keine eigenständigen Ermittlungen an. Und bitte: Belagert nicht Luca und seine Kollegen. Die brauchen jetzt all ihre Kraft und Aufmerksamkeit, um den Todesfall aufzuklären. Ich kann euch noch nicht sagen, wer zu Tode gekommen ist, aber ich verspreche euch, es euch so bald wie möglich mitzuteilen, und dann werden wir gemeinsam des Toten gedenken. Wir möchten erst mal alle Angehörigen informieren – dafür erwarte ich euer Verständnis. Und nun: Bitte, geht nach Hause – und arbeitet, wenn von Luca gewünscht, mit ihm zusammen. Ich danke euch.«

Luca zog innerlich seinen imaginären Hut: Dieser Mann hätte sogar der Stadt Rom als Bürgermeister gut zu Gesicht gestanden. Seine Gestalt, sein Charisma, die Wahl seiner Worte – alles an ihm zog sein Publikum in Bann. Und wirklich: Es funktionierte. Eine große Ruhe senkte sich über den Marktplatz, die Worte Martinellis waren mit Schock und Fassungslosigkeit aufgenommen worden. Und bis auf einige wenige, die »Wer ist es?« gerufen hatten, war es auch während seiner Rede erstaunlich still geblieben. Nun zerstreuten sich alle leise, schweigsam.

Der Bürgermeister trat zu Aurora und Luca, der Commissario sagte leise: »Danke, das war ...« Doch Martinelli legte ihm die Hand auf den Rücken. »Luca, ich verlasse mich auf Sie. Sie finden mir den, der das getan hat. Ich kann das ... Nein, ich kann das nicht dulden.« Er war nun rot im Gesicht, fast als wäre er sehr wütend. Wahrscheinlich stand er auch unter Schock, nur hatte man das eben im Rampenlicht keine Sekunde gespürt. »Und Sie ...«, er zeigte auf Aurora, »Sie bringen hier nicht wieder alles durcheinander, verstanden?«

»Ich mache meine Arbeit«, sagte sie brüsk. Doch da war Martinelli schon losgegangen und verschwand wieder im Rathaus.

»Was ist das eigentlich mit dieser Stadt?«, fragte sie und sah Luca empört an. »Immerhin haben wir den Fall letztes Mal gemeinsam gelöst! Haben hier alle ein Problem mit starken Frauen?«

Doch Luca sah sie lächelnd an und schüttelte den Kopf. »Ich glaube, sie sind es nur alle gewohnt, dass es hier nun mal betulich ist – und wenn du irgendwas nicht bist, dann betulich.«

»Ich hoffe, es klingt nicht nur wie ein Kompliment, sondern ist auch eines.«

»Komm jetzt. Denn hungrig will ich dich nicht auch noch erleben.«

15

»Ach, du je.« Fabio trat an ihren Tisch und sagte nur diese drei Worte. Auch der Blick, mit dem er Aurora bedachte, sprach Bände.

»So, nun reiß dich mal zusammen und sei ein bisschen gastfreundlich, okay?«, wies Luca ihn zurecht. »Unsere Vice-Questora hat heute genug mitgemacht. Sag schon, was hast du zum *pranzo*?«

»Was? Das fragst du, Luca? Na, dann hat dir die Signora aber ganz schön den Kopf verdreht. Heute ist Donnerstag, und Donnerstag ist immer Panzanella-Tag, das weißt du doch.«

»*Mio dio*, wie konnte ich das denn vergessen? *Scusa*, mein Freund. Gut, das nehmen wir zwei Mal. Dazu von Tommasos Weißem, zwei Gläser.«

»Bringen Sie lieber ein Viertel«, sagte Aurora.

»Ein *quarto bianco*. Und zwei Panzanella-Salate. Oder sind Sie allergisch gegen Tomaten?« Fabios Ton war immer noch ironisch feindselig.

»Ab in die Küche!«, befahl Luca und meinte es strenger, als es wohl geklungen hatte.

»Ich mag wirklich keine Tomaten«, sagte Aurora leise.

»Ach komm ...«

»Das war ein Witz, Commissario. Ich liebe Tomaten.« Sie lachte ihn an. »Nun sag schon, was ist hier los?«

Luca lehnte sich zurück und atmete tief durch. Er hatte tatsächlich ein wenig Muffensausen. Denn das, was er getan hatte, war eigentlich ein Dienstvergehen. Dabei hatte er den Fall fast vergessen, nachdem dieser Tag so an Fahrt aufgenommen hatte. Aber nun würde er alles gestehen müssen.

»Okay, ich muss dir etwas sagen. Hier passieren seit gestern merkwürdige Dinge. Warum das so ist, erkläre ich dir gleich. Aber erst mal muss ich ... Na ja, es gab wohl schon einen Mordanschlag – gestern Nacht. Aber ich weiß es erst seit dem Morgen – und mir blieb noch keine Zeit, dem nachzugehen. Jedenfalls ...« Er schüttelte den Kopf und sah sich im Raum um, doch es war glücklicherweise schon ziemlich leer, weil die Mittagszeit längst vorbei war. Draußen auf der Terrasse hingegen war es voll gewesen, als sie die Bar betreten hatten – und alle Blicke waren ihnen gefolgt. Nach der Rede des Bürgermeisters hatten sich doch noch einige zu einem Aperitivo hier eingefunden, um die neuesten Fakten und die allerneuesten Gerüchte zu besprechen.

»Nein«, er atmete noch einmal tief durch, »ich lüg dich nicht an. Also: Ich wollte Florenz nicht anrufen, weil ich das alleine klären wollte. Ganz im Ernst: Ich hatte keinen Bock, dass ihr hier einfallt und alles durcheinanderbringt.«

»Du meinst nicht *ihr*. Du meinst mich. Oder?«

»Vielleicht ...« Luca sah sie entschuldigend an.

»Herrgott, nun sag schon, was passiert ist.«

»Ein Händler aus Pisa hatte gestern auf unserem Markt seinen ersten Tag. Er verkauft Fisch. Doch er hat sich gleich Ärger eingefangen. Mit unserem alteingesessenen Fischhändler. Es gab sogar eine Prügelei. In der Nacht ist der neue Fischhändler dann mit seinem Transporter auf dem Heimweg von der Straße abgekommen und gegen einen Baum gekracht. Sein Zustand ist kritisch, fast wäre er gestorben. Und heute Morgen hat die Polizia Scientifica herausgefunden, dass die Bremsschläuche des Wagens durchgeschnitten worden waren – und zwar alle.«

»Was?«

»So war es, fürchte ich.«

Aurora zog die Stirn kraus und schwieg einen Moment. Dann sagte sie leise: »Und du hattest Angst, ich würde das einzig Richtige tun und euren Fischhändler verhaften.«

»So könnte man es sagen. Herrje, du weißt doch, wie ich ticke. Ich will Ordnung in meiner Stadt, aber ...«

»... aber nach deinen Regeln. Ich weiß. Und trotzdem wirst du ihn verhaften müssen, Luca. Nein, besser gesagt: Wir werden ihn gemeinsam verhaften. Denn verhören müssen wir ihn auf jeden Fall.«

Mit einem Räuspern trat Fabio an den Tisch und stellte in einer Glaskaraffe den goldenen Weißwein von Tommaso Contadini samt zwei Gläsern ab. »Wohl bekomm's«, sagte er. »Essen kommt gleich.«

Luca goss der Vice-Questora und dann sich selbst ein. Er erhob sein Glas, und sie tat es ihm gleich, dann stießen sie an.

»Puuh, tut das gut«, sagte der Commissario, als er spürte, wie sich die Kühle und Frische des Weines in ihm ausbreitete und ihn sofort belebte. Auch die Vice-Questora sah gleich eine Spur besser gelaunt aus.

»Aber sag: Bringst du die beiden Fälle in Zusammenhang? Den Fischhändler und unseren toten Handwerker im Arno?«

»Ähm, das ist es, was ich eigentlich sagen wollte: Wir haben seit gestern hier in der Stadt so einige Vorkommnisse gehabt.«

»Was denn nun noch?«, fragte sie und stöhnte laut auf.

»Nun, es gab mehrere Prügeleien, man könnte sagen, die Leute ... Ja, die Leute sind verrückt geworden. Sie streiten sich wegen jedem Quatsch – und gehen sich gegenseitig an die Gurgel.«

Aurora sah ihn spöttisch an. »Und gleich sagst du mir, dass Joker euer Trinkwasser vergiftet, Batman?«

»Wenn es das wäre, hätte ich wenigstens eine Erklärung, mit der du etwas anfangen könntest. Aber nein, es ist schlimmer. Gestern war der letzte Tag des zunehmenden Mondes, und heute Nacht schien ein ganz besonderer Vollmond – der Vollmond der Streitigkeiten.«

Jetzt sah Aurora ihn nicht mehr spöttisch an, nein, ihr Gesichtsausdruck war geradezu verächtlich.

»Was erzählst du da für einen Kokolores? Vollmond der Streitigkeiten? So ein Schwachsinn, was soll das sein? Stand das in einer Frauenzeitschrift in deinem Horoskop?«

»Ich wusste, dass du es nicht verstehen wirst. Und ich kann es dir nicht mal verübeln. Ich hab es ja selbst für Hokuspokus gehalten. Aber du hast nicht gesehen, was hier seit gestern los ist! Es ist eine alte Volkssage: Wenn der Mond Montegiardino am nächsten steht, so nah, dass man meint, ihn greifen zu können, und die Nacht wolkenlos ist, dann gehen hier am nächsten Tag alle aufeinander los – aus ganz niederen oder vollkommen banalen Gründen. Ich habe es nicht glauben wollen – aber es ist so. Ich meine, ich habe heute Morgen eine alte Frau gesehen, die mit einem Krückstock auf ihre mindestens ebenso alte Nachbarin losgegangen ist.« Aurora sah ihn entgeistert an. »Wirklich. Willst du mehr hören?«

»Ich bitte dich, erspar mir das. Du glaubst doch nicht allen Ernstes, der Vollmond sei der Grund dafür, dass dieser Signore Riccione auf dem Grund des Arno zu liegen gekommen ist?«

»Ich habe wirklich keine Ahnung, Vice-Questora.«

»Soll ich dir was sagen?« Sie atmete tief durch. »Ich hasse diese Stadt.«

Aus der Küche kam Fabios Zwillingsbruder Francesco herausgeschossen. Ein Glück. Die Panzanella war heute also sein Werk. Fabios *caffè* war zwar der beste von hier bis Florenz, aber in der *cucina* war der Wirt ein hoffnungsloser Fall. Alle in Montegiardino wussten das, aber niemand traute es sich zu sagen. Sonst hätte derjenige auch ohne Vollmond die Bar einen Kopf kürzer verlassen.

Dafür war Fabios fünf Minuten älterer Zwillingsbruder an der alten Cimbali-Kaffeemaschine eine Null und in der Küche ein Naturtalent. Zurückhaltend wie immer und ohne ein Wort zu sagen, stellte er die Teller vor den beiden ab und verschwand wieder in seinem Reich.

»*Grazie!*«, rief ihm Luca hinterher. Fabio stand hinter seinem Tresen und sah die beiden finster an.

»Wow«, sagte Aurora. »Sieht toll aus.«

Recht hatte sie, befand Luca. Offenbar hatte Francesco gestern bei Maria auf dem Markt zugeschlagen. Es gab tiefrote Tomaten und gelbe, und sogar die hellgrünen, die Luca besonders gerne mochte. Dazu sehr saftige Gurkenstücke und in kleine Streifen geschnittene rote Zwiebeln. Als Besonderheit fügte er stets Kapern und zwei oder drei gehackte Sardellen hinzu. Die wichtigste Zutat war aber das zwei Tage alte Brot, das er selbst backte und bis zum Panzanella-Tag liegen ließ, um es dann kross zu rösten und noch in der Pfanne mit reichlich großartigem Olivenöl aus Montegiardino zu beträufeln. Die Brotwürfel kamen dann auf den Salat, dazu ein wenig Weißweinessig, Pfeffer, Salz und ein dickes Bund frisches Basilikum aus Marias Garten. Die Panzanella sah aus wie ein Gedicht – und als Luca sich eine Vierteltomate und ein krosses Stück Brot in den Mund steckte, musste er tatsächlich kurz die Augen schließen vor Glück.

»Na gut«, sagte Aurora nach einer Weile, in der sie schweigend einfach nur dagesessen und gekaut hatten, »es gibt auch einen guten Grund, diese Stadt zu lieben. Oder vielleicht ... zwei ...«

Luca sah ihr Lächeln, aber er beschloss, den Grund dafür zu einem späteren Zeitpunkt zu ergründen.

16

»Gut, wie wollen wir vorgehen?«, fragte Luca, als sie oben in seinem kleinen Büro unter dem Dach des Rathauses saßen.

»Ich brauche einen Arbeitsplatz. Ich muss in die Datenbanken, insbesondere wenn wir es nicht mit *einem* Fall, sondern mit zweien zu tun haben. Aber ich fürchte, hier ist nicht genug Platz für uns beide.« Luca sah sich in der winzigen Kammer um. Es stimmte: Hier war nicht genug Platz für die Zentrale einer Mordermittlung.

»Okay, machen wir es so«, sagte Luca nach einer Weile, »ich muss eh viel bei mir auf dem Hof sein – weil …«

»Sag mir nicht, es ist wegen deiner Esel.«

»Du wirst es nicht glauben, aber Silvio hat ziemlich schlimmem Husten. Und weil ich denke, dass wir ordentlich zu tun haben werden in den nächsten Tagen, ist es doch besser, wenn ich tagsüber bei ihm bin. Ich baue mir also mein Homeoffice auf, und du nimmst mein Büro. Einverstanden?«

»Und mittags essen wir zusammen und bringen uns auf den neuesten Stand.«

»*D'accordo*, Vice-Questora. Womit fangen wir an?«

Aurora Mair erhob sich von Lucas Schreibtisch und begann wie ein Tiger im Käfig in dem winzigen Büro auf und ab zu laufen.

»Wir müssen zweigleisig arbeiten: Auf der einen Seite müssen wir diesen Fischhändler vernehmen – und bevor du dich da rauswindest: Ich werde auf jeden Fall dabei sein. Klar, Commissario?«

Luca nickte. Richtig überrascht war er nicht – und er fürchtete diesen Moment bereits, in dem er Alberto wegen dieser Sache würde befragen müssen. Jetzt, wo die Vice-Questora dabei sein wollte, noch mehr.

»Und dazu müssen wir eine Hintergrundrecherche zu Signore Riccione machen. Probleme, Feinde, Rivalen, geheime Geliebte.«

»Du weißt ja, dass in Montegiardino nichts Geheimes wirklich geheim ist.«

»Das wäre ja gut, in diesem Falle zumindest«, erwiderte Aurora. »Hör dich um, Luca, lass dir alles erzählen. Aber da kommt das zweite Gleis: Wo ist der Zusammenhang? Den müssen wir suchen. Was haben Riccione und dieser neue Fischhändler gemeinsam? Wer hatte es auf die beiden abgesehen? Und wieso? Und warum ist der eine tot, und der andere lebt?«

»Noch, zumindest.«

»Okay. Ruf im Krankenhaus an. Frag, wie es diesem Fischhändler ...«

»Enrico Ennese.«

»Genau, Signore Ennese; frag, wie es ihm geht. Und dann ist Alberto unser erster Gast im Verhörzimmer.«

»Nein«, sagte Luca tonlos. »Nicht hier im Rathaus. Wirklich nicht. Wenn wir Alberto hier zu zweit hineinführen, dann ist die Hölle los, dann haben wir das ganze Städtchen gegen uns. Wir machen es dort, wo er sich sicher fühlt. Bei ihm daheim.«

»Aber das ist gegen die Regeln, Luca.«

»Herrgott, glaub mir doch, dass ich weiß, was ich tue, Aurora. Sonst wird das nichts mit uns.«

Sie sah ihn widerwillig an, doch schließlich legte sie die Hände auf seinen Schreibtisch und beugte sich zu ihm vor. »Wenn du ihn mit Samthandschuhen anfasst, dann verspreche ich dir: Dann mache ich euch beide fertig.«

»Daran habe ich keinen Zweifel.« Ihr Gesicht war seinem so nah, dass er sie hätte berühren können. Ihm war ein bisschen schwindlig.

Ein Pfiff ließ beide aufschrecken. Er war schrill, laut und schien ganz aus der Nähe zu kommen. Aurora ging zum Dachfenster und sah hinaus. Luca trat neben sie. Da, auf der anderen Flussseite, stand ein Carabiniere in Uniform. Luca erkannte Capitano Stranieri, der eine Pfeife im Mund hatte. Noch einmal ließ er sie schrillen und hob den Arm zu einem Winken. Er wusste genau, wo Lucas Büro war. Und dass er ihn auf diese Weise am schnellsten erreichte.

Die Bedeutung war klar: Sie hatten etwas gefunden.

»Na, dann gehen wir mal nachsehen«, sagte Aurora.

Luca spürte, wie sein Herz schneller schlug.

17

Als sie die Brücke überquert und die Treppe nach unten genommen hatten, stand der triefnasse Taucher in seinem Anzug schon neben dem Capitano, der die Beweismitteltüte hochhielt, ein besonders großes Exemplar. Durchsichtig, wie sie war, erkannte Luca sofort, was darin war. »*Merda*«, murmelte er.

»Na, das ist doch mal praktisch, wenn das Opfer sein Mordwerkzeug gleich mit sich führt.«

Wieder einmal staunte Luca über Auroras beharrliche Coolness auch im Angesicht der offensichtlichen Katastrophe. Im Beutel steckte ein echter Zimmermannshammer, mit einer stumpfen Seite und der ihr gegenüberliegenden spitz zulaufenden Klaue, mit der Zimmerleute zum Beispiel Nägel aus Dachlatten holen konnten. So spitz war der Hammer, dass Luca Aurora ansah und murmelte: »Das passt perfekt zur Wunde.« Die Vice-Questora nickte.

»Wo haben Sie den gefunden, und wie wahrscheinlich ist es, dass wir darauf noch Spuren finden?«, fragte sie den Taucher.

Der nahm gerade seine Maske ab und schüttelte den Kopf. »Keine Chance. Der lag mindestens zwei Stunden im fließenden Wasser, da ist nichts mehr dran.«

»Verdammt. In diesem Fall ...«

Luca verstand, was sie sagen wollte, und ergänzte ihren Satz: »... du meinst, das sieht sehr nach Affekt aus, was? Und welcher Täter, der im Affekt mordet, trägt schon Handschuhe.«

Wieder nickte Aurora. »Wo genau lag er denn?«

»In etwa in der Mitte des Flusses«, antwortete der Taucher. »Ist ja nicht so tief, war also nicht schwer zu finden.«

»Immerhin hat der Mörder versucht, das Ding verschwinden zu lassen, indem er es weggeworfen hat. War also nicht völlig kopflos«, sagte Luca.

»Bringen Sie den Hammer trotzdem ins Labor nach Florenz. Ich will genaue Analysen. Vielleicht haben wir ja Glück.«

»Wird gemacht, Vice-Questora«, sagte Stranieri. »Commissario, mein Büro wird überrannt von Presseanfragen, sogar eine römische Zeitung hat schon angerufen – und SkyNews Italia. Was sollen wir denen sagen? Ich habe keine Lust, dass die hier alle auftauchen und wir nicht mehr in Ruhe unsere Arbeit machen können.«

»Ich werde mit dem Bürgermeister sprechen. Aber eigentlich ist das ja die Sache der Vice-Questora.«

»Wir sagen gar nichts«, sagte Aurora. »Wenn sie kommen wollen, kommen sie sowieso, die Schmeißfliegen. Und vielleicht wirbelt das hier im Tal des Schweigens ja ein bisschen Staub auf, das wär doch was. Wenn wir es hier mit einem Täter zu tun haben, dann ist es wirklich eine Geschichte. Ganz zu schweigen vom ... Vollmond der Streitigkeiten.« Ein Lächeln huschte über ihr Gesicht, während sich Stranieri und der Commissario genervt ansahen.

»Sie glaubt natürlich kein Wort«, sagte Luca.

»In diesem Fall kann ich es ihr nicht verdenken.«

»Wir werden jetzt Alberto aufsuchen«, fuhr der Commissario fort. »Könnten Sie bei Ihren Kollegen von der Guardia di Finanza nachfragen, ob es Ermittlungen gegen den einen oder den anderen gab?« Luca wusste, dass Italiens älteste Polizeitruppe, die sogenannte Finanzwacht, mit allen anderen Einheiten im Land so ihre Probleme hatte, ihre Beamten waren verschwiegene Geheimniskrämer. Die Guardia war dem Finanzministerium unterstellt, aber weil sie auch militärisch organisiert war, redeten ihre Mitglieder am ehesten noch mit den Carabinieri – wenn also einer etwas erfahren konnte, dann war es der Capitano. »Bitte lassen Sie uns alle überprüfen: Alberto, diesen jungen Enrico, aber natürlich auch Riccione. Wenn irgendjemand Geldprobleme hatte oder Ärger mit dem Finanzamt, dann müssen wir das wissen.«

»Ich werde mich gleich persönlich daransetzen.«

»Und ich will, dass meine Leute noch mal den Transporter des Fischhändlers untersuchen«, sagte Aurora. »Falls Ihre Leute etwas übersehen haben.«

»Danke für das Vertrauen, Vice-Questora.«

»Gern geschehen.« Sie zwinkerte ihm zu. »Gut, Commissario, dann statten wir Ihrem Fischhändler mal einen Besuch ab. Und danach gehen wir zu Riccione nach Hause.«

»Mein Wagen steht vorm Rathaus. Kommen Sie, es ist ein Stück.«

Wieder ging es hinüber auf die andere Flussseite, doch als sie den Marktplatz überquerten, wurde Luca von jemandem abgelenkt.

»Warte kurz«, sagte er zu Aurora.

»Was ist denn nun schon wieder?«, rief sie noch, aber da war er schon auf dem Weg zu Fabios Bar, deren Terrasse gut besetzt war.

»Signorina Franca, schön, Sie zu sehen«, sagte Luca, als er vor einem der vorderen Tische stand, an dem die junge Frau saß, die er am Morgen in den Weinbergen kennengelernt hatte. Vor sich hatte sie einen Spritz stehen, der schon halb geleert war, neben ihr saß ein junger Mann, der wie geleckt aussah und hier in Montegiardino wirkte wie ein Außerirdischer. Er glich dem Versicherungstyp vom Vortag wie ein Ei dem anderen.

»Oh, *ciao*, Commissario«, sagte sie und sah ihn einen Moment zu lange an. »Das hier ist auch ein Luca. Luca kommt aus Florenz. Ich kenne ihn ...«

»Von der Uni?« Luca grinste.

»Ja, genau«, antwortete sie. »Und obwohl ich so eine unverbesserliche Streberin war, ist er mir nicht von der Seite gewichen.« Sie lachte.

»Tja«, sagte der junge Luca. »Aber geholfen hat es dir auch nicht.« Erklärend sah er den Commissario an. »Franca konnte es gar nicht abwarten, Florenz zu verlassen, um hier in dieses Kaff zu ziehen.«

»Nun, manche Menschen wissen eben, was gut für sie ist«, entgegnete Luca und zog eine Augenbraue hoch. »Signorina, ich wollte Ihnen nur danken, dass Sie die alte Signora, die heute Morgen die Autopanne gehabt hat, hinunter ins Tal gebracht haben. Das war wirklich sehr freundlich.«

»Na, eine alte Dame mit Krückstock werde ich wohl nicht in den Weinbergen versauern lassen. Auf den Traktor geklettert ist sie lustigerweise, als wäre sie ein Eichhörnchen.«

»Ja, Signora Castellucci ist eine beeindruckende Persönlichkeit.«

»Das ist sie in der Tat. Aber sagen Sie, Commissario, was ist denn da unten passiert? Ich bin gerade erst aus den Weinbergen heruntergekommen, aber ich habe den Helikopter vorbeifliegen sehen. Und Luca hat mir gesagt, hier sei alles abgesperrt. Und nun sehe ich es mit eigenen Augen und bin ein bisschen beunruhigt.«

»Es gab einen Todesfall«, antwortete Luca. »Aber Sie können unbesorgt sein, es ist niemand aus der Contadini-Familie, also sehr wahrscheinlich niemand, den Sie kannten.«

»Wer denn dann?«

»Wir stecken mitten in den Ermittlungen, Signorina. Ich wollte Ihnen wirklich nur danken, jetzt muss ich weiter. Ihnen einen schönen Feierabend.«

Er machte sich wieder auf zu Aurora, die auf einer freien Bank auf dem Marktplatz saß und sich die Nachmittagssonne ins Gesicht scheinen ließ. »Du hast aber auch wirklich nur hübsche Frauen um dich, Commissario.«

»Tja, als einziger Polizist weit und breit muss ich für alle Bürgerinnen und Bürger da sein«, sagte Luca und grinste. Gleich darauf stiegen sie in seinen Méhari, und der Commissario kurbelte die Fenster herunter. Es war wirklich warm geworden, jetzt, wo der Nachmittag seinem Höhepunkt entgegenstrebte. Die Kirchturmuhr zeigte kurz vor drei, gerade schloss Don Vincenzo die Tür des Campanile auf. Luca ahnte schon, warum er das tat. Anders als die Kirche, die von Sonnenauf- bis -untergang stets geöffnet war, damit die alten und jungen Leute von Montegiardino einen Augenblick der Ruhe verbringen oder ein Gebet sprechen konnten, war der Glockenturm nur wenigen Menschen in der kleinen Stadt zugänglich: dem Pfarrer, dem Diakon und dem Polizisten.

Und richtig: Gerade als sie den Hügel hinauffuhren, der zu dem Gewerbegebiet am Stadtrand führte, schlug die Kirchturmglocke. Aber nicht dreimal, wie es zu dieser Stunde üblich war. Nein, sie hörte gar nicht mehr auf.

Luca atmete einmal tief durch.

Jetzt war allen klar, was passiert war. Jetzt war es offiziell geworden.

Die Kirchturmglocke schlug zum Totengeläut.

Einer der Ihren hatte die Welt verlassen.

18

Das Schild über dem weißen Containerbau war längst verblasst. *Pescheria Azzurro* stand da. Darüber war die kleine Dorade gemalt, die das Wappentier der Fischhändlerfamilie war.

Wenn Alberto nicht auf dem Markt in der Stadt war, besuchte er die kleineren Märkte in den Weilern ringsum, aber die waren zu dieser Tageszeit längst vorbei. Luca wusste, dass der Fischhändler dann in der Halle war, um den Wagen zu putzen und den Verkauf für den nächsten Tag vorzubereiten.

Er wollte klingeln, bemerkte aber gerade noch rechtzeitig Auroras strengen Blick, also öffnete er die Tür einfach, und zusammen traten sie ein. Sofort umfing sie eine strenge Kälte, die nach dem heißen und anstrengenden Tag sehr erfrischend war. Das Licht war kalt und gedämpft, und Luca spürte, wie diese frostige Frische ihn anregte und belebte.

Hier im Vorraum standen die blauen Kisten, die die gleiche Aufschrift wie das Schild vor der Halle trugen. Diese Kisten wurden jeden Morgen vom Boot gehoben und an Land getragen, gefüllt mit Eis und dem wertvollen Fang der Nacht. Von jenem Boot, das Alberto bis vor wenigen Jahren geführt hatte und das nun von seiner Tochter Frederica in jeder Nacht drüben in San Vincenzo aus dem Hafen und hinaus aufs offene Meer gesteuert wurde. Es war eine weite Fahrt für die junge Frau; erst kurz nach Mitternacht aus dem Bett und dann hinüber, aus Montegiardino hinaus, vorbei an Siena und bis an die Küste des kleinen Städtchens südlich von Livorno und dann hinaus aufs Meer, stundenlang schuftend in Dunkelheit und Kälte: Netze ausbringen, fischen, Netze einholen, Fische säubern; schließlich wieder zum Hafen und den ganzen Weg zurück, bevor endlich Alberto noch am frühen Morgen ihren Fang in seinen Transporter lud und dann direkt losfuhr, weil die Menschen in Montegiardino schon auf seinen frischen Fisch und all die Meeresfrüchte, die das Mittelmeer bereithielt, warteten.

Aurora schob die durchsichtigen Lamellen, die diesen Vorraum vom Kühlraum trennten, beiseite. Dort fiel die Temperatur noch mal um einige Grad. So kalt war es in Montegiardino nicht mal im Dezember. Nie, um genau zu sein..

Es gab hier in dieser Halle einen langen Arbeitstisch aus Edelstahl und ihm gegenüber eine riesige Spüle mit zwei Hähnen. Dort standen Frederica und Alberto, Tochter und Vater, und arbeiteten schweigend. Es lief leise Musik, irgendein Popsong auf irgendeinem Lokalsender. Sie hatten riesige Kalmare in den Händen, die sie unter das eiskalte Wasser hielten, sie bürsteten die Tintenfische ab, entfernten Algen und andere Ablagerungen und legten sie dann auf das Eis. Das war die Vorbereitung für den Verkauf am nächsten Tag. Sie waren ganz in diese Tätigkeit vertieft und sahen erst auf, als die beiden Beamten schon neben ihnen standen.

»Hey, Commissario!«, rief Frederica, die junge Fischerin, die raspelkurze schwarze Haare hatte. Auf dem Boot trug sie immer eine Wollmütze, weil es sonst zu kalt wurde. Luca wusste das, seit er einmal mit ihr hatte hinausfahren dürfen. Sie hatten mit Angeln nach Wolfsbarschen gefischt, letzten Winter war das gewesen. »Was willst du denn hier?«

Luca lächelte ihr zu und versuchte, die finsteren Blicke, die Alberto ihnen zuwarf, noch einen Moment zu ignorieren.

»*Ciao*, Frederica«, sagte er. Sie beugte sich vor, und er konnte nicht anders, er gab ihr die zwei Wangenküsse.

»Und wer ist das?«

»Vice-Questora Aurora Mair, Polizia di Stato Florenz.«

»Wow, so hohen Besuch hatten wir ja hier noch nie. Was wollen Sie? Einmal guten Fisch kaufen, oder was?« Der Zynismus in Fredericas Worten war unüberhörbar. Florenz war für die Menschen in Montegiardino ein Moloch, unpersönlich, touristisch, eine Stadt für Bürokraten, nichts für echte Italiener.

»Eigentlich würden wir gerne mit dir sprechen«, sagte Luca und sah nun Alberto an. Der Fischhändler nickte kaum merklich. »Können wir irgendwohin gehen …«

Frederica trat vor ihren Vater. »Hä? Was soll das bitte? Wenn es um Papa geht, dann will ich auf jeden Fall dabei sein.«

Luca sah Alberto an, der wiederum zwischen dem Commissario und seiner Tochter hin- und hersah. Dann nickte er wieder. »*Bene*«, sagte er leise, »bitte, Luca, sag mir, was du wissen willst.«

»Alberto, es tut mir wirklich leid, aber … Na ja, du wirst es ja schon wissen. Der Fischer, mit dem du gestern … na ja, Signore Ennese, er …« Luca stotterte noch schlimmer, als er befürchtet hatte, und Aurora unterbrach ihn rasch.

»Signore, was mein Kollege sagen will, aber sich nicht traut, weil Sie sich hier in der Einöde alle so gut verstehen: Der Fischer, mit dem Sie sich gestern geprügelt haben, ist in der Nacht mit seinem Wagen in einen Baum gerast. Und wissen Sie, warum?« Auroras Ton war eiskalt. »Weil ihm jemand die Bremsschläuche durchtrennt hat. Um ganz sicherzugehen, sogar alle vier. Es ist ein Wunder, dass er überlebt hat. Und wissen Sie, was ich glaube? Dass es sehr wahrscheinlich ist, dass jemand, der den Fischer verprügelt, auch ein sehr gutes Motiv hat, noch weiter zu gehen.«

»Was wollen Sie damit sagen?« Frederica ging einen Schritt auf sie zu. Sie hielt noch immer einen Kalmar in der Hand. Es sah aus, als wollte sie die Vice-Questora mit dem kalten Tintenfisch bedrohen.

»Du warst sehr wütend auf Signore Ennese, Alberto«, schaltete sich Luca wieder ein.

»Ja ...«, murrte der Fischhändler, »na klar war ich das. Wärst du begeistert, wenn der Bürgermeister dir 'nen zweiten Polizisten vor die Nase setzt – weil er dich gerade nicht so toll findet?«

»Ich würde ihm trotzdem nicht auf die Nase hauen, Alberto.«

»Und der Commissario würde wohl auch nicht die Bremsschläuche ...«

»Jetzt reicht es aber!«, fuhr Albertos Tochter auf. »Haben Sie irgendeinen Beweis? Mein Vater hat damit nichts zu tun. Was denken Sie denn? Los, verschwinden Sie hier. Wir haben zu arbeiten.«

»Wo waren Sie in der letzten Nacht?«

»Na, wo soll er schon gewesen sein? Hat er einen Job wie Sie, bei dem er den ganzen Tag versucht, die Zeit rumzubringen, weil er nur am Schreibtisch sitzt? Nein, er steht bei Wind und Wetter draußen und schleppt mit mir schon bei Sonnenaufgang Fischkisten hin und her. Deshalb schläft mein Vater nachts. Damit er diesen Job überhaupt noch machen kann. Denn für ihn und mich ist das eine Berufung – dabei verdienen wir nur einen Bruchteil Ihres luxuriösen Gehaltes, Signora. Also wäre es wohl besser, wenn Sie jetzt gehen und uns in Ruhe lassen.«

Luca war nicht entgangen, dass Frederica immer schneller und schriller geworden war, je stummer ihr Vater wurde. Auch den unsteten Blick des Alten hatte er aufgefangen.

»Alberto, könnte ich dich kurz allein sprechen?« Er fragte es fast bittend.

»Luca ...«, Frederica funkelte jetzt ihn sauer an. »Fängst du jetzt auch noch an? Das ist doch nicht dein Ernst. Los ... haut ab.«

»Alberto …«

»Raus!«, schrie Franca. Sie war die Löwin an der Seite ihres Vaters, und das war ihr letztes Wort. Sogar Aurora Mair zuckte die Schultern und wandte sich um. Luca warf Alberto einen fragenden Blick zu, dann folgte er seiner Kollegin. Draußen wartete die warme Sonne auf sie, und der Commissario musste sich kurz schütteln. Er wusste in diesem Moment gar nicht, was schlimmer gewesen war: die eisige Kälte der Halle oder die der jungen Fischerin. So hatte er Frederica noch nie erlebt. Und wenn er ehrlich war, kannte er so nur Menschen, die etwas zu verbergen hatten – oder jemanden schützen wollten, den sie liebten.

19

Die Fahrt zurück ins Zentrum verlief wortlos. Erst kurz bevor Luca vorm Rathaus auf seinem Stellplatz für den Gemeindepolizisten parkte, sagte die Vice-Questora: »Ich habe das Gefühl, da waren wir nicht zum letzten Mal.«
»Ich leider auch«, erwiderte Luca.
»Ich muss dringend an einen Computer. Ich muss mir einen Überblick verschaffen. Über die Fischer und über das Opfer.«
»Klar. Geh einfach zu mir ins Büro. Ich wollte ohnehin mal in der Bar auf den Busch klopfen. Und da ist es wohl besser ...«
»... wenn ich nicht mitgehe. Hab ich schon verstanden.«
Die Kirchturmuhr schlug zwei Mal. Halb fünf. »Wir treffen uns um sechs und besprechen uns, okay?«
»Einverstanden.«
»*A dopo*, Commissario.«
»*A dopo*, Vice-Questora.«
Er wandte sich um und wollte zur Bar hinübergehen, da sprach sie ihn noch einmal an:
»Luca?«
Er stoppte, drehte sich um und sah sie lächeln:

»Es ist schön, mal wieder draußen zu sein. Und ... es ist schön, mit dir zu arbeiten.«

Sie wartete nicht auf eine Reaktion, sondern ging davon, auf das Rathaus zu, mit ihrem festen und forschen Schritt, der dem einer Jägerin glich. Sie war selbstbewusst, sehr schön und sehr interessant. Er sah ihr nach, länger, als es wohl statthaft war, konnte den Blick nicht von ihren Beinen lösen. Er wusste selbst, dass sie eine Nummer zu groß für ihn war. Sie war die Frau aus der Stadt, eine Vice-Questora noch dazu. Er war der alleinerziehende Kleinstadtpolizist, der auf einem Bauernhof mit drei Eseln lebte. Das passte nicht zusammen, nicht hinten und nicht vorne. Und doch erwachte er manchmal in seinem Bett, weil er von dem Kuss geträumt hatte, dem Kuss hinterm Stall. Und von ihrer Hand an seinem Nacken, als sie seinen Kopf festgehalten hatte. Ihr Griff, fordernd und zärtlich zugleich. Diese Frau brachte ihn um den Verstand.

Er riss sich erst los von seinen Gedanken, als sie im Rathaus verschwunden war. Der Weg hinüber zur Bar war kurz. Auf der Terrasse war nun kein einziger Platz mehr zu bekommen, es war die Zeit des Aperitivo. Luca hätte sich gerne zu seinen Nachbarn und Freunden gesellt, die draußen unter den roten Sonnenschirmen ihr Glas genossen. Aber er hatte keine Zeit zu verlieren.

Er betrat die Bar, drinnen war es viel schummriger und kühler. Jetzt standen beide Brüder am Tresen. Die Küche war längst geschlossen, aber am Zapfhahn und bei den Longdrinks brauchten sie jetzt vier Hände. Am Tresen war kein Gast, alle waren draußen. So ein Glück.

Luca stellte sich an die Theke und beobachtete, wie die Brüder zusammenarbeiteten wie ein Zwei-Mann-Orchester, sie waren perfekt aufeinander eingespielt. Der eine füllte die Gläser mit Eis für den Spritz, der andere schnitt schon die Zitrone, der Erste ließ den Campari ins Glas laufen – die exakt richtige Menge, Luca musste mitzählen: einundzwanzig, zweiundzwanzig –, dann setzte der

Barmann die Flasche ab, der andere hielt schon Prosecco und Sodawasser bereit, und der Nächste rührte wieder um. Es hatte keine Minute gedauert, da trug Francesco das Tablett mit vier bauchigen Gläsern nach draußen. Erst jetzt nahm Fabio seinen Gast wahr.

»Commissario«, sagte er erstaunt. »Mit dir habe ich gar nicht gerechnet. Ich dachte, du ermittelst bis tief in die Nacht mit dieser Femme fatale.«

»Nun mach aber mal halblang, Fabio. Nur weil ihr euch einmal angeschnauzt habt? Sonst bist du nicht so nachtragend.« Das stimmte zwar nicht – Fabio war elendig nachtragend –, aber aus irgendeinem Grunde lag Luca etwas daran, dass seine Stadt die Vice-Questora nicht verdammte.

»Sei's drum.«

»Machst du mir ein Bier, bitte? Und dann muss ich dich etwas fragen ...«

»*Una piccola birra alla spina*«, wiederholte Fabio, »*arriva subito.*«

Als er das Bier aus dem Hahn mit der Aufschrift *Peroni* in ein eisgekühltes Glas laufen ließ, sah er den Commissario über den Tresen hinweg an. Seine Neugier war geweckt. Gut so. Auf Fabio war Verlass.

»Ich hab gehört, es ist Mario.«

Luca erschrak. »Hmm?« Er versuchte cool zu bleiben, wollte so tun, als hätte er nicht verstanden. Er brauchte die zehn Sekunden, die ihm blieben, um zu überlegen, was er preisgeben wollte.

»Der Tote. Drüben am anderen Ufer. War es Mario? Nun sag schon.«

»Mann, Fabio, echt. Martinelli hat doch gesagt, es wird noch ermittelt – und wir wollen erst die Angehörigen ...«

»Mario hat doch fast niemanden.«

Luca beugte sich über den Tresen. »Wer hat es dir gesagt?«

»Ach, das kam hier so reingetröpfelt. Du weißt doch, wie das ist. Wahrscheinlich hat Signore Aleardi es Maria erzählt, und die hat es dann dem nächsten Händler erzählt, und dann ... Du kennst doch Montegiardinos stille Post. Also, stimmt es?«

Er stellte das Bier vor Luca ab, es wirkte wie ein Bestechungsversuch. Der Commissario wusste, dass Leugnen zwecklos war.

»Ja, es stimmt.«

Fabios Miene veränderte sich. Die Neugier wich, stattdessen legte sich Düsterkeit über seine Züge.

»Verdammt. Ich ... Ich habe ihn lange nicht gesehen. Weißt du, er kam nicht mehr so oft saufen wie früher, ich dachte, es würde ihm besser gehen. Aber ... keine Ahnung ... Was ist denn bloß passiert?«

»Ehrlich gesagt: Ich habe keinen blassen Schimmer, Fabio. Wir stehen ganz am Anfang. Ich kannte Mario Riccione gar nicht gut. Ging es ihm denn schlecht?«

»Na ja, er war der Typ, der sein Gefühl nun nicht gerade auf der Zunge trägt. Aber wie es ihm ging, konnte ich immer daran sehen, wie er trank: ob ein Bier in zehn Sekunden und dann noch drei Schnaps oder drei Bier ... Und dann wurde er immer ruhiger und seine Knöchel immer weißer, weil er innerlich so unter Trauer und Druck stand – und manchmal war er dann wieder total jovial, wenn die Geschäfte gut liefen und er mal wieder jemanden hatte.«

Luca nahm sein eiskaltes Glas, an dem kleine Wassertropfen herabliefen, von denen er einen mit dem Finger auffing. Dann setzte er an und trank das kleine Glas in einem Zug leer. Die Kälte des Biers belebte und erfrischte ihn augenblicklich. »Herrgott, tut das gut.«

»Ein langer Tag, was, Commissario?«

»Du hast gesagt: Er hatte *fast* niemanden. Also war da jemand?«

»Bis vor einem Jahr, glaube ich, ja. Eine Frau aus Siena. Die hat dort einen kleinen Laden. Aber da musst du meinen Bruder fragen. Ich glaube, Mario hat lieber mit ihm gesprochen, weil Francesco nie antwortet. Die Schüchternen suchen sich immer meinen Bruder aus, weil sie bei mir die Widerworte fürchten.«

»Denk mal drüber nach«, sagte Luca und lächelte leicht.

»Niemals«, entgegnete Fabio.

»Du, ich hab noch was.«

»Was denn?«

»Gestern, als du ... Na ja, du hattest ja gestern auch einen Tag, an dem die Fäuste etwas lockerer saßen. Und du weißt ja, dass es am Vormittag schon mal eine Prügelei gab.«

»Oh ja, Alberto hat diesem jungen Händler eine gegeben.«

»So lyrisch kann man es ausdrücken. Sag, hast du einen von beiden noch mal hier gesehen?«

»Na, der junge Typ stand schon hier am Tresen, da war der Markt noch gar nicht vorbei. Bei dem wollte keiner was kaufen. Hast du dir mal das Zeug angeguckt, das der auf Eis liegen hatte? Alles Gammelware. Und weil unsere Leute nun mal auf Qualität setzen, hat der ziemlich schnell zusammengepackt und seine paar Kröten hier investiert. Na ja, der hat sich richtig volllaufen lassen. Und dann, am Ende des Markttages, also kurz nach vier, kam Alberto rein. Die beiden haben sich beäugt, na, das kannst du dir ja vorstellen. Aber dann hat Alberto einfach ein Bier getrunken und sich dabei wohl was überlegt, jedenfalls ist er zu dem Jungen hin, der ist erst mal zusammengezuckt, aber Alberto hat ihm die Hand hingestreckt und in seiner trockenen Art gesagt: ›Nix für ungut, kommt nicht wieder vor.‹ Und dann hat er ihn eingeladen, und sie haben eine Flasche von Tommasos Weißem geleert – ach, apropos Tommaso, hast du vorhin die Kleine gesehen, die jetzt für den arbeitet? Na, die wird hier aber ordentlich für Wirbel sorgen. Und immer diese Typen – heute hatte sie schon wieder so einen Schönling dabei. Aber gut tun die ihr nicht. Als ich vorhin raus bin, ist sie gerade losgerannt und der Typ hinterher, und sie hatte Tränen in den Augen, ich glaube, mit der hast du immer Drama.«

»Ich danke dir, Fabio. Wenn ich mal einen Paartherapeuten

brauche, dann wende ich mich an dich. Aber wie ging es gestern mit unseren Fischhändlern weiter?«

»Na, wenn mich nicht alles täuscht, hatten sie noch eine Flasche, da war es schon echt spät. Die haben sich wirklich gut verstanden, die beiden, die saßen hier an der Ecke und haben lange geklönt.« Fabio kniff die Brauen zusammen. »Aber wieso fragst du?« Fabio sah ihn prüfend an. Diesem Barista konnte man wirklich nichts vormachen.

»Der Händler hatte einen Unfall. Er ist heute Nacht gegen einen Baum gefahren, auf der Straße nach Florenz. Aber ... Na ja, Unfall stimmt nicht ganz. Jemand hat nachgeholfen. Und ich habe Sorge, dass Alberto etwas sehr, sehr Dummes ...«

»Ach, du Scheiße ...«

Luca und Fabio wandten sich zur Tür. In der stand Francesco, das leere Tablett in der rechten Hand. Er war bleich. Sie hatten ihn beide nicht kommen hören, aber er hatte offensichtlich alles gehört, was der Commissario gesagt hatte.

»Was ist?«, fragte Luca.

Doch Francesco schüttelte den Kopf. »Nein, ach, ich hab mich erschrocken. Lebt er?«

Der Zwillingsbruder ging langsam hinter die Theke, aber Luca sah, dass das Tablett in seinen Händen zitterte. »Du sagst mir jetzt sofort, was los ist, Francesco. Ja, er lebt, aber es ist echt ernst – und ich will wissen, was du gesehen hast.«

»Nun sag schon«, drängte auch sein Bruder.

Der ältere Zwillingsbruder atmete tief durch, dann griff er zu einer Flasche Grappa, die hinter ihm auf der Bar stand, nahm ein kleines Glas, goss es voll und trank das Glas in einem Zug aus. Er kniff die Augen zusammen, weil der scharfe Trester wohl mächtig brannte.

»Fabio, du hattest doch gestern deine Doppelkopfrunde. Ich mach da ja nicht mehr mit, weil ihr immer bescheißt. Also hab ich den Laden zugemacht. Der Typ wollte nicht gehen. Er blieb einfach am Tresen sitzen und blickte stumpf ins Leere. Der hat immer weiter getrunken. Und als ich raus bin, um die letzten Gäste abzukassieren, da hab ich an dem Wagen Licht gesehen.«

»An welchem Wagen?«

Luca war sofort hellwach, in seinem Kopf überschlugen sich die Gedanken.

»An seinem Fischtransporter.« Die Worte, so nüchtern ausgesprochen, entfalteten die Wirkung eines starken Espressos. Selbst der sonst so gelassene Luca wurde nun ungeduldig. »Ja – und dann?«

»Ich bin da hin. Ich hab was wie 'ne Taschenlampe gesehen. Oder einen Blitz. Na ja, ich wollte ja nicht, dass die meinen Gast beklauen oder die Karre mitnehmen, solange der bei uns in der Bar sitzt. Und gerade als ich um die Ecke biegen will, klingelt mein Handy. Und dann ...«

Er schüttelte den Kopf. »Na, ich hab schnell weggedrückt, es war Fabio ...«

»Ich wollte dich fragen, ob du nicht doch noch kommen willst ...«

»Und dann?« Wieder Luca.

»Ich bin hinter den Wagen, und dann hab ich nur noch einen Schatten weggehen sehen. Aber ...«

Er wollte eben zur Grappaflasche greifen, doch Lucas Hand sauste über den Tresen und hielt die des Baristas fest. Der war wie vom Donner gerührt. »Du hast ihn erkannt, oder?«

Der Zwilling senkte den Kopf und nickte.

»Ja«, sagte er leise, »ich ... Der hat gehumpelt, da wusste ich es vermutlich schon, ich hatte bloß nicht verstanden, was das sollte. Aber als er dann unter der Laterne durchgegangen ist, hinten am Rathaus, gab es keinen Zweifel mehr. Es war Alberto. Und er hat sich schnell aus dem Staub gemacht.«

Erst war es still am Tresen, aber dann sagten Fabio und Luca unisono: »Ach, du Scheiße.«

20

Was dann geschah, war so bemerkenswert, dass Luca erst einige Stunden später das ganze Ausmaß begriff. Und es war umso bemerkenswerter, weil er es nie für möglich gehalten hätte, wie sich eine Person mit einem Mal in einem völlig anderen Licht zeigen konnte.

Das begann schon, als sie, eine Viertelstunde nachdem er die Bar verlassen hatte, gemeinsam mit Aurora die Treppe des Rathauses hinunterstiegen.

»Ich weiß, wie schwer das für dich sein muss«, sagte sie. »Also: Ich werde das machen, in Ordnung? Und ich bitte dich: Vertrau mir.«

Er wusste nicht, warum er nickte. Aber etwas in ihrem Ton sagte Luca, dass es eine gute Idee war, wenn er in seinem aktuellen Zustand nicht darauf drängte, es selbst zu tun.

Die Fahrt verlief wieder wortlos, diesmal nicht aus Müdigkeit, sondern wegen der Anspannung, die immer aufkommt, wenn etwas Großes bevorsteht. Nicht im guten Sinne groß, nur im Sinne einer Entscheidung.

Die Wagen vor der Halle waren verschwunden. Luca hatte sich

das bereits gedacht. Er lenkte den alten Méhari also noch zweimal um die Ecke. Es war eines der kleineren Häuser, die zu Füßen des Hügels standen, auf dem das Castello der Winzerfamilie Contadini lag.

Luca hielt genau vor dem Hoftor. Sie stiegen aus, er nickte der Vice-Questora zu, und sie öffnete die Hoftür, ohne zu klingeln.

Es hätte nicht schlimmer kommen können, dachte Luca, als sie um die Ecke bogen. Der Hof war karg, ein Sandplatz. Auf der ihnen gegenüberliegenden Seite bellte ein Hund im Zwinger, ein großer Hund, Luca hatte ihn noch nie gesehen. Er fletschte die Zähne, zum Glück war die Tür verschlossen. Das Geräusch einer Kette, es klang aggressiv, das Ratschen des Metalls. Alles im Hof war so heruntergekommen wie das Haus: weiße Plastikmöbel, ein verblasster Sonnenschirm. Ein kleines Boot, abgetakelt und grün vor Algen, stand weiter hinten wie ein verunglücktes Museumsobjekt. Auch hier stand nach diesem langen Tag der Aperitivo an, es war das Feierabendbier für den Fischhändler und quasi das Frühstücksbier für seine Tochter, er würde genau wie sie bald zu Bett gehen, einige Stunden nur bevor sie aufstehen und wieder aufs Meer fahren musste. Neben ihr saß klein und gebückt Albertos Frau, von der Luca wusste, dass sie ebenso resolut war wie ihre Tochter. Sie trank ein Wasser.

Aurora steuerte zielstrebig auf die Familie zu. Frederica schien den veränderten Gang der Beamten wahrzunehmen, misstrauisch blickte sie ihnen entgegen. Auch Luca trat nun so forsch auf, wie Aurora es vorhin schon gewesen war. Doch der Ton, den sie jetzt beide anschlugen, war noch mal ein ganz anderer.

Die Vice-Questora ging zu dem Mann, der sein Bier auf den kleinen weißen Plastiktisch stellte, und sagte ganz ruhig: »Signore Alberto, es tut mir leid, wir haben uns das alle nicht gewünscht, Luca erst recht nicht – aber die neuen Erkenntnisse lassen uns keine andere Wahl. Deswegen wäre es gut, wenn es jetzt keine Szene gäbe, Signorina. Signore Alberto, ich verhafte Sie vorläufig wegen Verdachts auf gefährlichen Eingriff in den Straßenverkehr in Tateinheit mit schwerer Körperverletzung. Sie haben das Recht, die Aussage zu verweigern, der Commissario und die Questura werden Ihre Aussagen verschriftlichen und dem Gericht in Florenz zur Verfügung stellen. Einstweilen muss ich Sie bitten, uns zu begleiten. Würden Sie also bitte aufstehen?«

Sie hatte all das ohne Groll gesagt, ohne Einschüchterung. Es waren nur Fakten, die sie so vorgetragen hatte, als würde ihr das alles wirklich leidtun.

Und die Worte taten ihre Wirkung. Der Fischhändler stand auf, Frederica legte ihm noch die Hand auf den Arm, doch er zog ihn weg, schnell, als habe sie ihn verbrannt.

»Alberto«, sagte seine Frau, doch er sah sie nicht mehr an. Er stellte sich zwischen Aurora und Luca und sagte leise: »Gehen wir.«

Also gingen sie. Luca spürte die Blicke der beiden Frauen im Rücken, aber er wagte es nicht, sich umzudrehen. Er wollte ihren Schmerz nicht sehen. Er machte sich wirklich große Sorgen in diesem Moment – Sorgen wegen dem, was er gleich hören würde. Denn dass er irgendetwas hören würde, daran hatte er keinen Zweifel.

21

Luca mochte sein kleines Büro unterm Dach normalerweise sehr, doch an diesem Abend war die Stimmung hier oben eine ganz andere als normalerweise. Was sonst eine wohltuende Wärme war, empfand Luca als drückende Hitze. Der winzige Raum, den er eigentlich als Rückzugsort so sehr schätzte, war ihm nun viel zu eng. Dazu machte ihn das Geräusch von Auroras High Heels auf dem Holzboden verrückt.

Und der Grund für dieses ganze Unwohlsein war der riesige Mann, der zusammengefallen auf dem Stuhl gegenüber dem Schreibtisch saß.

»Alberto«, sagte Luca leise und versuchte seiner Stimme einen freundlichen und verbindlichen Tonfall zu geben, »was ist denn los? Ich erkenne dich gar nicht wieder. Wir ... Wir haben uns doch immer so gut verstanden.«

Der alte Mann wandte den Blick ab. Es stimmte: Sie hatten sich immer gut verstanden, und Luca hatte den knurrigen Fischhändler mit den riesigen Händen immer als einen typischen Vertreter der Menschen von hier gesehen: harte Schale, weicher Kern. Aber jetzt war da nichts mehr, die Freundlichkeit und der grobe Humor waren erloschen, die klugen Augen schienen nichts anderes mehr auszudrücken als Leere.

»Alberto, du musst uns helfen. Was ist gestern Abend passiert?«

Immer noch wich der Fischhändler seinem Blick aus und sah stumm zu dem kleinen Fenster in der Wand, durch das aber aus dieser Perspektive kein Teil des Städtchens zu erkennen war, kein Baum, nicht der Kirchturm – nur der Himmel, der sich in der letzten Stunde von einem sehr hellen Blau zu einem undurchdringlichen Grau verfärbt hatte.

»Gut, dann eben anders«, sagte Luca und klang resigniert. »Ich muss dir ja nichts verschweigen, weil die Kleinstadtpostille ohnehin alles durchklingen lässt. Francesco hat dich gesehen. Und du weißt, dass er dich gesehen hat. Er hat gesehen, wie du am Wagen rumgefummelt hast. Als du ihn gehört hast, bist du weggelaufen.«

Er sah ihn immer noch nicht an, aber an der Anspannung in Albertos Schultern und dem leichten Zittern seiner geballten Faust erkannte Luca, dass er sehr wohl verstanden hatte.

»Was hast du an dem Wagen zu schaffen gehabt, Alberto?«

Doch der Fischer schüttelte nur unmerklich den Kopf.

Lucas Stimme wurde lauter. »Ihr habt zusammen gesoffen, ist es nicht so?«

Endlich wandte sich der Alte ihm zu, er musterte ihn eindringlich. Dann ein leichtes Nicken.

»Fabio sagt, ihr hättet euch gut verstanden.«

Ein Rollen der grauen Augen.

»Hat er das falsch beobachtet?«

Die Stimme des Alten zu hören, war wie eine Überraschung. Weil es die ersten Worte waren, die er überhaupt sagte, und sein tiefer Bass in diesem kleinen Raum düster klang.

»Ich habe mich entschuldigt dafür, dass ich ihn am Schlafittchen genommen habe. Aber ich habe auch gesagt, dass es nicht in Ordnung ist, dass er sich in mein Gebiet reindrängelt.«

»Und was hat er darauf erwidert?«

»Dass er mit dem Rücken zur Wand steht. Er hat mir seine Geschichte erzählt, und ...«

Luca ließ ihm die Zeit, aber Alberto sprach nicht weiter.

»Und was?«

»Ich ...« Erneut brach er ab, und sein Blick ging wieder zum Fenster.

»Alberto, wenn du mir nicht hilfst, dann kann ich dir auch nicht helfen.«

Der Alte schüttelte den Kopf, und Luca konnte sich nicht mehr beherrschen. Er stand von seinem Stuhl auf, während Aurora auf der Schreibtischkante sitzen blieb.

»Du willst nicht sagen, was ihr besprochen habt«, sagte er laut, »und du willst nicht sagen, was du an dem Wagen gemacht hast. Aber es gibt einen Augenzeugen, der dich erwischt hat – er sagt sogar, er hätte etwas blitzen sehen –, und eine Stunde später rast dieser junge Mann ungebremst den Berg runter. Mit durchschnittenen Bremsschläuchen.« Luca schnaubte. »Echt, Alberto. Das sieht ganz und gar nicht gut aus.«

Der alte Fischhändler schnaufte seinerseits und legte den Kopf in die Hände, als wollte er still beten. Fast empfand Luca etwas wie Mitleid. Er setzte sich wieder. Nun war es Aurora, die aufstand und ans Fenster trat.

»Signore, kennen Sie Mario Riccione?«

»Hmm?«

Der Alte hob den Kopf und sah zu ihr.

»Ob Sie Mario Riccione kennen?«

Alberto nickte.

»Hatten Sie Streit mit ihm?«

»Was?«

»Hören Sie.« Sie drehte sich um. »Es gibt Anzeichen, dass Sie die Bremsschläuche eines Konkurrenten durchtrennt haben. Einfach so, nur weil Ihnen sein Eindringen auf Ihren Markt nicht gepasst hat. Und ein paar Stunden später wird ein anderer Bewohner Ihres Ortes umgebracht. Vielleicht ... Vielleicht hat Ihnen da ja auch etwas nicht gepasst. Gab es Streit? Hat er bei Ihnen Mist gebaut? Sind Sie alte Feinde? Sagen Sie es mir. Signore, ich kenne Männer, die einmal aus dem Gleichgewicht geraten – und dann geschieht es schon mal, dass sie komplett außer Rand und Band sind und vielleicht gleich zwei folgenschwere Ideen auf einmal haben.«

»Mario ist tot?« Albertos Stimme war nahezu tonlos. »Was sagen Sie da?«

»Haben Sie zu doll zugeschlagen, Signore?«

Der Blick der Vice-Questora war fest auf den Fischhändler gerichtet, der sie wie von Sinnen anfunkelte.

»Ich habe gar nichts gemacht, verdammte Scheiße!«, schrie er. »Ich ...«

»Sie waren heute nicht auf dem Markt.«

»Ich konnte nicht.«

Sie setzte sich wieder auf die Schreibtischkante und wies zur Tür, was Luca und Alberto beide vor Überraschung zusammenzucken ließ.

»Gehen Sie. Wir sind hier fertig.«

»Was?«, machte Luca.

»Hmm?«, machte der Fischer.

»Ja, wir kommen nicht weiter. Und da Sie ja vermutlich nicht mit Ihrem Fischtransporter über die Grenze fliehen werden«, sie zuckte die Schultern, »können Sie jetzt gehen. Wir sehen uns morgen wieder. *Buona serata*, Signore.«

Alberto stand auf, es sah mühsam aus, er wirkte wie ein gebrochener Mann. Dann ging er hinaus, ohne sie noch einmal anzusehen, und schlurfte über den Flur davon.

Erschöpft ließ Luca den Kopf auf die Hände sinken, während Aurora flüsterte: »Na, hier ist ja wieder was los.«

22

»Es hat einfach keinen Sinn ergeben. Meinst du, in einer Arrestzelle hätte er uns mehr erzählt?«

Luca wusste, dass sie recht hatte. Und dennoch war ihm unwohl.

»Außerdem müssen wir jetzt wirklich mal bei Herrn Riccione nachforschen«, fuhr sie fort.

Er war ans Fenster getreten und sah dem Fischhändler nach, der über den Marktplatz in Richtung Bar ging. Luca hatte ihn noch nie so erlebt wie heute – und er hätte auch nicht gedacht, dass er ihn jemals so würde erleben müssen. Er schwankte zwischen Unverständnis und Mitleid.

»Na, dann fahren wir mal.«

Es ging einmal quer durch Montegiardino, von der einen Hügelseite durchs Tal und dann wieder ein Stück hinauf. Die Straße war hier leicht abschüssig, ganz unten lag die Werkstatt, darüber das Haus von Signora Cipriani und darüber das Haus des Handwerkers.

»Mist, da fällt mir gerade ein ...«

»Was denn?«

»Ich wollte noch ein Auto abholen, das oben in den Weinbergen steht. Einer der Steine des Anstoßes für eine merkwürdige Begebenheit heute Morgen.«

»Dafür ist morgen auch noch Zeit«, sagte Aurora. »Hier, das hat die Spurensicherung in seiner Hosentasche gefunden.« Sie holte den Schlüssel aus der Tasche.

»Brauchen wir hierfür schon mal nicht«, entgegnete Luca und drückte die Klinke herunter. »Du weißt doch, dass hier niemand abschließt.«

Aurora zog eine Augenbraue hoch und schüttelte grinsend den Kopf. »Und dann wundern sich alle, dass hier ständig irgendwo ein Toter rumliegt.«

Sie gingen über den Hof, der zu Lucas Verwunderung über kein einziges Nebengelass verfügte, keine Scheune, keine Garage, gar nichts. Die Erklärung dafür bekamen sie, als er die Klinke der Haustür herunterdrückte und auch sie ohne Probleme aufsprang.

»Na, hier liegen Wohnen und Arbeiten aber wirklich nah beieinander«, sagte Aurora, die ihm gefolgt war. Es stimmte: Es gab in diesem Haus nur einen großen zusammenhängenden Raum, der Wohnzimmer, Schlafzimmer und: ja, leider auch Werkstatt in einem war. Luca konnte sich nicht erinnern, wann er zuletzt ein derartiges Chaos gesehen hatte. Da stand ein ungemachtes Bett in der Ecke, einen Meter daneben ein kleiner Esstisch mit einem Stuhl, einen weiteren Meter daneben eine Miniküche, wie es sie zum Selbstzusammenbauen im Baumarkt gab, die Spüle war voll mit schmutzigem Geschirr. Überhaupt war es schmutzig, und es müffelte – der typische Geruch der Bude eines Junggesellen, der in die Jahre gekommen war. Und das ganze Zimmer war über und über mit Werkzeugen bedeckt, es lagen Hämmer und Bohrmaschinen in der Ecke und ein Sortiment von Nägeln auf der Kommode, drei Rollen Dachpappe sahen unter dem Bett hervor.

»Trautes Heim, Glück allein«, sagte Luca. »Der arme Mann.«

»Kann gar nicht verstehen, dass der keine Frau gefunden hat.«

»Ein Leben für die Arbeit.«

»Zumindest sind die persönlichen Unterlagen da«, sagte der Commissario und wies auf den Ordner, der mit *Papiere und Rechnungen* liederlich beschriftet auf dem Esstisch lag. »Du da, ich hier«, sagte Aurora und fing an, die Schränke zu durchsuchen. Luca griff nach dem Ordner und blätterte ihn durch.

»Wow«, sagte er nach einer Weile. »Neunzig Euro Stundenlohn für einen einzelnen Handwerker, der hat aber ordentlich hingelangt.«

»Nicht wirklich ein Mordmotiv, oder?«

Luca blätterte weiter, aber da war nichts Interessantes: keine privaten Unterlagen von Belang, keine niederschmetternde Diagnose, kein Drohbrief von irgendwem – nichts, was auf den bevorstehenden Tod des Mannes hätte hinweisen können.

»Hast du was?«

»Nichts.« Aurora schüttelte den Kopf.

»Na, dann bleibt uns nur eines.«

»Türen abklappern.«

Luca nickte. Sie verließen das Haus, diesmal schloss die Vice-Questora aber die Tür hinter sich ab. Ungebetene Gäste im Haus eines Mordopfers konnten sie wirklich nicht gebrauchen.

Auf der Hauptstraße blickte sich Aurora um, doch Luca sagte: »Ich hab bei einer Nachbarin noch was gut, da fangen wir an.« Es war das nächste Haus, und als der Commissario den geschlossenen Rollladen vorm Fenster sah, musste er kurz lächeln. Wahrscheinlich hatte die Cipriani alles verriegelt und verrammelt, aus Angst, dass ihre alte Nachbarin mit dem Krückstock wiederkam.

Luca drückte auf die Klingel am Haus. Von drinnen hörte man ein elektrisches Surren und gleich darauf das Bellen eines Hundes. Erst geschah nichts, dann wurde nach einer Weile die Jalousie ein Stück hochgezogen. Der Kopf der alten Signora erschien in dem Spalt.

»Oh, Commissario!«, rief sie, was komisch wirkte, weil sie den Kopf immer noch schief hielt und ihre Stimme dadurch noch höher war als normalerweise. »Was ist denn? Haben Sie meinen Wagen?«
»Nein, das nicht, Signora Cipriani. Aber wir müssen aus einem anderen Grund mit Ihnen sprechen. Können wir reinkommen?«
Offenbar nicht, denn die alte Signora zog mühsam die Jalousie hoch, er hörte sie hinter dem Fenster schwer atmen. »Hat mich die alte Schachtel etwa angezeigt? Oder was ist los?«
»Nein«, rief Luca durch das geschlossene Fenster, »das ist es nicht.« Als die Jalousie endlich oben war, öffnete sie das Fenster wieder und sah hinaus.
»Gerade kann ich Sie nicht reinlassen, es geht wirklich nicht, Commissario, tut mir leid. Mein Mann ist gerade in der Wanne – und das ist ein Anblick, den ich Ihnen ersparen möchte. Aber ... Wer ist denn dieses hübsche Geschöpf, Commissario?« Sie wies auf Aurora. »Sind Sie endlich unter der Haube?«
»Keine Sorge«, sagte die Angesprochene und grinste zwischen der Frau und Luca hin und her. »Ihr begehrter Junggeselle ist noch frei – dabei hab ich alles versucht. Ist doch so, oder?«
Sie knuffte ihn in die Seite, doch Luca lächelte nur. »Das ist Vice-Questora Aurora Mair aus Florenz.«
»Hübsch und erfolgreich«, frotzelte die Cipriani. »War ich auch mal.«
»Da bin ich mir sicher«, sagte Aurora. »Aber nun, Signora, genug der Schmeicheleien. Wir sind leider wegen etwas sehr Ernstem hier.«
Sofort änderte sich die Miene der alten Cipriani. So war es immer in Montegiardino. Natürlich war die ganze Stadt besorgt um ihre Nächsten, aber die Neugier, dachte Luca, die spielte stets eine noch größere Rolle. »Was ist denn passiert? Der Einsatz da vorhin?«
Also war die Nachricht von Marios Tod noch nicht bis zu ihr gedrungen, dachte Luca, wenigstens etwas.

»Ihr Nachbar, Signore Riccione, er wurde heute Mittag tot aufgefunden.«

»Was? Mario?«

Sie sah einen Moment wirklich bestürzt aus. Aber sie fing sich sehr schnell. »Und ... was ist passiert, wenn ich fragen darf? Ich weiß ja, Sie dürfen aus Ermittlungsgründen nicht so viel sagen – ich lese schließlich auch Krimis.« Sie zwinkerte der Vice-Questora komplizenhaft zu. Diese Frau war wirklich 'ne Wucht, kam der Commissario nicht umhin zu denken.

»Er ist erschlagen worden, glauben wir«, sagte Luca, »aber wir haben bisher niemanden in Verdacht – es gab doch kaum jemanden, der Mario gut kannte. Weshalb wir sehr hoffen, dass Sie uns ein bisschen was über ihn erzählen können, Signora Cipriani.«

»Na, viel gearbeitet hat der. Gearbeitet und einen über den Durst getrunken. Aber er war nicht unangenehm. Eher in seiner Welt, würde ich sagen. Soll ich mal meinen Mann fragen?«

»Was?« Der Ruf kam aus dem hinteren Teil des Hauses. Eine tiefe, bellende Stimme. Luca glaubte, die Wanne plätschern zu hören.

»Wer ist das?«

»Der Commissario, mein Schatz«, flötete Signora Cipriani.

»Was will er?«

»Mario ist hinüber.«

Es entbehrte nicht einer gewissen Komik, dieses Gespräch zu einem sehr ernsten Thema zwischen offenem Fenster und Badewanne.

»Ach, du je!«, hörte Luca den Alten rufen. »Na, aber das wird ja wohl nicht der Zucco wegen des Dachs gewesen sein. Das wäre ja etwas zu viel des Guten.«

»Was meint Ihr Mann?«, fragte Aurora.

»Oh ja, das ...«, Signora Cipriani kniff die Lippen zusammen, »das habe ich ja ganz vergessen. Na, das war aber ein Stress, das sage ich Ihnen.«

»Was ist denn passiert?«

»Fragen Sie lieber Zucco selbst, Sie wissen ja, er ist ein recht cholerischer Zeitgenosse. Deshalb war mein Auto ja auch so lange in keiner Werkstatt mehr – ich kann einfach nicht zu ihm gehen. Ich glaube, er hatte Mario angestellt, damit der sein Dach deckt. Aber da ist was schiefgegangen, und dann hat es im Januar in dieser regnerischen Nacht – wissen Sie noch Commissario? –, na ja, da hat es die halbe Werkstatt unter Wasser gesetzt. Und dann war die Rechnung noch überhöht, und seitdem klagen die beiden gegeneinander. Und einmal hat ...«

»Hast du schon erzählt, dass Zucco Mario mal die Fresse poliert hat?« Der Ruf kam wieder aus der Badewanne.

»Nee, wollte ich gerade.«

»Er hat ihn angegriffen?«, fragte Luca.

»Ja, Mario hatte wirklich einen hohen Betrag ausstehen und hat die Summe pfänden wollen. Das war vor zwei oder drei Wochen. Na, und als der Gerichtsvollzieher dann in der Werkstatt stand, da ist Zucco ausgerastet.«

Luca erinnerte sich an den wütenden Mann am Morgen auf dem Marktplatz. Wer wegen eines Skateboards eine Frau angriff, der ...

»Ich danke Ihnen, Signora Cipriani. Das hat uns sehr geholfen.«

»Jederzeit, Commissario, jederzeit.«

»Ich finde übrigens, Sie sollten sich wieder mit Signora Castellucci vertragen. Sie ist doch eine sehr freundliche Person – wenn sie nicht gerade versucht, Ihre Tür einzuschlagen.«

»Die Alte kann mir gestohlen bleiben. Ich hatte ihr schon einen sehr guten Preis gemacht – und dann so was. Nur weil sie nicht Auto fahren kann.«

Luca zuckte die Schultern. Er würde heute nicht die ganze Welt retten können.

»Also, vielen Dank. Und grüßen Sie Ihren Mann.«

»Ach, das können Sie selbst tun, Commissario, da kommt er gerade. Aber ... zieh dir doch was an.«

Der dickbäuchige Signore Cipriani trat nackt ans Fenster, gottlob war er nur bis zu den Lenden zu sehen. Aurora sog die Luft durch die Zähne ein.

»Verhaften Sie den jetzt, den Zucco?«

»Mal sehen, Signore«, entgegnete die Vice-Questora. »Nun ziehen Sie sich mal was an, sonst erkälten Sie sich noch. Schönen Abend.«

»Signora, Signore«, sagte auch Luca, dann wandten sie sich um.

»Zur Werkstatt?«, fragte Aurora.

»Zur Werkstatt«, entgegnete Luca.

Doch sie hatten kein Glück. Natürlich war die Garage zu dieser Stunde längst geschlossen. Und auch im Privathaus der Familie Zucco, das nebenan stand, öffnete nach mehrmaligem Klingeln niemand.

»Die Vögel sind ausgeflogen«, sagte Aurora. »Da müssen wir auf morgen warten.«

»So ist es wohl. Aber worüber ich mir den Kopf zerbreche: Was haben die beiden Fälle gemeinsam? Ich glaube, da müssen wir uns tatsächlich dahinterklemmen.«

Aurora sah ihn fragend an. »Meinst du wirklich, die Sachen geschehen aus Zufall so kurz hintereinander? Ich kann das nicht glauben. Und überhaupt: noch eine Prügelei ... Wie war das: Der Vollmond der Streitigkeiten – kann es sein, dass dieser vermaledeite Vollmond jeden Tag über Montegiardino scheint?«

23

»Hm, ich fahre dann jetzt mal zurück. Heute kriegen wir eh aus keinem mehr ein vernünftiges Wort heraus.«

»Du willst jetzt noch nach Florenz zurück?«

»Na, ich bin ja mit dem Heli gekommen – und jetzt werd ich gefahren. Ich kann ja morgen nicht noch mal dieselben Sachen anziehen. Und deine Gummistiefel passen mir wohl nicht. Ich dachte, das wird hier 'ne schnelle Nummer. Herkommen, eine Verhaftung, Feierabend, ab nach Hause. Aber so einfach wird es in deiner Stadt wohl nie.«

Sie schien zu zögern. Luca wollte nicht gähnen, aber es ging nicht anders, der Tag war einfach zu lang gewesen. Da lachte Aurora laut auf.

»Ab ins Bett, Commissario. Wir sehen uns morgen um neun.«

»*A domani*, Vice-Questora.«

Sie drehte sich um und ging zu dem Streifenwagen der Carabinieri, der vor dem Rathaus auf sie wartete. Luca sah ihr noch lange nach, bis er schließlich wieder gähnen musste. Es war wirklich Zeit für das Bett.

Er stieg in den Méhari und fuhr die Hügel in hoher Geschwindigkeit hinauf, er hatte ein schlechtes Gewissen, weil er Emma den ganzen Tag nicht gesehen hatte. Dabei wollte er nach dem Vorfall an der Schule unbedingt noch mit ihr sprechen. Doch als er den Wagen vor dem alten Steinhaus abstellte, sah er, dass das Licht drinnen schon erloschen war.

Er öffnete das Gatter und betrat das Gehege der Esel, wobei ihm rasch klar wurde, dass jede Sorge unbegründet war: Auf Emma war wirklich Verlass. Sie hatte den Eseln frisches Heu gebracht und das Wasser im Trog ausgewechselt. Er hatte zu Beginn befürchtet, dass alles an ihm hängen bleiben würde – aber wirklich nur zu Beginn. Sie liebte ihre drei Politiker-Esel einfach zu sehr.

Sergio war die Weide hinuntergelaufen und genoss das Panorama des schlafenden Montegiardino, während Matteo schon im Stall seinen Schönheitsschlaf hielt. Luca streichelte Silvio, der immer noch sehr laut atmete, es war fast ein Röcheln. Konnten Esel eine Lungenentzündung entwickeln? Er war kurz davor, erneut die Dottoressa anzurufen. Wieder einmal verfluchte er den Urlaub des Tierarztes. »Komm, Silvio«, sagte Luca, »komm mit in den Stall. Es wird echt frisch.« Widerwillig ließ sich das Tier führen, und Luca klopfte ihm noch einmal auf den haarigen Rücken. »Gute Besserung, *caro*.« Der Esel schien ihm zuzunicken. Luca wandte sich um, ging zum Haus und öffnete dort vorsichtig die knarzende Tür. Er hatte erwartet, Emma beim Fernsehen zu ertappen. Aber weit gefehlt. Sie lag bereits in ihrem Pyjama im Bett und schlief tief und fest, der Sternenhimmel aus hundert kleinen Glühbirnen über dem Bett leuchtete noch. Luca beugte sich hinab und gab ihr einen Kuss, dann deckte er sie fester zu, knipste die Beleuchtung aus und schloss leise die Tür.

Er zog sich aus und legte sich in sein Bett. Er hätte gerne noch die Gedanken geordnet, den Sturm in seinem Inneren beruhigt. Aber die Müdigkeit war stärker als der Sturm, und es dauerte nicht mal eine Minute, da war der Commissario in tiefen Schlaf gefallen.

Er schreckte auf und griff nach links, nach rechts, verdammt, wo klingelte es denn? Das Handy ... Er musste es in seiner Uniformjacke im Flur gelassen haben.

Luca schwang sich aus dem Bett. Wurde er jetzt jede Nacht geweckt? Mit nackten Füßen lief er schnell in den Flur – nicht dass das Klingeln Emma störte. Er zog das Handy aus der Tasche. Als Erstes registrierte er die Uhrzeit: kurz vor eins. Verdammt. Dann die Nummer. Noch einmal verdammt. Es gab keinen guten Grund für diesen Anruf.

»Ja, Dottoressa?«

»Commissario, Sie sollten kommen. Ich bin bei Alberto. Wir warten gerade auf den Helikopter. Er muss dringend ins Krankenhaus nach Florenz. Er ... Er hatte einen Herzanfall.«

Luca schloss die Augen und spürte, wie sich in ihm alles drehte.

»*Mio dio*«, sagte er leise. »Ich komme.«

Er zog sich die Jacke an, die Hose, schlüpfte barfuß in seine schwarzen Stiefel. Diesmal schaffte er es nicht mal mehr, einen Zettel zu schreiben. Er wollte dort ankommen, bevor Alberto abgeholt war.

Luca zog die Haustür zu und rannte zum Méhari, ließ den Motor aufheulen, der Kies knirschte, als er darüberraste. Sergio iahte ein Mal, als er vorbeifuhr.

Gerade als er den Hügel genommen und das Ortseingangsschild passiert hatte, sah er am Himmel, noch ein gutes Stück entfernt, die weißen Lichter des Helikopters. Das Flappen war nur leise zu hören. Er trat das Gaspedal durch und nahm die Kurven schnell und ruppig, so dauerte es insgesamt nur vier Minuten, bis er direkt hinter dem kleinen Fiat 500 der Dottoressa mit seinem roten Stoffdach zum Halten kam. Schnell ging Luca auf den Hof, das Haus war hell erleuchtet. Das Flappen kam näher. Als er die Tür öffnete, sah ihn Albertos Frau zuerst. Ihr Blick sprach Bände. Doch die Sorge wich in dem Moment, als sie den Commissario erblickte. Zorn machte sich auf ihrem Gesicht breit, großer Zorn. Fast spuckte sie die Worte aus: »Das ist Ihr Werk!«

Dottoressa Chigi kniete neben Alberto, der am Boden lag, ein Koloss, groß und stark und nun doch so zerbrechlich. Sein Gesicht war bleich, die Augen geschlossen, um die Lippen sah es aus, als schwitzte er stark. Die Ärztin blickte zu Luca auf und formte ein stummes »*Scusa*«. Luca nickte ihr beruhigend zu. Der alte Mann war nicht bei Bewusstsein, so schien es zumindest. Die Dottoressa stach gerade eine Nadel in Albertos Arm, um einen Zugang zu legen, an diesem befestigte sie eine Flasche mit einer Lösung, die sie in die Höhe hielt. Sie sah so ruhig und professionell aus, als wäre sie Notärztin in einer großen Klinik – und nicht die Ärztin von Montegiardino.

Luca sah, dass er nichts weiter tun konnte, also ging er zu der Frau, die reglos neben Albertos Füßen stand, und sagte: »Es tut mir aufrichtig leid.«

Sie sah ihn an, der Zorn glomm, sie suchte sein Gesicht ab, als wollte sie lesen, ob er es tatsächlich meinte, doch dann schossen ihr plötzlich die Tränen in die Augen, und sie sank in seine Arme.

»Der dumme Kerl, er ist aus dem Bett aufgestanden, und dann hat er gestöhnt und ist einfach hier zusammengesunken. Ich hab die Dottoressa angerufen, und die war sofort hier … Ich weiß doch auch nicht, was er da draußen gemacht hat gestern Nacht, ich weiß es doch auch nicht.« Ihr Schluchzen klang in Lucas Ohren nach, und er hielt sie ganz fest, ihren kleinen bebenden Körper. Als der Helikopter landete, bebte das ganze Haus. Es war ohrenbetäubend, heute Nacht würde wohl halb Montegiardino aus dem Schlaf gerissen. Was das wohl für das Stille-Post-Spiel am Morgen in Fabios Bar bedeuten würde, fragte sich Luca unwillkürlich.

In den gelben Overalls der Rettungsflieger kamen zwei Männer mit einer Trage ins Haus. Der ältere nahm der Dottoressa die Flasche aus der Hand.

»Patient ohne Bewusstsein«, sagte Chiara Chigi, »bei meinem Eintreffen Puls bei 290, Blutdruck unregelmäßig und nicht messbar, Sättigung nur bei neunundachtzig Prozent. Kammerflimmern, würde ich sagen.«

»Gute Vorbereitung, Kollegin, vielen Dank.«

»Viel Glück. Und guten Flug.«

Luca nahm Albertos Rumpf, der jüngere Sanitäter die Beine, gemeinsam wuchteten sie ihn auf die Trage. Dann hoben die beiden Männer den Reglosen an und trugen ihn nach draußen. Luca nahm wieder die Signora in die Arme, die nun hemmungslos weinte und zur Tür sah, doch ihr Mann war schon im Helikopter, der Sekunden später abhob.

»Das wird schon wieder werden«, sagte Luca leise. Und wünschte sich, er würde es selbst glauben. Was, wenn Alberto wirklich starb? Es wäre … Er durfte nicht darüber nachdenken.

»Kann ich etwas tun?«, fragte er die alte Frau.

»Ich habe Frederica schon informiert, nachdem ich Sie angerufen hatte, Luca«, sagte die Dottoressa. »Sie hat den Hafen angesteuert. Sie wird gleich hier sein.«

»Das ist gut«, sagte Luca und nickte ihr dankbar zu.

»Es ist in Ordnung, ich komme jetzt zurecht«, sagte die Signora. »Ich brauche einen Moment zum Durchatmen.« Sie streckte der Dottoressa die Hand hin. »Ich danke Ihnen.«

»Er ist in Florenz wirklich in guten Händen. Die Kollegen sind Spezialisten für kardiologische Fragen. Ich bitte Sie, Signora, legen Sie sich so bald wie möglich schlafen. Es ist bestimmt gut, wenn Sie Ihren Mann morgen besuchen – aber dafür müssen Sie fit sein. Versprechen Sie mir, sich bald hinzulegen?«

Die Frau nickte. Chiara wandte sich Luca zu und sagte: »Na, dann lassen wir Signora Azzurro mal in Ruhe.«

Als sie draußen vor dem Haus standen und den Lichtern des Helikopters nachsahen, die in der Ferne verschwanden, atmete Luca einmal tief durch, ein Stöhnen, irgendwas zwischen Sorge und Erleichterung. »Danke, dass Sie so schnell hier waren. Ich glaube, dass ich jetzt nur sehr schlecht in den Schlaf komme. Mögen Sie noch ein Glas mit mir trinken, Dottoressa?«

Sie legte den Kopf schief, auf diese unnachahmliche Art, die ihr eigen war, und lächelte ihn zaghaft an. »Haben Sie Rotwein, Commissario?«

Venerdì – Freitag

Amici, nemici, vicini
–
Freunde, Feinde, Nachbarn

24

»Es ist wirklich das Paradies«, sagte sie, als die beiden endlich auf seiner Terrasse saßen. Die Stühle hatten sie auf den Rasen gestellt, dorthin, wo die Weide begann und sie das Panorama von Montegiardino in voller Größe genießen konnten. Sie saßen dicht nebeneinander, er hätte Chiara berühren können. Aus den kleinen Schornsteinen auf den Dächern stieg ein wenig Rauch auf. Zu dieser Zeit des Jahres heizten die Alten nachts noch. In nur wenigen Häusern im Tal brannten noch Lichter, vielleicht in jenen, deren Bewohner gleich aufbrechen mussten, zur Arbeit nach Florenz oder noch weiter westlich nach Pisa. Sicher brannte auch im Haus von Alberto noch Licht, wenngleich das von hier oben nicht zu sehen war. Luca war sich sicher, dass Albertos Frau und Tochter in ihrer Sorge wach blieben.

Vielleicht aber, dachte der Commissario nicht ohne Wut, hatte da unten im Städtchen noch jemand eine schlaflose Nacht. Derjenige nämlich, der für den Tod des Handwerkers verantwortlich war. Wie sollte man Ruhe finden, wenn man wenige Stunden zuvor einen Menschen getötet hatte – wie sollte derjenige überhaupt jemals wieder Ruhe finden?

Luca nahm die Flasche, die zwischen ihnen stand, und drehte den Korkenzieher hinein. Als der Korken sich gelöst hatte, schnupperte er prüfend daran, erst dann goss er zuerst der Dottoressa und dann sich selbst ein.

»Es ist ein besonderer Tropfen«, sagte er leise, »Tommaso hat ihn mir geschenkt. Sein erster Wein aus dem Jahr 2015, es gibt nicht mehr so viele Flaschen davon. Es war ein – besonderes Jahr.«

»Das Jahr von Emmas Geburt.« Es war keine Frage, nur eine Feststellung. Er spürte den mitfühlenden Blick der Dottoressa, doch er schaffte es nicht, sie seinerseits anzusehen. Es war zu schön und zu schmerzhaft gleichermaßen.

Er hob sein Glas, und sie stießen an, ihr Lächeln ging ihm durch und durch. Es war kein bloßes höfliches Lächeln und auch keines, das verführerisch sein sollte – es war schlicht verbindlich. Und so vertraut, dass sich Luca sicher war, diese Frau mit den roten Locken schon ewig zu kennen.

»Der Polizist und die Ärztin: Wir sitzen hier oben und wachen über unsere Schäfchen – so fühlt sich das an«, sagte sie, und Luca nickte.

»Ich mag mir gar nicht vorstellen, dass einer von uns diesen Tod verantwortet«, sagte er.

»Das fällt mir auch schwer«, sagte Chiara leise, und nach einer Weile fügte sie hinzu: »Bevor ich hierherkam, war ich ein immer etwas unterkühlter Mensch, glaube ich, jetzt im Rückblick betrachtet. Ich habe an diesem Krankenhaus gearbeitet, und wenn ich nach Hause ging und tagsüber jemand gestorben war, dann habe ich den Gedanken an der Kliniktür abgestreift. Hier ist das unmöglich. Auf so einem Flecken Erde behält man die Menschen immer in seinen Gedanken, ob sie nun leben oder sterben. Das ist einerseits sehr schön, weil ich mich endlich so fühlen kann, als hätte ich ein Zuhause – andererseits begleitet uns unsere Arbeit hier immer, sogar jetzt, in diesem Augenblick.«

»Ich bin ganz sicher, Montegiardino schätzt sich sehr glücklich, dass Sie es als Zuhause ausgewählt haben, Dottoressa.«

Sie sah versonnen ins Tal, dann wandte sie ihm den Kopf zu.

»Du solltest endlich damit aufhören, Luca, und ich auch – wir sollten endlich aufhören, uns zu siezen. Es ist ...«, sie lächelte ihn mit ihren tiefbraunen Augen an und strich sie sich ihre wilden Locken aus dem Gesicht, »es ist so verrückt, dass wir es nicht schaffen, mal ganz in Ruhe miteinander zu essen, und immer so tun, als läge das an unseren vollen Kalendern. Ich sitze manchmal allein daheim und denke: Warum fährst du nicht einfach hoch, du schüchterne Ziege.«

Er sah sie überrascht an.

»Wirklich? Das denkst du?«

»Na klar.« Sie lachte plötzlich laut auf, so als sei ein Knoten geplatzt. »Ich meine, wir müssen ja nicht gleich heiraten, aber ich mag dich, und du magst mich, das spüre ich, und doch haben wir beide ...«

»... Angst. Vielleicht ... Vielleicht mag ich dich ein bisschen zu sehr«, sagte Luca und wusste im selben Augenblick nicht mehr, woher der Mut für diesen Satz kam.

Aber die Dottoressa lächelte noch mehr. »Das ist schon in Ordnung«, sagte sie und nahm seine Hand, legte sie auf ihre, und so saßen sie dann da, dicht an dicht. Er spürte ihre weiche Hand, die seine sanft streichelte, er konnte ihr Parfum riechen, und zum ersten Mal sah er den Hauch einer Chance, dass er diesen Tag nicht als den Tag in Erinnerung behalten würde, an dem Signore Riccione gestorben war.

Gerade in diesem Moment knallte es wieder. Beide sahen sofort zu Silvio hinüber, der nur als Schatten erkennbar war, ein Schatten, der sich rasch auf und nieder bewegte. Geschüttelt von einem neuerlichen Hustenanfall.

»Ich glaube, wir brauchen wirklich ein anderes Medikament.«

»Es ist viel zu kalt. Ich hoffe, die Decke von Signora Christiana wird bald fertig.«

25

»Ich hab von Mama geträumt.« Emma schob ihre Müslischüssel von sich und sah Luca mit diesem Blick an, der es vermochte, all ihren Schmerz auszudrücken und ihm zugleich so ein liebevolles Gefühl zu geben, dass er über den Tisch hinweg ihre Hand ergriff.

»Und? Was hast du geträumt?«, fragte er und versuchte, einen beiläufigen Ton anzuschlagen. Er spürte einen kleinen Stich, weil er kurz dachte, dass Emma den Traum vielleicht in jener Minute gehabt hatte, als Chiara seine Hand nahm. Sie hatten noch eine Weile in trauter Zweisamkeit auf der Terrasse gesessen, dann war die Dottoressa in ihren Wagen gestiegen und nach Hause gefahren.

»Ich bin mit ihr durch Montegiardino gelaufen und habe ihr alles gezeigt. Sie war ja nur ein paarmal hier, als ich noch ganz klein war ...«

»Deine Mama war auch oft hier, als du noch gar nicht geboren warst, *cara*«, sagte Luca sanft.

»Aber sie kennt trotzdem nicht die alten Leute – und sie kennt auch nicht meine Schulfreunde. Ich habe geträumt, ich bin mit ihr über den Markt gelaufen und habe ihr Maria vorgestellt und die Garaviglias mit ihrem Olivenöl – nur Alberto, Alberto war nicht da in meinem Traum. Komisch.« Sie kratzte sich am Kopf.»Na, und dann sind wir in meine Klasse gegangen, und ich habe ihr Emilia vorgestellt und Noemi und … Ach, ich wünschte, sie könnte sehen, wie viele Freundinnen ich habe – und wie gut ich lesen kann.«

»Ich glaube«, sagte Luca, stand auf und ging um den Tisch herum, um sich neben Emma zu setzen und ihr den Arm um die Schultern zu legen,»nein, ich weiß, dass Sie von da oben sieht, wie gut es dir geht und was für ein kluges und liebes Mädchen du geworden bist. Ein Mädchen, das voller kleiner Wunder ist – das weiß deine Mama. Außerdem …«, er räusperte sich,»wenn ich bete und mit ihr spreche, sage ich es ihr jedes Mal.«

Jetzt legte sie ihre Hand auf seine, und er spürte ihre Wärme.

»Das weiß ich, Papa, und ich finde das sehr schön.«

»Und heute frühstückt ihr also Kuchen in der Schule?«

»Au ja, Mann, das hab ich ja ganz vergessen, weil der Traum so krass war!« Sofort sprang sie auf.»Papa, wir sind voll spät. Los, wir müssen fahren, komm schon!«

Luca stand lachend auf, der Moment des Gedenkens war vorbei. Er warf sich seine Uniformjacke über, doch als sie das Haus verließen, zog er sie gleich wieder aus. Es war einfach zu warm.

Sie rasten den Hügel hinunter. Heute vergaß Emma vor Aufregung sogar, das Radio einzuschalten, was Luca sehr gelegen kam. Er musste nachdenken. Seine nächsten Schritte abwägen.

Aber wie er es auch drehte und wendete – dieser Tag würde zutiefst unangenehm werden: Die Besuche im Krankenhaus, bei Alberto und dem jungen Fischhändler, waren unabwendbar – und dann musste er noch Signore Zucco verhören, den er am Vortag erstmals als äußerst unangenehmen Zeitgenossen kennengelernt hatte. Nein, das würde kein schöner Start ins Wochenende werden.

»Viel Spaß!«, rief er noch, doch Emma war schon ausgestiegen und rannte den Weg zur Schule hinauf, plötzlich bremste sie aber ab und kam zurück. Sie lief zur Fahrerseite, und Luca kurbelte die

Scheibe herunter, dann drückte sie ihm einen Kuss auf die Wange. »Schönen Tag, Papa.«

»Danke, *cara*«, sagte er und sah ihr noch nach, bis sie oben auf der Treppe Noemi umarmte. Er winkte dem Geburtstagskind zu und rief: »*Auguri*, Noemi, wir sehen uns später.« Und Noemi, die genauso ein Sonnenschein wie Emma war, winkte zurück, dann verschwanden die Mädchen im Schulhaus, Hand in Hand.

Luca wendete und fuhr den Hügel wieder hinunter, doch als er vorm Rathaus parken wollte, sah er, dass auf seinem Stammplatz eine schwarze Lancia-Limousine stand, dieses alte Modell mit den zackigen Formen und den Fischaugen, das so markant und unverwechselbar war. Natürlich erkannte er den Wagen sofort. Und natürlich hatte sich Aurora einfach auf seinen Parkplatz gestellt.

Er betrat das mondäne Rathaus und nahm die Treppenstufen hinauf. Als er vor seiner Tür stand, klopfte er. Tatsächlich. Er klopfte an sein eigenes Büro. Wie dumm, durchfuhr es ihn. Aber er konnte einfach nicht anders. Er wollte sie nicht stören.

»*Sì!*«, rief ihre Stimme von drinnen. Als er eintrat, hatte sie den Blick fest auf den Monitor gerichtet und sah nur kurz auf. »*Buongiorno*, Commissario«, sagte sie in Gedanken, als läse sie gerade etwas.

»*Buongiorno*, Vice-Questora.«

Er setzte sich auf den Stuhl, den er sonst für Gäste bereithielt, auf der Besucherseite seines Schreibtischs. Dort saß er einige Minuten lang, während sie tippte, las und etwas Unverständliches murmelte. Schließlich sah sie auf.

»Gut, fertig. Ich habe einige Hintergrundrecherchen gemacht. Erzähle ich dir gleich. Aber nun sollten wir uns den Werkstattbesitzer vorknöpfen. Und anschließend würde ich gerne noch einmal Signore Alberto vernehmen.«

»Du«, sagte Luca und räusperte sich. Er hatte ganz vergessen, sie

anzurufen, weil er so in der Begegnung mit der Dottoressa versunken war. »Das wird leider nicht gehen. Signore Alberto hatte gestern Abend einen Herzanfall, er liegt in Florenz im Krankenhaus.«
»Wirklich?«
Luca nickte.
»Kommt er durch?«
»Ich hoffe es. Gestern war er bewusstlos, aber die Dottoressa war zuversichtlich. Wir müssen in Florenz ja ohnehin Signore Ennese besuchen, dann können wir auch direkt zu Alberto.«
»Und zur Spurensicherung. Das passt. Aber erst mal in die Höhle des Löwen mit dem kaputten Dach.«
Sie stiegen die Treppe hinab, und Luca fragte: »Und? Was hast du herausgefunden?«
»Sagen wir so: Es scheint, wie so oft, ums Geld zu gehen. Die finanzielle Situation war bei allen an der Tat beteiligten Männern nicht gerade rosig. Signore Ennese war schon einmal privatinsolvent, das war vor acht Jahren. Vor zwei Jahren waren somit alle seine Schulden getilgt, und er ist gleich darauf Fischhändler geworden, in Pisa. Er hatte Konzessionen für drei Märkte dort, aber seine Steuern konnte er trotzdem nicht zahlen. Jedenfalls hat er in den letzten Monaten schon wieder Mahnungen erhalten. Und Mario Riccione hat zwar ordentlich Kohle eingenommen, aber er hatte kaum noch Buchungen, wahrscheinlich weil er zu teuer und qualitativ zu mies war. Er hat über dem Dispo gelebt. Aber auch euer Fischhändler ...«
Luca nickte. »Ich kann es mir denken. Nicht umsonst geben viele Fischer in Italien auf. Weil es sich einfach nicht mehr lohnt.«
»Die Firma lebt von Krediten, drei in den letzten fünf Jahren. Die Banken sind kurz davor, den Betrieb fallenzulassen. Das gilt übrigens auch für den von Signore Zucco.«
»Wirklich?« Luca war überrascht. »Den hast du auch gleich kontrolliert?«

»Ich wollte vorbereitet sein. Ja. Er hat einen großen Kredit für die Renovierung der Werkstatt aufgenommen. Aber irgendwann wurde der nicht mehr zurückgezahlt. Die Bank hat den Kredit jetzt gestundet – aber lange wird das auch nicht gehen.«

»Wow«, sagte Luca bitter. »Du bist offenbar wirklich dazu da, die Schatten aufzudecken, die über Montegiardino liegen.«

Er ging voraus, in tiefe Gedanken versunken, und Aurora folgte ihm. Als sie auf dem Parkplatz standen, schüttelte sie lachend den Kopf. »Heute nehmen wir meinen Wagen«, sagte sie, »ich fahr nicht in deiner Karre bis Florenz.«

»Einverstanden«, sagte er und stieg auf der Beifahrerseite ein.

Sie drehte den Schlüssel in der Zündung und fuhr mit quietschenden Reifen an. Sie fuhr Auto, wie sie lebte: rasant. Das hatte Luca schon bei ihrer ersten gemeinsamen Ermittlung gespürt.

Zwei Minuten später hielten sie vor der *Garage Zucco*, wie das Schild über dem Tor die Werkstatt auswies. Diesmal war die Halle geöffnet, und sie sahen zwei nebeneinanderstehende Hebebühnen, auf denen jeweils ein Wagen stand: eine große Limousine von Volkswagen und ein kleiner Honda. Unter dem Kleinwagen stand ein Mann, den Kopf ganz nah am Unterboden, wo er mit einer Taschenlampe etwas untersuchte.

»Das ist er«, sagte Luca, als sie ausstiegen. Aurora nahm ihren Polizeiausweis aus der Tasche, und der Commissario folgte ihr. In der Halle herrschte großer Lärm, ein anderer Mechaniker befestigte gerade mit einer Schraubpistole einen Reifen an dem VW. Deshalb erschrak Signore Zucco, als Luca plötzlich neben ihm stand.

»Oh, Commissario«, sagte er laut, »ich ... Was wollen Sie denn hier? Wissen Sie«, er senkte den Kopf und sah zerknirscht aus, »es tut mir leid, ich war gestern nicht ich selbst. Wohl der Mond. Ich wollte jedenfalls nicht, dass Sie einen falschen Eindruck kriegen.«

»Keine Sorge«, sagte Luca und wies auf Aurora. »Wir sind wegen etwas anderem hier.«

»Vice-Questora Aurora Mair, Questura Florenz.«

»Hast du einen Moment Zeit für uns?«

»Na ja, der Wagen muss eigentlich heute Mittag fertig ...«

»Sie werden sich die Zeit nehmen«, unterbrach Aurora ihn. »Können wir irgendwohin gehen, wo es ruhiger ist?«

Widerwillig wies der Mann auf sein Büro. »Kommen Sie.«

Die Polizisten folgten ihm und gingen in den Raum, der nur ein Fenster zur Halle hatte. Drinnen stand ein schäbiger Schreibtisch, an der Wand hing ein Kalender von Ferrari. Die Kaffeemaschine blubberte. Signore Zucco ließ sich auf seinen Stuhl fallen.

»Und? Was gibt's?«

Luca hatte sich einige Worte zurechtgelegt, aber die Vice-Questora war schneller. »Sie hatten Streit mit einem Mann, der jetzt im Leichenschauhaus liegt. Sehr ernsten Streit, wenn man Augenzeugen glauben darf. Und das tue ich.«

»Hä? Mit wem ...« Erst runzelte Zucco die Stirn, aber dann hellte sich seine Miene auf, und er schlug auf den Schreibtisch. »Was? Stimmt es also doch? Ist Riccione tot? Hat ihn jemand ...« Er beendete seinen Satz nicht.

»Ja, Signore Zucco, jemand hat ihn umgebracht. Und da wir bisher niemanden auftreiben konnten, der ein gutes Motiv hatte, sind wir jetzt hier. Ein kaputtes Dach, eine unbezahlte sehr hohe Rechnung und eine Pfändung sind doch exzellente Motive – erst recht für jemanden, der sehr cholerisch ist und gerne mal einen Nachbarn besucht, um sich zu rächen.«

»Was sagen Sie da, Signora? Das ist doch kompletter Unfug.« Seine tiefe Stimme war laut und sehr wütend. »Warum sollte ich ... Wie ist er denn überhaupt ... Moment, war er der Tote am Fluss?«

»Wo waren Sie gestern zwischen 10 und 15 Uhr, Signore Zucco?«

»Ich? Na, hier in der Werkstatt. Ich habe schließlich ein Gewerbe und muss das Geld verdienen, das mir pfuschende Handwerker aus der Tasche ziehen wollen. Sehen Sie ...« Er wies auf die Decke über dem Büro. Überrascht sah Luca, dass diese mit Müllsäcken provisorisch abgedichtet worden war. Er hatte es noch gar nicht bemerkt, weil er seine Aufmerksamkeit die ganze Zeit über vollständig auf den Werkstattchef gerichtet hatte. »Mario wollte nicht mehr bei mir arbeiten, weil er Schiss hatte ... Und einen anderen Handwerker finden Sie ja derzeit gar nicht, da können Sie lange warten, ich hab jetzt einen Termin im Sommer. Und so lange regnet es hier rein. Was meinen Sie? An dem Tag, als es so geregnet hat, im Januar, da sind die Schindeln, die der Pfuscher gerade aufs Dach gelegt hatte, weggeflogen, als wären sie aus Papier. Da hat es mir hier im Büro einen Computer versaut – und drüben stand die halbe Werkstatt unter Wasser. Ich hatte sofort Flugrost an den Hebebühnen, so schnell können Sie gar nicht gucken, wie der sich da niedersetzt. Das kostet Unsummen, aber versichert war Riccione natürlich nicht. Also schreibt er mir eine seiner Phantasierechnungen und schickt mir den Gerichtsvollzieher vorbei. Was ...«, nun schrie er, »ich frage dich, Luca, was hättest du denn gemacht? Na klar gehe ich da vorbei und frage mal nach, ob er noch alle Tassen im Schrank hat.«

»Und weil er nicht geantwortet hat, sind Sie gestern noch mal hinter ihm her und haben ihm die Tassen kaputt gehauen, um mal bei Ihrer Metapher zu bleiben, oder was?«

»So ein Quatsch, Signora, hören Sie auf damit. Ich habe doch gesagt, dass ich hier war ...«

»Hast du dafür Zeugen?«, fragte Luca leise und hoffte, die Situation etwas zu entspannen.

»Ich ... Keine Ahnung, Teo war krank gestern, schon wieder«, er wies auf den Mechaniker in der Halle, »deshalb musste ich mich ja noch mehr ranhalten, ich war ganz alleine, und die Kunden wollen ihre Autos nachmittags abholen.«

»Das heißt, die Kunden kamen erst am späteren Nachmittag, so ab vier?«

»Kann schon sein, meine ... Da muss ich die Rechnungen ansehen.«

»Das heißt, Sie haben kein Alibi, Signore Zucco. Und das ist gar nicht gut. Sagen Sie, Sie wissen doch, wo bei einem Auto die Bremsschläuche sind, oder?«

Der Werkstattchef sah unruhig zwischen der Vice-Questora und Luca hin und her. »Was will die, Luca? Was wollen Sie? Ich habe keine Ahnung, was das soll – und ich habe hier echt gut zu tun, deshalb würde ich sagen, Sie gehen jetzt besser.«

Er verschränkte die Arme vor der Brust.

Aurora zuckte mit den Schultern und stand auf. »Machen wir. Aber wir kommen wieder. Suchen Sie schon mal die Rechnungen raus und die genauen Zeiten, wann die Kunden da waren. Hier, schicken Sie mir eine Nachricht. Und sollte ich die bis heute Mittag nicht haben, dann kommen wir wieder und nehmen Sie mitsamt all Ihren Unterlagen mit, verstanden?«

»Aber ich muss doch Carla vom Geburtstag ...«

Luca bedeutete ihm zu schweigen. »Schick einfach die Daten. Okay?«

Der Werkstattchef nickte. Seine Stimmung schien irgendwo zwischen Wut und Eingeschüchtertsein zu pendeln.

Er folgte Aurora in die Werkstatthalle. Dort bestätigte der Blick nach oben die Angaben Zuccos: Auch hier flatterten Müllsäcke im Wind. Ein Glück, dass es in der Toskana nicht so oft regnete.

26

»Ach!«, rief Luca aus. »Ich hab da noch eine Idee. Kommst du mit?« Er wies auf das Gotteshaus im Zentrum von Montegiardino. Doch Aurora schüttelte den Kopf. »Ich war zu oft in Südtirol in Kirchen – und hab zu oft darüber geflucht. Geh du mal, ich hab Angst, dass ich sonst gleich in Flammen aufgehe.« Sie grinste ihn an.

»Gib mir eine Minute, ja?« Er öffnete das Portal, das vorgestern mit solcher Wut aufgerissen worden war, und trat in die schummrige alte Kirche. Dort war es zehn Grad kühler als draußen. An den Säulen flackerten Kerzen, die eine sanfte und besinnliche Stimmung verbreiteten. Auch wenn am Tage nicht viele Leute hierherkamen – Priester Don Vincenzo hatte sein Haus wirklich im Griff, es war immer so sauber und erleuchtet, als würde gleich der Sonntagsgottesdienst mit seinen gut gefüllten Reihen stattfinden.

Lucas Schritte hallten auf dem roten Steinboden, als er durch den Mittelgang Richtung Altar ging. Auf den Bänken saß kein Mensch, die Kirche schien vollständig verlassen zu sein. Doch als er vor der Kanzel und dem schlichten Kreuz aus Metall stand, an dem eine Jesusfigur hing, hörte er eine leise Stimme hinter sich. Er wandte sich vorsichtig um, und da hockte er, tief versunken im Gebet in der vordersten Reihe, deshalb hatte Luca ihn nicht gesehen.

Er verzichtete auf ein Räuspern oder ein Wort, er ging vorsichtig an ihm vorbei und ließ sich in der dritten Bank nieder, den Kopf gesenkt, die Hände gefaltet, still und leise. So saß er da und spürte, wie sich von Minute zu Minute sein Atem beruhigte und die Hektik des Tages von ihm abfiel. Das hier tat ihm gut. Überhaupt einmal wahrzunehmen, wie er atmete. Wie schnell die Welt eigentlich war, selbst hier in Montegiardino. Er sprach ein leises Gebet, dann wechselte er einige Worte mit Giulia. Erst als er die Augen wieder öffnete, merkte er, wie versunken er gewesen sein musste. Denn Don Vincenzo saß nun ein kleines Stück entfernt von ihm in derselben Reihe – nun war er es gewesen, der den Commissario nicht hatte stören wollen.

»Monsignore«, sagte Luca, und sein Wort hallte von den Kirchenwänden zurück, er hatte es viel lauter ausgesprochen als beabsichtigt. Der Kirchenmann aber lächelte. Er war ein sanfter Mann, alterslos; Luca hätte schwören können, dass der Priester schon damals, als der Commissario noch ein Jugendlicher gewesen war, genauso ausgesehen hatte wie heute: klein, mit rundem, prallem Bauch und Stirnglatze, die Augen sahen freundlich und klug in die Welt.

»Bitte, Commissario, nennen Sie mich doch Vincenzo, wie es die Menschen von hier tun.«

Luca wusste, dass das Koketterie war. Die Bürger von Montegiardino waren gottesfürchtig, sie redeten den Pfarrer immer mit Monsignore an, nur sehr Vertraute nannten ihn Don Vincenzo – sehr Vertraute und Fabio, denn der Barbesitzer duzte einfach jeden, er hätte wahrscheinlich auch Papst Franziskus auf die Schulter geklopft.

»Was kann ich für Sie tun?«, fragte der Priester.

Luca wollte schon antworten, aber irgendetwas ließ ihn stutzen.

Eigentlich wartete Don Vincenzo immer ab, dass die Menschen von sich aus begannen. Doch heute spürte der Commissario eine eigenartige Unruhe an ihm. Und war das nicht Schweiß, der über seiner Unterlippe glänzte? Dabei war es in der Kirche angenehm kühl.

»Ach, wahrscheinlich ist es gar nichts«, sagte Luca und versuchte seiner Stimme einen beiläufigen Ton zu geben. »Aber ich hörte, Sie hätten kürzlich Bauarbeiten an der Kirche durchgeführt? Ich habe gar nichts bemerkt.«

»Nein ...« Der Priester runzelte die Stirn.

»Oder haben Sie etwas geplant?«

»Auch das nicht, Commissario, Sie wissen doch, das Gotteshaus ist in bestem Zustand. Wir haben, kurz bevor Sie zu uns kamen, alles überarbeitet, mit einem renommierten Fachmann für solche alten Gotteshäuser. Es hat ein wahnsinniges Geld gekostet, aber Rom hat alles bezahlt, man will den Touristen in diesem Teil Italiens etwas bieten – wahrscheinlich hofft man, dass dann weniger Leute in Rom einfallen.« Er lächelte, aber in seinem Lächeln lag etwas, was Luca annehmen ließ, er sei auf der Hut. »Warum fragen Sie das?«, fügte der Priester noch an, was den Eindruck nur verstärkte.

»Wie gesagt: Wahrscheinlich ist es nichts. Aber wie Sie wissen, ist gestern ein Mann aus der Stadt ermordet worden, er ...«

»Ja, Signore Riccione«, der Priester nickte, »ich habe sofort davon erfahren, ich habe ja die Glocken geläutet, persönlich sogar, weil mein Kaplan im klösterlichen Urlaub weilt, nun ja, es ist ... Es ist tragisch.«

»Kannten Sie ihn gut?«

Ein leichtes Flackern in den Augen des Priesters. »Nein, also, das kann man nun nicht sagen. Er war ein Bürger meiner Gemeinde. Die Kirche hat er allerdings nie betreten. Nie.« Das letzte Wort hatte er sehr hart ausgesprochen, ungewöhnlich hart.

»Wir haben Grund zu der Annahme, dass der Tod des Signore Riccione irgendwie mit seiner beruflichen Tätigkeit zusammenhängt. Er hat überhöhte Rechnungen ausgestellt, und es gab Streit mit Auftraggebern, auch hier in der Gemeinde. Und ... nun ja«, Luca zögerte, aber er entschied blitzschnell, dass es wohl besser war zu reden, als zu schweigen, »anders als Sie habe ich Signore Riccione sehr wohl einmal aus Ihrer Kirche kommen sehen, wutschnaubend, er hat das Portal zugeknallt. Zwei Tage ist das jetzt her. Dass er ein aufbrausender Mann ist, das wusste ich. Aber hier? Im Gotteshaus? Was hat er hier gewollt? Er sah aus, als wollten Sie eine seiner Rechnungen nicht bezahlen. Deswegen frage ich mich, ob er hier vielleicht auch mit den Verantwortlichen Streit hatte ...«

»Also, das ...« Don Vincenzo kratzte sich am Kopf, er schien zu überlegen, gleichzeitig spürte Luca aber auch, wie sich die Stimmung veränderte. »... Ich weiß nicht, nein, ich weiß nichts von einem Besuch von Signore Riccione hier, bei mir war er jedenfalls nicht.« Und dann fügte er hinzu: »Niemals würden wir außerdem bei so einem alten Gotteshaus einen Einmannbetrieb beauftragen, egal was es zu restaurieren oder reparieren gibt. Das sind immer Experten, die für uns arbeiten. Also nein, er hat nicht für uns gearbeitet – und es war auch nichts geplant.«

»Was könnte er dann gewollt haben, Monsignore? Sie sagen doch, er sei nie in der Kirche gewesen. Aber genau einen Tag vor seinem Tod war er dann doch hier? Oder hatte ich da eine Erscheinung?«

»Die Wege des Herrn ...«, sagte Don Vincenzo und streckte die geöffneten Hände nach vorne, eine zutiefst unschuldige Geste. »Nein, Commissario, es tut mir leid, ich habe keine Ahnung, was er hier gewollt hat. Vielleicht hat ihn der Weg vor seinem Tod ... nun ja, noch einmal zu Gott geführt?«

Luca nickte und stand auf. »Möglicherweise, Don Vincenzo, möglicherweise. Haben Sie noch einen schönen Tag.«

Er zögerte einen Augenblick, dann ging er hinaus. Der Priester log, daran hatte er keinen Zweifel. Aber warum?

27

Als Luca aus der Kirche trat, musste er kurz die Augen zusammenkneifen, weil das Sonnenlicht ihn überraschte. Als er sich daran gewöhnt hatte, sagte er zu Aurora: »Und nun auf den Markt.«
»Hmm? Wieso denn?«
Er sah die Vice-Questora lächelnd an. »Weil du in Montegiardino keine Tageszeitung kaufen musst, wenn du wissen willst, was los ist. Du gehst einfach auf den Markt.«
Sie überquerten die Straße, und Luca wandte den Blick ab, als er die leere Stelle passierte, auf der sonst Albertos Fischtransporter stand. Er konnte sich nicht erinnern, ihn in all den Jahren einmal nicht auf dem Mercado gesehen zu haben. Aber heute war es so weit. Wo sollten die Bürger von Montegiardino denn jetzt ihren Fisch fürs Abendessen einkaufen?
»Maria?«
»Commissario.« Sie strahlte und wog die große schwarze Tomate in ihrer Hand, die sie selbst geerntet hatte. Die schwarzen Tomaten mit dem roten Fleisch waren eine der Spezialitäten aus Marias Giardino. Giulia hatte einmal bei einem gemeinsamen Besuch in Montegiardino gesagt, wenn man eine dieser Tomaten mit einer

Burrata aß, dann sei es, als würde Gott an die Tür klopfen. Und das war wirklich bemerkenswert, denn Lucas Frau war nicht besonders religiös gewesen.

»Sie kennen meine Kollegin? Die Vice-Questora aus Florenz.«

»Oh ja, ich habe von Ihnen gehört. Aber Sie lassen die Finger von unserem begehrtesten Junggesellen, richtig?« Maria funkelte Aurora scherzhaft wütend an, doch in ihrem Blick lag auch etwas, was sagte: Das ist kein Witz.

»Ich stehle nur, was gestohlen werden will«, entgegnete Aurora und wich keinen Zentimeter zurück.

»Sag, Maria«, ging Luca gleich dazwischen, »du weißt ja, dass die Glocken gestern für Mario geläutet haben, richtig?« Der vertraute Vorname wirkte Wunder, sofort senkte die Gemüsehändlerin ihren Blick, als wollte sie gedenken, doch ihr Mundwerk ratterte nahtlos weiter. »Ja, ich weiß es, es ist ... Er war ein merkwürdiger Mann, so verschlossen, er schien immer so wütend, aber ich glaube, dass er ... na ja, dass er nur einsam war. So werden die Männer, wenn sie lange allein sind. Einsamkeit, sie macht die Menschen sehr traurig – oder sehr wütend.«

»Aber es heißt, er sei nicht die ganze Zeit einsam gewesen. Francesco hat erzählt, er habe eine Freundin gehabt, lang sei das nicht her – und da dachte ich, wenn jemand mehr weiß, dann ...«

Sie griff über den Obststand so schnell nach seiner Hand, dass ein Stück Rote Bete ins Rollen kam und auf den Boden plumpste. Aurora hob sie auf, Luca aber hielt Marias Blick fest.

»Ja, das stimmt«, sagte sie, »er war lange allein, seitdem sich Gabriela von ihm getrennt hat, das ist aber vor Urzeiten gewesen. Dann war da noch mal jemand, vor zwei oder drei Jahren.« Ihr Gesicht formte ein breites Lächeln, als käme jetzt die Überraschung – und Luca wurde nicht enttäuscht: »Und du wirst es nicht glauben: Ich habe eine Freundin in Siena, die ist Friseurin und mit der Exfreundin von Mario befreundet. Weil sie ihre Läden gleich nebeneinander haben. Es ist genau unten an der Piazza del Campo, sie hat dort einen kleinen Souvenirladen, aber ...« Sie kratzte sich am Kopf, genau wie es der Priester vorhin getan hatte. »Aber ich habe leider den Namen vergessen. Die Frau ... Sie heißt Sabrina ... nein, Susanna ... Susanna, ja, das ist es.«

»Das ist eine sehr wertvolle Information, Maria, danke, wir werden den Laden sicher finden, wenn es der neben dem Friseur ist.«

»So ist es«, bestätigte Maria. Dann beugte sie sich über den Tisch und flüsterte: »Glaubt ihr denn, dass es ein privates Motiv ist? Mario ... na ja, dass da eine Frau im Spiel ist?«

»Ehrlich gesagt, Maria – ich würde es dir ja erzählen, aber ...« Luca musste sich bemühen, nicht in ihren Flüsterton zu verfallen, sondern ganz normal zu antworten, »wir haben bislang keinen blassen Schimmer.«

»Das ist aber schade«, sagte die Gemüsehändlerin. »Ich wünsche euch, dass ihr bald auf der richtigen Fährte seid! Hier ...«, sie nahm eine Schale Erdbeeren vom Tresen und reichte sie Aurora, »nehmt die für die Fahrt.«

»*Grazie*, Maria«, sagte Luca und betrachtete die Früchte, die groß und prall und rot leuchtend in ihrer kleinen Holzschale lagen. Sie sahen wirklich köstlich aus.

»Ich kriege sie von meinem besten Bauern oben auf dem Berg. Er lässt sie auf Stroh wachsen. Sie sind einfach zuckersüß. Viel Glück, Commissario.«

»Diese Kleinstadt ist eine Mischung aus nervtötend und reizend«, sagte Aurora, als sie in ihrem Wagen saßen. Sie hatte Luca widerstandslos ans Steuer gelassen, das Fenster heruntergefahren und hielt nun ihre Füße in den Fahrtwind. Dabei aß sie eine Erdbeere nach der anderen, und Luca musste schon hinübergreifen, um auch eine abzubekommen.

»Die sind echt köstlich«, sagte sie. »Hey!« Sie schlug ihm spielerisch auf die Hand. »Das sind meine.«

Doch er bekam eine zu fassen, und dabei verharrte seine Hand einen Moment zu lange an ihrer Hand, die die Schale hielt.

»Guck auf die Straße, Commissario«, sagte sie scherzhaft. Schnell zog er seine Hand zurück und biss in die Erdbeere. Sofort hatte er den Mund voll süßem und tief fruchtigem Saft, dieses Obst war – wie so vieles von Marias Stand – ein Wunder. Und das jetzt, im späten März. »Wow«, murmelte er.

»Ich oder die Erdbeere?«

»Ihr beide, in dieser Reihenfolge«, entgegnete Luca. Diese Frau war auch ein Wunder. Er liebte ihre Frechheit und ihre Leichtigkeit, sie erinnerte ihn an … Giulia.

28

Der Commissario parkte unterhalb der Piazza del Campo halb legal auf einer Abstellfläche für Lieferwagen. Die Altstadt von Siena war eng und voller kleiner verwirrender Gassen, da war ein ständiges Verkehrschaos programmiert, erst recht wenn sich ausländische Touristen mit großen Wohnmobilen in diese Gassen verirrten.

Sie stiegen aus und gingen die Via Giovanni Dupré hinauf. Es war eine dieser kleinen Straßen, gesäumt von trutzigen Palazzi, die alle mit den gleichen roten Steinen gepflastert waren. Die Gasse war eng, vielleicht zwei, zweieinhalb Meter breit, und oben zwischen den Häusern hatten Familien ihre Wäscheleinen gespannt. Wer hier wohnte, bekam nicht viel Licht ab, bemerkte Luca, die Gässchen waren so eng, dass man manchmal meinte, die Hauswand gegenüber berühren zu können. Aber gerade das machte den Reiz dieser Stadt aus. Die langen Schatten in den kleinen Straßen – und dann: der Tritt ins Licht. Der geschah, als sie von der Via auf die Piazza traten – und auf einmal wieder im gleißenden Tag standen. Sie blieben beide abrupt stehen, weil Augenblick und Anblick gleichermaßen überraschend kamen: Da war dieser volle Platz, all die Spaziergänger, die Touristen mit ihren Kameras – und dann das Stimmengewirr unter all den Markisen auf den Terrassen der vielen Restaurants, die gefüllt waren mit Gästen, die ihr *pranzo* einnahmen.

Hier unten am Südrand, am Torre del Mangia, war die Piazza gerade bebaut, doch dann begann der sanfte Halbkreis, verliehen die im Halbrund angeordneten Palazzi dem Platz seine weltberühmte Form einer Jakobsmuschel.

Ganz im Norden, auf der höheren Seite des Platzes und ihnen genau gegenüber, stand die Fonte Gaia, der Brunnen der Freude. Luca konnte das hellblaue Licht, in das die Sonne das Wasser tauchte, bis hierher sehen. Kein Wunder, dass der Brunnen diesen Namen trug. Als sie ihn im fünfzehnten Jahrhundert bauten, hatte die Bergstadt unter den heißen Sommern gelitten, aber mit dem Brunnen erhielt Siena endlich Verbindung zu einer Wasserquelle – und die Städter waren voller Freude.

»Seit James Bond hier war, ist die Stadt noch voller«, sagte die Mair voller Verachtung. »Wie Florenz, nur in eng.«

Luca knuffte sie in die Seite. »Sei doch nicht so verdammt südtirolerisch«, murmelte er. »Sei ehrlich, ist es nicht verdammt schön hier?« Er wies um sich. »Und ich glaube, du warst noch nie beim Palio hier, oder? James Bond schon. Und ich auch.«

»Was Luca und James Bond gemeinsam haben.« Sie lachte, und er stimmte ein. »Ist es beim Palio nicht unerträglich voll?«

»Ich habe einen alten Freund, dessen Eltern haben eine Wohnung direkt an der Piazza, genau da.« Er zeigte auf einen Balkon gegenüber, dessen Fenster mit hellblauen Holzläden verschlossen waren. »Da können wir oben am Fenster stehen und zusehen. Aber ja: Es ist voll.«

Der Palio von Siena war eines der berühmtesten und härtesten Pferderennen der Welt, das tatsächlich auf dieser Piazza mitten in der Stadt ausgetragen wurde – zweimal im Hochsommer, oft in unerträglicher Hitze. Zehn der siebzehn Stadtviertel Sienas traten dann gegeneinander an, mit je einem Pferd und einem Reiter. Dreimal mussten sie den Platz umrunden, in zweieinhalb Minuten. Pferd und Reiter waren dabei mit farbenprächtigen Wappen und Kostümen geschmückt, die dem jeweiligen Viertel zur Ehre gereichten. Es war ein traditionsreiches Rennen, seit dem Mittelalter fand es in Siena statt.

»Du solltest im Sommer echt mal dabei sein.«

»Auf deinem Balkon?« Diesmal war sie es, die ihn in die Seite knuffte, und als er ihr den Blick zuwandte, war sie ihm sehr nah. Er lächelte sie an. »Ja, vielleicht auch auf meinem Balkon.« Er räusperte sich. Verdammt. Was passierte hier? »Das ist ein bisschen was anderes als euer komisches Sandmatch in Florenz.«

»Ich habe nie gesagt, dass ich diese Prügelei gut finde. Obwohl ...«, sie grinste, »halb nackte Jungs, die sich prügeln, das hat schon was.«

Beide spielten auf den *Calcio storico* an, der alljährlich auf der Piazza Santa Croce in Florenz stattfand. Auch das war ein Spektakel, das seinen Ursprung im Mittelalter hatte: Einmal im Sommer traten vier Teams aus den Florentiner Stadtteilen an zu einem Spiel, das eher Rugby als Fußball ähnelte, obwohl der Ball am Ende im Tor landen musste. Wobei: Rugby war ein Spiel für Gentlemen; in Florenz hingegen endeten diese Matches stets in wüsten Prügeleien. Jeder Angriff war erlaubt, mit Fäusten, Füßen, Schlägen, Tritten, alles, Hauptsache, es ging eins gegen eins, Mann gegen Mann – und der Kopf wurde nicht ernsthaft verletzt. Luca dachte unwillkürlich, dass sich so ein Spiel doch auch für Montegiardino eignen würde, wenn man es auf die Zeit des Vollmonds legte. Dann könnten sich die Bewohner mal richtig austoben und wären zugleich abgelenkt ...

»Ich hab einen Bärenhunger«, sagte Aurora, »die Erdbeeren haben eher Lust auf mehr gemacht.«

»Dann lass uns doch gleich noch etwas essen. Aber bevor der

Laden zumacht«, erwiderte Luca, und die Vice-Questora nickte: »Jaja, wir gehen ja schon.«

Sie verließen die Piazza wieder am östlichen Ende und gingen in die breite Banchi di Sotto, die den Platz wie ein Ring umlief. Hier waren die älteren Restaurants der Stadt angesiedelt und viele kleine Läden für ihre Einwohner, Tabacchi, Zeitungsladen, Bäckerei.

»Da«, sagte Luca und wies auf das Schild *Parrucchiere*, Friseur.

Daneben sahen sie schon den nächsten Laden, vor der Tür standen die typischen Postkartenständer zum Drehen, voller Ansichtskarten mit der Piazza del Campo, dem Pferderennen und dem unverwechselbaren Turm, der die Stadt berühmt gemacht hatte. Es gab auch Zeitungsständer und kleine Souvenirs, darunter sogar eine Schneekugel mit dem Torre di Mangia – Luca konnte sich nicht erinnern, wann es in Siena zuletzt geschneit hatte.

Sie betraten den Laden. Drinnen waren nur wenige Leute, an der Kasse bezahlte eine Frau gerade einige Postkarten und bemühte sich radebrechend, auch noch Briefmarken dazu zu bekommen.

»Post oder Tabacchi!«, rief die ältere Verkäuferin und zeigte immer wieder nach draußen. Nach wütenden Widerworten zog die Kundin ab. Die Verkäuferin sah ihr kopfschüttelnd nach.

»Es ist eine Krux«, rief sie.

»Ja, schlimm, wenn die Touristen kommen, von denen Sie leben«, entgegnete Aurora und rümpfte die Nase. Na toll, dachte Luca. Diese Frau war wirklich eine Wucht – aber sie war zugleich auch immer wieder ein Naturereignis der schrecklichen Art. Wenn sie ein Gespräch begann, konnte man sicher sein, dass es schnell wieder beendet war.

»Was meinen Sie?«, fuhr die Verkäuferin sie an.

»Ach nix, Signora«, entgegnete Aurora. Dann zog sie ihren Ausweis aus der Tasche.

»Aurora Mair, Vice-Questora von Florenz. Mein Kollege Commissario Luca, Polizei von Montegiardino. Sind Sie Susanna?«

Luca sah, wie die Augen der Frau nervös zu zucken begannen, als der Ortsname fiel.

»Ja, ich meine, ja, die bin ich.«

»Gut, können wir irgendwo reden?«

»Ich ... Nein, ich kann nicht weg, der Laden ist jetzt auf, ich mache erst in einer Stunde Pause, und ich brauche die Einnahmen. Sagen Sie mir einfach hier, was los ist. Es ist ja gerade keiner da.«

Aurora und Luca sahen sich kurz um, es stimmte, das Gebrüll hatte die anderen Kunden verscheucht.

»Wir wissen, dass Sie eine Beziehung mit einem Mann aus Montegiardino hatten, mit Mario Riccione.«

Die Frau nickte. »Das stimmt«, sagte sie vorsichtig.

Luca nickte ihr beruhigend zu und sagte: »Es tut uns sehr leid, Signora, aber wir müssen Ihnen sagen, dass Signore Riccione gestern tot aufgefunden wurde.«

»Ach, du Scheiße«, sagte sie – und damit nicht gerade das, was der Commissario erwartet hatte. Ihr Gesicht war hart geworden. »Das tut mir jetzt ja doch leid.«

»Wie meinen Sie das?« Luca ging einen Schritt auf sie zu und stützte die Hände auf dem Verkaufstresen ab.

»Wie ist er gestorben?« Sie überging seine Frage, als hätte sie sie nicht gehört.

»Er wurde ermordet.« Nun schien es Luca einfacher, die volle Wahrheit zu sagen. Die Frau schien aus hartem Holz geschnitzt zu sein.

»Das ist ja ...«

»Das ist was?«

»Keine Ahnung.« Sie zog unwirsch eine Schublade auf und nahm eine Schachtel Zigaretten heraus, dann steckte sie sich unverblümt eine an, mitten im Laden, und blies theatralisch den Rauch aus.

»Ich hätte nicht gedacht, dass ich noch mal was von ihm höre. Und jetzt stehen Sie hier. Das ist ja schon ein wenig überraschend.«

»Was haben Sie eben gemeint, als Sie sagten, das tue Ihnen jetzt ja doch leid?«

Sie nahm einen weiteren tiefen Zug und behielt den Rauch eine Weile im Mund, bevor sie ihn ausstieß. »Es ist richtig blöd geendet mit uns. Er ... Er hat mir eine verpasst, jetzt kann ich es ja sagen, jetzt wandert er dafür ja nirgendwo mehr hin. Ich wollte das nicht, dass er irgendwohin wandert, können Sie das verstehen? Na klar ist das richtig scheiße, wenn ein Typ einem eine langt. Und bei jedem anderen wäre ich auch zur Polizei gegangen, aber bei Mario ... Der war eigentlich ein weicher Kerl, ganz tief drinnen, er hatte so 'ne riesige Traurigkeit, na ja, weiß auch nicht, vielleicht ist das auch alles Quatsch, und ich liebe ihn einfach noch – aber verzeihen konnte ich ihm das auf keinen Fall. Also bin ich abgehauen und hab ihm gesagt, er kann sich seine ganze Vergangenheitsscheiße an den Hut stecken. Er hat immer wieder versucht, sich bei mir zu entschuldigen, aber wenn einem Kerl einmal die Hand ausrutscht«, sie fuchtelte mit der Kippe im Raum herum, »dann passiert es immer wieder. Und eine Susanna Triglione schlägt man nicht.«

Luca atmete tief durch. Die Frau redete so lässig darüber, als wollte sie ihm eine Postkarte verkaufen. Aber vielleicht war dies einfach schon zu lange ihr Leben.

»Das haben Sie sehr gut entschieden, Signora«, sagte Aurora. »Und Sie hatten seitdem nie wieder Kontakt zu ihm?«

»Er hat mir immer wieder auf die Mailbox gesprochen. Aber ich habe nie zurückgerufen. Und hier in den Laden hat er sich wohl nicht getraut. Der wusste ganz genau, was er verbockt hatte. Ob Sie es glauben oder nicht: Siena und Montegiardino liegen zwar ganz nah beieinander – aber wenn man sich nicht begegnen will, dann begegnet man sich hier auch nicht.«

Luca war sich nicht ganz sicher, ob das auch für die Bewohner von Montegiardino untereinander galt, aber das spielte hier wohl keine Rolle. Er beugte sich ein bisschen vor, ihm brannte etwas auf der Seele.

»Sie haben gesagt, er habe eine Vergangenheit, die ihn belaste. Was meinen Sie damit?«

Signora Triglione trat einen Schritt zurück und betrachtete ihn prüfend, sagte aber nichts. Luca sah ihr in die Augen und sagte: »Ich weiß, es ist seine Privatsache gewesen, aber ich glaube, dass uns das wirklich helfen könnte, seinen Mörder zu finden.«

»Ich weiß nicht.« Sie zögerte. »Ich habe noch nie mit jemandem darüber geredet, weil es so persönlich war und mir Mario auch wirklich leidtat, obwohl ich natürlich nicht wusste, ob er selbst schuld daran war. Ich …«

»Signora«, beharrte Luca, als er fürchtete, sie könnte wieder verstummen, »bitte …«

»Er hatte ein Kind«, brach es aus ihr heraus, und sie zuckte vor Schreck zusammen, weil die Worte so heftig und laut geklungen hatten. »Er war sich sicher, dass er ein Kind hatte und die Mutter es ihm weggenommen hatte. Es weggegeben hatte – als das Kind noch ein Baby war. Mario war mit einer Frau zusammen gewesen, Gabriela, eine Frau aus Montegiardino, sie waren ein Paar, damals, als er jung war, sie hätten fast geheiratet. Aber als sie schwanger war, na ja, da hat sich die Frau plötzlich verändert, sie wurde böse zu ihm und ungerecht, so hat er es mir jedenfalls erzählt. Und dann hat sie kurz nach der Geburt das Kind weggegeben, einfach so. Und hat Mario verlassen. Ich … Keine Ahnung, welche Frau so etwas macht. Und warum es passiert ist.« Sie senkte ihre Stimme, die mit einem Mal ganz heiser klang. »Ich weiß nur: Das hat Mario nie wieder losgelassen. Er wollte unbedingt herausfinden, was da passiert war. Und wo sein Kind war.«

Aurora und Luca tauschten einen langen Blick. »Wissen Sie, Signora, wann in etwa das gewesen ist?«

»Er hat mir immer wieder davon erzählt, eigentlich an fast allen

Abenden, die wir zusammen verbrachten. Anfangs fand ich es reizend, dass er mir so vertraute, aber irgendwann spürte ich, dass es eine regelrechte Obsession war. Seine Obsession. Wir haben dann immer mehr darüber gestritten, bis er mir eine geknallt hat. Also, ja, Commissario, ich weiß, wann es war. Das Kind wurde am ersten Januar vor zweiundzwanzig Jahren geboren. Ich habe mir das Datum gemerkt, weil es doch irgendwie ein besonderes ist – aber auch weil Mario es immer wieder ausgesprochen hat. Wie ein Mantra: erster Januar. Er hat sich daran geklammert wie an einen Strohhalm, hat immer wieder versucht, an sein Kind heranzukommen, hat allen Einwohnermeldeämtern geschrieben. Aber die durften natürlich nicht antworten.«

Luca nickte, auf einmal war er sehr aufgeregt, er wollte dieses Gespräch unbedingt abschließen. Er spürte Auroras fragenden Blick, als er unvermittelt sagte: »Signora Triglione, ich danke Ihnen, Sie haben uns wirklich sehr geholfen.«

»Echt? Aber wieso denn? Es ist doch nur eine olle Kamelle.«

»Das denke ich nicht«, entgegnete Luca. »Ich glaube, Sie haben uns den Schlüssel zur Lösung an die Hand gegeben. Also, vielen Dank, wir müssen jetzt los.«

Er nickte ihr zu, dann ging er in Richtung Tür, Aurora schloss rasch zu ihm auf. »Aber meinst du nicht, wir hätten noch mehr fragen …«

»Ich weiß jetzt ganz genau, wo wir hinmüssen. Andererseits …«, er hielt an, als sie in der breiten Fußgängerzone standen, »sie rennt uns ja nicht weg. Lass uns noch etwas essen – und dann fahren wir.«

29

Sie hatten nicht auf der Piazza del Campo gegessen, Luca würde diesen Fehler nie wieder machen. Die Restaurants, die direkt auf dem Platz lagen, waren allesamt reine Touristenfallen, die sich schlechte Qualität leisten konnten. Es kamen jedes Jahr so viele neue Urlauber nach Siena – da reichte das zum Überleben.

Die Bürger der Stadt aber kannten die guten Läden, die sich über die Gassen der Altstadt verteilten, manchmal ganz unscheinbar waren, manchmal direkt vorne in den alten Palazzi lagen. Es war wie so oft in Italien: Wenn es rot karierte Tischdecken gab und hübsche Kerzenleuchter und Speisekarten in acht Sprachen, dann war das ein untrügliches Zeichen dafür, dass es besser war, gleich wieder aufzustehen. Je kälter das Licht war, je lauter der Fernseher an der Wand lief, desto besser schmeckte das Essen.

Deshalb hatte Luca seine Kollegin in die Osteria Il Carroccio geführt, einen Laden in einem wuchtigen alten Haus aus Stein. Das breite Portal stand offen, und so wehte der Wind hinein, der in Siena durch die engen Straßen glitt. Sie hatten auf den weißen Stühlen an ihrem hölzernen Tisch gesessen und beide das Gleiche genommen: wunderbar bissfeste Gnocchi, handgerollt und grob, dazu ein seidiges Pesto aus Basilikum und Koriander, darüber hatte der wortkarge Wirt reichlich frischen Trüffel gerieben, so viel, dass Luca irgendwann *Stopp!* gerufen hatte, weil die Gnocchi gar nicht mehr zu sehen waren. Auch das kleine Glas Weißwein war sehr gut gewesen, doch nach der Hälfte des Mahls hatte Luca bemerkt, wie sich seine Unruhe immer mehr steigerte.

Er wollte diesen Fall lösen. Jetzt.

Aurora hatte seine Anspannung gespürt. Sie hatten schweigend und zügig gegessen und bezahlt, und dann hatte sie sich ans Steuer des Lancia gesetzt und ihn gefragt: »Wohin soll ich fahren?«

Luca hatte ihr die Straße genannt, und sie war losgebraust, durch die engen Gassen Sienas und hinaus aus der Stadt. Die Gewerbegebiete hatten sie schnell hinter sich gelassen, genau wie die schnurgerade Zypressenallee, die in Richtung Westen führte. Als sie kurz vor Montegiardino waren, bog Aurora nach links auf eine Straße den Hügel hinauf, die immer enger wurde, bis sie schließlich nur noch ein Kiesweg war, ein Schotterweg, der auf beiden Seiten von grünen Weinreben gesäumt wurde, doch diesmal hatte Luca keinen Blick dafür.

Aurora fuhr schnell, so schnell, dass Luca im Rückspiegel sah, wie eine große Staubwolke hinter ihnen aufstieg. Als sie anhielten, war auf dem Hof niemand zu sehen, doch als Luca die Tür öffnete, hörte er ein gläsernes Klappern aus der nahen Scheune, in der sich die Produktions- und Abfüllhalle befand.

»Und du willst sicher zuerst noch zu dieser Frau?«

»Sicher nicht«, sagte Luca. Er ging voran und konnte förmlich die Veränderung spüren: Heute war er nicht mehr der Polizist von Montegiardino, er war wieder der Ermittler der Mordkommission von Venedig, er wollte diesen Fall jetzt aufklären, er hatte sprichwörtlich Blut geleckt – und zugleich war da ein Zweifel. Er hatte das doch alles hinter sich lassen wollen. Welche neue Lawine würde er mit seinen Ermittlungen auslösen?

Doch jetzt war nicht der Moment für Zweifel, ermahnte er sich in Gedanken – und so betraten sie die schummrige Halle, in der es nach Schwefel und Kork roch. Schemenhaft tat sich vor ihnen die Phalanx der großen metallischen Bottiche auf, in denen die Trauben nach der Lese zerkleinert wurden und dann zu gären begannen. Die Fässer waren zu dieser Jahreszeit naturgemäß leer, die Deckel standen offen, aber Luca war einmal hier gewesen, als Ende September alle Bottiche bis zum Rand gefüllt waren. Es hatte großer Lärm geherrscht, ein Getöse gar, all das Blubbern des werdenden Weines, die Arbeiter, die bei großer Hitze die Trauben einzeln von Hand sortierten. Jetzt aber war es angenehm kühl hier drinnen – und es gab keine Mücken, die von den Gasen, die bei der Gärung entstanden, in Scharen angelockt wurden. Die Halle war tatsächlich leer, die Geräusche kamen aus dem Untergeschoss.

Aurora und er nahmen die Treppe, die am Rande der Fässer hinabführte, eine steinerne Treppe, die in die Katakomben der alten Scheune führte, dahin, wo die ideale Temperatur und die ideale Luftfeuchtigkeit herrschten, um Wein zu lagern. Hier unten war es noch schummriger, nur durch zwei kleine Oberlichter fielen seitlich die Sonnenstrahlen ein und beleuchteten die Fässer, die sich in drei schnurgeraden Reihen über die ganze Kellerlänge erstreckten, aufgestellt auf kleinen hölzernen Böcken, damit sie nicht ins Rollen gerieten. An den Kellerwänden standen auf Rollwagen Tausende leerer Weinflaschen.

Und hier unten war auch die Mannschaft von Tommaso, dem Winzer. Es waren dieselben Männer und die junge Frau, die Luca am Vortag im Weinberg getroffen hatte. Sie standen um ein Fass herum, der Winzer hatte eine große gläserne Pipette in der Hand und ließ gerade einen Schluck Wein in ein Glas laufen. Dann hielt er es an die Nase und roch daran, bis er schließlich probierte. Er nickte zufrieden, bevor er das Glas an Franca weiterreichte. »Hier, probier du. Der Merlot ist schon sehr gut, nun müssen wir noch den Sangiovese probieren, und dann können wir morgen die Cuvée machen ... Oh«, er blickte auf und winkte die Polizisten heran, »Luca, ich meine ... Commissario und ...«

Die beiden Beamten traten heran, und Luca wies auf Aurora. »Vice-Questora Mair aus Florenz, Tommaso, entschuldige die Störung.«

»Ihr müsst eure Arbeit machen, aber ich muss meine eben auch tun – und gerade herrscht hier Hochbetrieb, wie ihr seht. Wir beginnen jetzt, den Wein des letzten Jahres zu vollenden, indem wir die einzelnen Rebsorten in einem bestimmten Verhältnis miteinander vermischen. Und danach fangen wir an, die Cuvée vom vorletzten Jahr in Flaschen abzufüllen. Sie hat sich lange genug im Fass ausgeruht.« Er lächelte die Polizisten mit seinem jungenhaften Charme an, doch es wirkte zaghafter als sonst, bemerkte Luca, so als spürte er, dass etwas vor sich ging. »Aber was kann ich denn für euch tun?«

»Tommaso, tut mir leid, du kannst gar nichts tun, aber ich habe eine Frage an deine Praktikantin. Signorina Baldini, würden Sie uns bitte hinausbegleiten?«

»Gibt es ein Problem?« Tommaso trat vor und schob sich damit vor die junge Frau. Unwillkürlich fragte sich Luca, ob der Winzer mehr für sie empfand, als es die Arbeitsbeziehung eigentlich vorsah. Gut, der Altersunterschied betrug sicher mehr als zwanzig Jahre, aber immerhin war Tommaso einer der begehrtesten Junggesellen der Stadt.

»Kein Problem, Tommaso«, sagte der Commissario beschwichtigend. »Wie heißt es so schön im Krimi? Reine Routine.«

Er lächelte knapp. Franca ging an Tommaso vorbei, aber sie wirkte widerwillig. Luca ging voraus. Er wäre gerne hier unten geblieben, er mochte diesen Geruch der alten Eichenfässer, die Rotwein ausatmeten, aber er wollte sie nicht hier konfrontieren. Zu wenig konnte er abschätzen, wie sie reagieren würde.

Als sie oben in der Halle mit den Edelstahltanks standen, trat die junge Frau nervös von einem Fuß auf den anderen. Ihre Züge wirkten hektisch und auch ein wenig trotzig. Sie strich das lange Haar nach hinten. »Also?«
»Warum sind Sie hier, Signorina Baldini?«
»Hä? Was meinen Sie?« Sie sah ihn bockig an. »Warum fragen Sie mich das? Tommaso hat ganz dringend jemanden gesucht, Sie haben ja gehört, wie schwer es ist, Fachkräfte anzulernen für diesen Job – und da habe ich mich beworben.«
»Das ist auf keinen Fall die ganze Wahrheit«, sagte Luca schroff. »Der junge Mann, mit dem Sie gestern zusammen waren, hat Sie verraten: Er hat gesagt, Sie wollten unbedingt nach Montegiardino. Erinnern Sie sich an seinen Wortlaut? *Franca konnte es gar nicht abwarten, Florenz zu verlassen, um hier in dieses Kaff zu ziehen.* Das klingt für mich so, als hätten Sie Tommaso ganz bewusst ausgesucht.«
»Sie wissen doch, Commissario«, begann sie und klang dabei schon ein ganzes Stück defensiver, »es gibt sehr viel schlechte Massenware für die Supermärkte in der Toskana – aber Tommasos Weine sind wirklich Super-Toskaner, mit einem enorm guten Ruf. Ich wollte so ein Unternehmen im Lebenslauf, und ich wollte nach der langen Zeit in der großen Stadt wieder in einem kleineren Ort leben.«
»Wieder? Wo haben Sie denn vor Florenz gelebt, Signorina?«
»Das ... Das geht Sie gar nichts an.«
»Das hat es bis gestern wirklich nicht getan, Franca. Aber jetzt ist das anders. Ich glaube nämlich nicht, dass Sie die Bar verlassen haben – tränenüberströmt, wie mir der Besitzer erzählt hat –, weil Luca Sie verlassen hatte. Der Junge sah aus, als würde er Sie in tausend Jahren nicht verlassen. Nein, es war wohl vielmehr so, dass Sie nicht fassen konnten, was passiert war.« Luca machte eine kurze Pause. Als er sah, wie nah er seinem Ziel war, fügte er hinzu:

»Sie erfuhren noch in der Bar durch den Flurfunk, der in Montegiardino rasend schnell funktioniert, dass ein Mann ums Leben gekommen ist – Sie haben sogar erfahren, wer. Und Sie waren so erschüttert, weil es nämlich Ihr Vater war. Der Vater, den Sie eben erst gefunden hatten.«

Luca spürte Auroras Blick, aber er war zu gefangen von der Verwandlung der jungen Frau, als dass er ihr weitere Beachtung hätte schenken können. Franca wurde ganz blass, viel blasser, als er es sich bei ihrem Teint und den dunklen Haaren hatte vorstellen können. Ihre Unterlippe zitterte, Tränen schossen ihr in die Augen. Aurora trat neben sie, um sie, falls nötig, stützen zu können.

»Ich würde … hmm … Können wir nach draußen gehen? Ich brauche frische Luft.« Tapfer ging Franca voran. Aurora und Luca folgten ihr, draußen ließ sie sich auf die Bank fallen, die dort im Schatten stand. Sie atmete mehrmals tief durch, bevor sie den Blick hob und Luca offen ansah. Sie stützte die Hände fest auf die Oberschenkel und sagte: »Ich weiß nicht, was Sie da erzählen, Commissario.«

Aurora und Luca zuckten beide überrascht zusammen.

»Ihre Reaktion eben sagte aber etwas anderes, Signorina.«

Die junge Frau zuckte mit den Schultern. Sie wirkte ruhiger.

»Ich bin hier, weil ich lernen will, wie guter Wein gemacht wird.«

»Signorina Baldini«, Luca sprach jetzt sehr ernst, er fühlte sich beinahe, als würde er Emma eine Standpauke halten, »Sie sollten damit sofort aufhören. Sie haben eben gebebt, dort drinnen in der Scheune. Ihr Vater ist ermordet worden – und wir werden seinen Mörder finden.«

Franca Baldini verschränkte die Arme vor der Brust.

»Sie sind mit dem Traktor nach unten gefahren, hat mein Kollege erzählt, Sie haben dabei die alte Frau mitgenommen, die eine Panne hatte, erinnern Sie sich?« Aurora sagte es ganz geschäftsmäßig, als läse sie aus einem Polizeibericht vor.

Der Commissario hatte diese Episode mit dem Traktor ganz verdrängt, er war wieder mal beeindruckt von der Gabe der Vice-Questora, sich an scheinbare Nebensächlichkeiten zu erinnern.

»Hmm ...«, murmelte Franca.

»Das muss ungefähr um elf Uhr dreißig gewesen sein. Bei dem langsamen Tempo des Traktors waren Sie, sagen wir mal, um viertel vor zwölf unten im Tal und haben die alte Signora abgesetzt. Aber ich frage mich: Warum fuhren Sie überhaupt dorthin? Der Weg vom Weinberg hierher zum Betrieb führt nicht durch Montegiardino.«

»Ich sollte etwas zu essen holen, für die ganze Mannschaft. Ich war beim Bäcker und habe noch einige Stück Käse geholt und Salami. Wir haben am Nachmittag gemischte Platten gegessen, draußen im Freien.«

»Wann waren Sie wieder hier oben?«

Die junge Frau zögerte. »Na ja, so um eins, halb zwei? Vielleicht auch erst um zwei. Ich habe mich nicht beeilt.«

»Das heißt, Sie haben kein Alibi für die Zeit von zwölf bis mindestens ein Uhr.«

»Ich ...«

»Das heißt auch, Sie hätten ohne Probleme an den Fluss gehen können, um mit Ihrem Vater zu reden, der dafür mitverantwortlich war, dass Sie damals weggegeben wurden – und, wer weiß, vielleicht lief das Gespräch einfach gar nicht so, wie Sie gehofft hatten, Sie sind in Wut geraten, und dann ...«

»Hören Sie auf!«, schrie Franca nun aufgebracht. Ihre Augen blitzten, und Luca hatte Sorge, dass sie sich gleich auf Aurora stürzen würde. Tatsächlich stand die junge Frau auch auf, aber sie drehte sich von ihnen weg und sah hinunter ins Tal. Jetzt bebte ihr Körper noch mehr, nun weinte sie. Trotz der Wärme kroch eine Gänsehaut über Lucas Rücken.

Der Commissario folgte dem Blick der jungen Frau ins Tal und fragte sich, an welche Begebenheit sie sich gerade erinnerte. War wirklich sie es gewesen? Ihre Vergangenheit war eine offene Wunde, er konnte es spüren, ohne mehr über sie zu wissen. Und was war ein besseres Motiv als eine offene Wunde?

Dort unten sah alles so friedlich aus. Und doch musste er schon wieder die Abgründe von Montegiardino kennenlernen. Das war hier noch viel unerträglicher als in einer anonymen Großstadt – es ging ihm sprichwörtlich unter die Haut.

»Ich war ein Waisenkind«, sagte Franca Baldini leise. »Ich bin im Kloster der heiligen Jungfrau Maria in den Albaner Bergen aufgewachsen. Grottaferrata, kennen Sie das?« Sie drehte sich um und sah die beiden Polizisten an, aus Trotz war Niedergeschlagenheit geworden. Sie wirkte furchtbar müde. »Es ist ein Dorf im Latium, und es ist sehr schön dort.« Die Worte und die Erinnerung schienen ihr zu helfen. »Ich bin schon als sehr kleines Kind dorthin gekommen. Ja, als Baby, nur wenige Tage alt. Aber ich wusste das meine ganze Kindheit lang nicht. Ich dachte, ich wäre ganz normal. Aber ...«

Sie wies auf Montegiardino, und eine Träne floss über ihre Wange. »Aber auf dem Weg zum Ganz-normal-Sein passiert mir jetzt so etwas. Und ihm ... Mario ...« Sie zog seinen Namen in die Länge, als fiele es ihr schwer, ihn auszusprechen. Dann blickte sie Aurora wütend an. »Vergessen Sie es! Ich war das nicht. Ich habe das nicht getan. Hätte ich es getan, würde ich doch ganz sicher jetzt nicht in Tränen ausgebrochen sein, oder?«

»Wissen Sie, Signorina«, erwiderte Aurora, »es gibt viele Mörder, die über die eigene Tat erschüttert sind oder gerührt – oder jene, die einfach gute Schauspieler sind. Ich habe schon alles gesehen.«

»Jetzt hören Sie auf, *puttana*.«

»Sie sollten nicht Ihre gute Erziehung vergessen«, erwiderte Aurora trocken, das harte Schimpfwort schockierte sie anscheinend nicht im Geringsten.

»Ich war das nicht. Wirklich.«

»Haben Sie Signore Riccione getroffen, seitdem Sie hier sind?«

Sie sah zu Luca und nickte langsam. »Ja. Ein Mal.«

»Nur ein Mal?«

»Ich habe lange gezögert«, erwiderte sie. »Als ich hier ankam, habe ich mich erst mal orientiert. Ich wollte nicht alles durcheinanderbringen. Ich habe mehrere Wochen gewartet, ich wollte erst mal den Ort kennenlernen. Montegiardino, meine Heimat. Eine Heimat, die ich nie hatte; außerhalb des Klosters, versteht sich. Wissen Sie, was das bedeutet? Als ich lange genug überlegt hatte, habe ich meine Mutter besucht. Einfach so. Wissen Sie, was passiert ist? Sie wäre fast in Ohnmacht gefallen. Vor Überraschung. Aber auch vor Glück und Freude. Es war ... Ich werde das nie vergessen.«

»Ihre Mutter ist Gabriela, die Schneiderin, richtig?«

Franca nickte. »Ja. Das stimmt.«

»Und Mario?«

»Gabriela wollte nicht, dass ich ihn treffe. Sie hat ... Sie hat mir nicht erzählt, was damals passiert ist, aber ich habe gespürt, dass etwas nicht stimmte. Bloß ...«, sie senkte den Blick, »ich konnte es nicht sein lassen. Verstehen Sie das? Mir schwirrten so viele offene Fragen durch den Kopf. Ich musste wissen, woher ich komme. Also habe ich ihm nach ein paar Wochen einen Brief geschrieben. Ich wollte ihn auf mich vorbereiten, nicht dass er gleich umkippt. Er wusste ja vielleicht gar nicht, dass es mich gibt. Dachte ich damals.« Sie lachte bitter. »Aber doch, er wusste es.«

»Das wissen Sie, weil Sie ihn getroffen haben.«

»Ja, ich habe Mario getroffen. Meinen Vater.« Sie sah erst Aurora, dann Luca an, es war ein schwer zu lesender Blick. War sie verletzt? Getroffen? Wütend? »Erst vergangene Woche«, fügte sie hinzu. »Meine Handynummer stand in dem Brief, in dem ich ihm schrieb, dass ich seine Tochter sei und ihn gerne nach all den Jahren kennenlernen würde. Der Brief muss vorletzte Woche bei ihm angekommen sein. Ich habe ihm aber nicht geschrieben, wo ich arbeite oder wo ich wohne. Ich wollte mich bei ihm treffen, wenn überhaupt. Irgendetwas an der Warnung meiner Mutter hat mich vorsichtig gemacht. Na ja, und kaum hatte ich den Brief abgeschickt, stand das Telefon nicht mehr still. Er hat angerufen, einmal, zweimal, dreimal, beim ersten Mal konnte ich nicht rangehen, das Handy war im Traktor und ich im Weinberg, und als ich dann seine Anrufe sah, hatte er schon zehnmal auf die Mailbox gesprochen. Zuerst war er ganz freundlich, total überrascht, na klar, und dann wurde er von Nachricht zu Nachricht immer bissiger. Ob ich es mir anders überlegt hätte, ob Gabriele mich davon abgebracht hätte, mit ihm zu sprechen. Es war total merkwürdig. Ja, es hat mir sogar ein wenig Angst gemacht.«

»Aber Sie wollten ihn trotzdem treffen?«

»Mamma hat mich versucht davon abzuhalten. Den ganzen Abend davor war ich bei ihr, und sie hat mich bekniet, ihn nicht zu treffen. Aber … ich glaube, sie wusste es selbst. Sie wusste, dass ich meinen eigenen Kopf habe.«

»Haben Sie ihn bei ihm zu Hause oder gestern am Fluss getroffen?« Luca spürte Auroras Ungeduld. Sie wollte zum Punkt kommen, zum Kern der Sache, am liebsten aber zum Geständnis.

»Ich war bei ihm zu Hause. Vorgestern. Es war …« Sie schloss die Augen. »Waren Sie schon in seiner Wohnung?«

»Ja, das waren wir«, antwortete Luca. »Es muss ein Schock gewesen sein, oder?«

»Im ersten Moment wollte ich weglaufen, im zweiten war ich froh, dass ich im Kloster aufgewachsen bin, wo alles so ordentlich und sauber zuging, dass man hätte vom Boden essen können. Es war ihm peinlich, glaube ich, obwohl er vorher aufgeräumt hatte, wie er sagte. Aber gut, wenn es davor noch schlimmer war … Wir sind dann auf den Hof gegangen, er hat Getränke serviert, Bier, er hatte sogar einen Kakao für mich. Einen Kakao! Ich habe gelacht und gesagt, ich sei doch nicht mehr elf. Er hat mir dann ein Bier abgegeben.« Sie sah zwischen den beiden Polizisten hindurch, als würde sie in der Ferne die Erinnerungen wiederfinden. »Er hat sehr schnell getrunken. Am Anfang war er sehr nett, er hat mir gesagt, wie froh er sei, mich zu treffen. Er hat immer versucht, mich zu umarmen oder meine Hand zu nehmen, aber mir ging das zu schnell. Na ja, und dann wurde es immer schlimmer. Als er drei oder vier Bier getrunken hatte, meinte er zum ersten Mal, sie, also Gabriela, sei schuld, dass ich nicht bei ihnen gemeinsam aufgewachsen wäre. Ich habe dann widersprochen und ihn gefragt, ob er daran nicht vielleicht auch schuld sei. Ich wusste es ja nicht, Mamma hatte mir nichts davon erzählt. Aber da ist er völlig ausgeflippt. Er habe Gabriela geliebt, und sie habe ihn nur verarscht. Sie habe mich weggegeben, zusammen mit dem Pfarrer, diesem sogenannten Kirchenmann, der ein Verräter sei, zusammen hätten sie mich ihm geraubt – er habe sein ganzes Leben vermasselt – wegen dieser ...«, sie stockte, »wegen dieser *Schlampe*. Das hat er tatsächlich gesagt. Da hat es mir gereicht. Ich bin aufgestanden und habe ihn angeschrien: *Du bist ein widerlicher Säufer – und ich wünschte, du wärst nicht mein Vater.* Ich ...« Sie verzog das Gesicht. »Wenn ich jetzt darüber nachdenke, jetzt, wo er tot ist, dann tut es mir leid, aber ... Ich war einfach so wütend. Wie konnte er nur. Wenn ich mir überlege, dass die beiden zuletzt wieder in einem Ort gewohnt haben, praktisch nur ein paar Hundert Meter voneinander entfernt.«

»Zusammen mit dem Pfarrer? Meinte er Don Vincenzo?«

Franca nickte. »Mamma hat gesagt, der Priester hätte ihr damals, als es ihr schlecht ging, sehr geholfen. Sie hatte ja auch bei ihm gearbeitet, als sie schwanger war.«

»Und dann sind Sie gegangen?«, fragte Aurora, und die junge Frau nickte.

»Ich höre ihn noch hinter mir herrufen: *Geh doch, du warst ja nie da, jetzt brauch ich dich auch nicht mehr. Das ...*«

»Das hat sehr wehgetan, das kann ich mir denken«, sagte Luca.
Aurora sah ihn ernst an. Es stimmte. Es war ein sehr gutes Motiv. Andererseits ...

»Ich glaube, wir haben noch einiges zu besprechen«, sagte die Vice-Questora. »Zuerst machen Sie eine Falschaussage, und dann offenbaren Sie sich so sehr ... Ich würde Sie bitten, mit uns ins Rathaus zu kommen. Ich muss dort Ihre Aussage aufnehmen, Signorina.«

Franca nickte. Dass sie ihre Geschichte erzählt hatte, hatte ihren Widerstand gebrochen.

Als Luca und Aurora sie zum Auto begleiteten, sagte die Vice-Questora leise: »Sie war es nicht.«

»Ich weiß«, erwiderte Luca und blieb stehen, Aurora ebenfalls. »Kann ich ...«

Die Vice-Questora nickte. »Ich weiß schon, was du fragen willst. Ja, mach du es.« Sie lächelte ihn an. »Ich bin eben doch nicht die Sadistin, die alle in mir sehen.«

»Wenn ich könnte, würde ich es dir sehr gern überlassen.«

»Ich drücke dir die Daumen, Luca.«

30

Sie waren noch zusammen den Berg hinunter und ins Zentrum gefahren, wo Aurora und die junge Franca Baldini ausgestiegen waren, und Luca hatte ihnen auf der Treppe nachgesehen, bis sie im Inneren des Gebäudes verschwunden waren. Dann war er ausgestiegen und hatte den Platz überquert. Ein Blick auf die Uhr am Kirchturm zeigte kurz vor fünf am Nachmittag. Der Abendgottesdienst würde erst um sechs Uhr stattfinden. Hoffentlich.

Das Portal knarzte, als er hindurchschritt. Er vergaß jedes Mal, dem Priester zu sagen, dass sie es doch mal ölen sollten. Heute aber wäre es geradezu kindisch gewesen, darauf zu sprechen zu kommen. Der Grund seines Besuchs verbot jedes Gespräch über Nichtigkeiten wie ein knarzendes Portal.

Als er das Kirchenschiff durchquerte, hob der Priester vorne am Altar den Kopf. Luca blieb unwillkürlich stehen. Dann sah er, wie der kleine beleibte Don Vincenzo loslief, und der Commissario dachte im ersten Augenblick, er wollte tatsächlich fliehen. Aber er ging ins rechte Seitenschiff, dort gab es keine Tür nach draußen, wie Luca wusste. Also doch keine Flucht ...

Dennoch folgte der Commissario dem Priester. Aber als er in

dem dunklen Gang mit den glimmenden Kerzen ankam ... war da keine Spur von Don Vincenzo.

»*Incredibile*«, flüsterte Luca, und selbst seine leise Stimme hallte in dem alten Gotteshaus von den Wänden wider. Er ging langsam die Wand ab, dann blieb er plötzlich stehen.

Er hörte das Atmen, das aus dem Beichtstuhl drang.

»Don Vincenzo?«

»Ich habe Sie erwartet, Commissario.«

»Sitzen Sie nicht auf der falschen Seite?«

Der Priester hatte die linke Seite betreten, diejenige, auf der sonst die Beichtenden saßen, unsichtbar für ihren Beichtvater.

»Heute ist es an mir, Ihre Gnade zu erbitten«, erwiderte Don Vincenzo, und die Worte hallten wider.

Luca wurde es eng ums Herz. Er öffnete die Tür des Beichtstuhles und betrat die Seite, die den Priestern vorbehalten war. Don Vincenzo schien abzuwarten, bis der Commissario sich hingesetzt und an den engen Raum gewöhnt hatte. Er schien seinem Atem zu lauschen. Es stimmte, Luca war lange nicht mehr in einem Beichtstuhl gewesen, wohl jahrzehntelang nicht. Aber das letzte Mal, als junger Mann, war er genau in diesem hier gewesen, in der Kirche von Montegiardino. Und er hätte schwören können, dass es hierin immer noch genauso roch wie damals, nach dem alten Holz, nach den Kerzen, nach der Schwere und all den Sorgen, die in die Patina dieses engen Raumes eingesunken waren.

»Sie haben sie gefunden, oder, Commissario?«

»Sie meinen Franca Baldini? Ja, die habe ich gefunden.«

»Ich wusste, dass das kein Problem für Sie sein würde. Bei so einer Sache, bei so einer schrecklichen Sache wie dieser, da können es nur menschliche Gefühle sein, die so etwas anrichten, und die wissen Sie zu lesen.«

»Und Sie wissen um die Schrecklichkeit dieser Gefühle, ist es nicht so?«

»Ich weiß, wie lange Schmerzen in den Menschen arbeiten. Schmerzen, die Mario anderen zugefügt hat, vor langer, langer Zeit.«

»Meinen Sie nicht, dass er sich geändert hat?«

»Wer weiß das schon? Ich weiß nicht, ob er noch immer so brutal war wie damals. So ohne Gnade und völlig ohne Rücksicht und Selbstkontrolle. Obwohl – so, wie er vor ein paar Tagen vor mir stand ...«

Der Priester stockte, doch bevor Luca etwas fragen konnte, sagte er: »Ja, es stimmt, ich habe Sie angelogen. Er war hier, und er hat mich bedroht. Und in dem Moment wusste ich nicht, ob er mir nicht gleich etwas antut. Aber er ist wie all die Menschen hier in Montegiardino sehr gottesfürchtig, er würde wohl keinen Priester im Hause Gottes zusammenschlagen.«

»Sie haben damals der Mutter von Franca sehr geholfen, war es nicht so?«

»Ja. Ich war ein frischgebackener Priester damals, ich kam aus dem Studium und aus meiner Zeit im Vatikan, ich hatte noch nie allein gelebt, bei mir zu Hause muss es ausgesehen haben wie bei einem typischen Junggesellen, einfach schrecklich. Der damalige Bürgermeister hat das Chaos gesehen und dann entschieden, dass es besser wäre, wenn mir jemand hilft. So hat er mir Gabriela empfohlen, und sie wurde meine Haushaltshilfe. Sie war damals mit Mario zusammen. Sie kannten sich aus der Schule, es war eine typische Jugendliebe, wie es so viele hier gab. Man trifft sich auf der Grundschule, kommt auf dem *istituto* zusammen und bleibt dann ein Paar, auch aus Mangel an Alternativen und Gelegenheiten. Sie hatten nichts gemeinsam, Gabriela und Mario, gar nichts. Sie war so eine sanfte und kluge Frau und er ein grober Klotz, damals wie heute. Na ja, jetzt ja nicht mehr.« Don Vincenzo schluckte schwer. »Als sie schwanger war, hat sie es mir sofort offenbart. Sie wusste, dass das Kind keine gute Zukunft haben würde, wenn es bei ihr bliebe. Da verstand ich. Ich verstand, was hinter diesen vier Wänden, wo sie zusammenlebten, jeden Abend los war. Sie hat es mir gegenüber niemals offen ausgesprochen, aber ich verstand, dass er sehr brutal gewesen sein musste. Da wusste ich, was zu tun war.«

»Also haben Sie dafür gesorgt, dass Franca Montegiardino verlassen hat?«

»Ja, das habe ich. Und ich bereue es keinen Augenblick.« Luca hörte sein Lächeln geradezu. »Ich meine, sehen Sie sich doch diese junge Frau an. Sie ist so glücklich und so frei, und sie hatte eine gute und uneingeschränkt sichere Kindheit. Wissen Sie, Commissario, wenn mich etwas stolz macht an meiner Karriere, dann, dass ich mich damals gleich darum gekümmert habe, dass das Mädchen von hier verschwinden kann.«

»Don Vincenzo«, begann Luca, »ich glaube auch, dass Ihre Entscheidung sehr richtig war, und dennoch ist nun nicht die Zeit, um sich selbst zu salben. Ich denke, dass ich Sie nicht zu fragen brauche, ob Sie Mario Riccione ermordet haben, oder?«

Es gab eine kleine Pause. Eine Pause, in der alles hätte passieren können. Dann sagte der Priester: »Ich habe überlegt, ob ich Ihnen diese Lüge auftischen soll. Ob ich es einfach auf mich nehmen soll. Aber: Nein, sie brauchen es mich nicht zu fragen. Ich kann es nicht zugeben.«

»Sie haben vorhin von den Schmerzen geredet, die lange nachhallen. Ich habe früher an diesem Tage an die offenen Wunden gedacht, die man den Menschen zufügt. Ich nehme an, Sie würden mir raten, diesen Wunden zu folgen, um meinen Mörder zu finden, nicht wahr?«

Don Vincenzo antwortete nicht, viele Sekunden lang. Luca hörte den schweren Atem des Priesters, der sich mit seinem eigenen überlagerte. Es brauchte keine Antwort.

»Gut. Ich danke Ihnen, Don Vincenzo. Ich würde mir wünschen, dass Sie für uns beten. Für uns alle.«

»Das werde ich, Commissario.«

Luca wollte eben die Tür öffnen, doch in der Nachbarkabine klapperte es plötzlich, als sei der Priester ausgerutscht.

»Luca?«

Er verharrte und zog die Tür wieder zu.

Der Priester sagte leise: »Es gibt da noch etwas anderes, Commissario. Es tut mir leid. Ich habe Sie eben noch einmal angelogen.«

31

Nach seinem Gespräch mit dem Priester war Luca direkt wieder ins Auto gestiegen und war in Richtung Ortsausgang gefahren. Sehr langsam, wie ihm selbst auffiel. Einerseits wollte er es hinter sich bringen, andererseits wäre es ihm lieber gewesen, niemals dort anzukommen.

Er hielt vor dem gedrungenen Haus am Rand eines kleinen Wäldchens, stieg aus dem Wagen und sah sich erst einmal auf der Hauptstraße um. Montegiardino schien in seinem allabendlichen Ruhemoment zu verweilen – diese Stunde, wenn alle Feierabend gemacht hatten, sich nun daheim ausruhen und auf den Abend vorbereiteten: auf die eigentliche Hochzeit des Lebens in der Stadt, die Zeit der ausgiebigen Abendessen, der Einladungen bei Freunden, der *passegiata*, des Flanierens rund um den Marktplatz, ein Schaulaufen des Sehens und Gesehenwerdens, ein nicht enden wollendes Spiel der Kinder der Stadt, ein letztes *gelato* oder ein letzter Espresso vor dem Schlafengehen.

Doch jetzt, kurz vor sieben, war es still auf der Straße. Wirklich niemand war zu sehen. Es sah aus wie kurz vor der Showdownszene eines billigen Italowesterns. Für einen kurzen Moment hätte es Luca kein Stück gewundert, wäre ein Tumbleweed durch die Szene gerollt.

Nun, er wollte nicht, aber er musste. Er ging auf das Hoftor zu und war eben im Begriff, die Klinke zu betätigen, als sie bereits gedrückt wurde und das Tor aufglitt. Dahinter stand Gabriela, gebückt zwar, aber mit unverwüstlich stolzer Miene.

»Ich habe Sie schon erwartet, Commissario«, sagte sie leise. »Eigentlich wollte ich gerade zu Ihnen ins Rathaus kommen.« Dann blickte sie zu ihm herauf und fragte: »Was geschieht jetzt mit mir?«

»Kommen Sie«, sagte Luca, und die Schneiderin ging voraus. Er war noch nie in ihrem Garten gewesen, deshalb registrierte er erstaunt, wie ordentlich und schön es hier aussah. Nun gut, es wirkte wie ein wilder Garten, aber Luca, der von seinem Hof wusste, wie schwer es war, alles in Ordnung zu halten, hatte gelernt, wie viel Arbeit es machte, einen Garten *schön wild* aussehen zu lassen. Da war eine von Rosensträuchern überwucherte Pergola, es gab einen kleinen Springbrunnen, der mit Rankpflanzen bewachsen war. Gabriela steuerte ein anderes Ziel an: einen kleinen weißen Metalltisch und zwei Stühle, die am Ufer eines kleinen Teichs standen, in dem zu Lucas Freude große Goldfische schwammen.

»Es ist sehr schön hier, Signora«, sagte Luca.

»Eigentlich stand hier immer nur ein Stuhl«, erwiderte die Schneiderin und setzte sich. Der Commissario tat es ihr nach. »Und dann kam Franca ...« Ihre Stimme klang brüchig. »Haben Sie gewusst, dass die Nonnen ihren Namen nicht geändert haben? Obwohl sie erst drei Tage alt war, als sie in das Kloster kam? Sie haben ihren Vornamen so gelassen, nur den Nachnamen haben sie umschreiben lassen, damit *er* sie nicht finden kann.«

»Sie hatten sehr große Angst.«

Sie sah ihn prüfend an. »Wir kennen uns nicht gut, Commissario, aber ich weiß, dass Sie mich verstehen. Ich habe Sie oft mit Ihrer

Tochter gesehen, als ich noch nicht wusste, dass ich Franca jemals wiedersehen würde. Die Liebe, die Sie ausstrahlen, Sie und Emma – so heißt sie doch, oder? –, diese Liebe war so schön mit anzusehen, und doch hat sie mir jedes Mal einen Stich ins Herz versetzt.«

»Ich weiß, dass es nichts gibt, wofür ich morden könnte, außer für meine Tochter«, sagte Luca und wusste in diesem Augenblick nicht, ob er zu weit ging. Aber es war nun mal die Wahrheit.

»Ich hatte keine Angst mehr um Franca – jetzt, meine ich. Das war nicht der Grund. Es wäre gut, ich könnte mich darauf berufen. Aber ich werde Sie nicht anlügen, Commissario. Es ist geschehen, dieser schreckliche Moment da unten am Fluss – und ich werde die Konsequenzen tragen. Welche es auch sein mögen.«

»Erzählen Sie mir, was passiert ist, Gabriela.«

»Franca hat Ihnen ja schon erzählt, dass sie mich wiedergefunden hat – und sie hat mich damit so überrascht, dass es mein Leben aus den Angeln gehoben hat. Wissen Sie, ehrlich gesagt hatte ich nicht mehr gehofft, sie zu meinen Lebzeiten wiederzusehen. Nun ja, aber sie wollte unbedingt auch ihren Vater kennenlernen. Ich habe dagegen angeredet, ich habe sie sogar angefleht – aber der Wunsch war zu groß.«

Sie strich sich die grauen Haare aus dem Gesicht, eine Geste, die jener ihrer Tochter so ähnlich sah, dass es Luca traf. Er fragte sich kurz, welche Eigenarten Emma wohl einmal von Giulia übernommen hätte, aber da sprach Gabriela schon weiter. »Nun, es kam dann, wie es kommen musste. Er war fürchterlich zu ihr. Wir hatten uns verabredet, ich hatte ihr gesagt, dass sie danach gleich zu mir kommen solle, ich hatte schon so etwas geahnt. Nun ja, und als sie hier hereinkam, war sie völlig aufgelöst, er muss ihr so böse Dinge gesagt haben. Nein, er ist kein besserer Mensch geworden, ganz und gar nicht.«

»Für Sie hat er damals nicht nur böse Worte übrig gehabt, oder?«

Sie schwieg und sah ihn an, dabei wurde ihr Blick hart. Luca war überrascht, *wie* hart er wurde, andererseits wusste er nicht, was er anderes erwartet hatte. Sie bemerkte wohl seine Überraschung.

»Ich habe keine Tränen mehr für diesen Mann, Commissario, und auch nicht für das, was er mir angetan hat. Ich habe nur noch Wut gehabt, eine lange Zeit, und dann nichts mehr als Gleichgültigkeit. Sonst hätte ich wohl nie mehr hierherziehen können. Mein Wunsch nach Heimat war größer als die Angst vor ihm. Und er ist, wie die meisten schlechten Männer, auch nur ein dröger, lethargischer Mistkerl geworden.« Sie zuckte kurz zusammen, dann fuhr sie fort: »Ja, ich war überrascht, Commissario, dass die Wut noch einmal so aufblitzen konnte, in diesem Moment unten am Fluss. Aber es kam wohl alles hoch – und es war meine eine Chance auf Vergeltung.«

»Was ist damals passiert, dass die Wut noch weit über zwanzig Jahre später so groß ist?«

»Er hat mich windelweich geprügelt, dieser Mann, der vorgab, mich zu lieben. Der ein Schwächling war, der sich vor Frauen fürchtete. Auf der Schule – hier auf der Grundschule von Montegiardino –, da hat er das Maul nicht aufbekommen, und auch am *liceo* musste ich ihn ansprechen, sonst wäre das nie was geworden. Ich mochte seine ruhige, verschwiegene Art, natürlich mochte ich die, ich mochte immer die geheimnisvollen Männer. Aber das, was dann passierte, das mochte ich nicht. Er war eifersüchtig, sehr eifersüchtig, während ich schon damals nicht auf den Mund gefallen war. Ich habe meine Freiheit geliebt, als junge Frau ebenso wie heute. Und wenn Sie mich damals gefragt hätten, ob ich mich von einem Mann schlagen lassen würde, dann hätte ich gesagt: Niemals. Aber wenn es Ihnen dann das erste Mal passiert, dann sehen Sie der Hand nach, die Sie trifft, und dann spüren Sie den Schmerz auf der Wange und fragen sich im selben Moment: Verdammt, was hab ich falsch gemacht? Und Sie haben ja diese Liebe in sich und fragen sich, wie das alles geschehen konnte. Na klar, ich war total verletzt in meinem Stolz und in meinen Grundfesten erschüttert – aber gleichzeitig habe ich mit mir ausgemacht, unter welchen Voraussetzungen ich Mario verzeihen würde. Er hat das gemacht, was alle kleinen Männer tun: Er hat sich entschuldigt und geschworen, es werde nie wieder passieren. Bis es dann wieder passierte. Und bis ich zu einer kleinen Frau in ihrem Schneckenhaus geworden war, die nicht mehr widersprach und nur noch zusammenzuckte, aus Angst, einen Fehler zu machen, was seine Wut natürlich nur größer machte. So gab es Schläge für den kleinsten ... *Fehler* – das Wort fällt mir so schwer, weil es natürlich keine Fehler waren, aber wenn ich auf der Straße mit jemandem sprach, den er nicht kannte, dann war zu Hause die Hölle los. Es war Schlagen, Entschuldigen, wieder Schlagen. Und ich war so klein, dass ich nicht mal auf die Idee kam, wegzulaufen. Das kam erst ...«, sie sah in die Weite des Gartens, als kämen die Erinnerungen immer lebendiger zurück, »das kam erst, als ... als das Leben in mir heranwuchs, Francas kleines Leben. Da spürte ich mit jeder Woche und jedem Zentimeter, den mein Bauch wuchs, mehr, dass ich jetzt eine Verantwortung habe, nicht nur für mich. Ich allein fühlte mich nicht mehr so, als sei ich viel wert, aber ich wusste, dass dieses Baby ... dass dieses Baby es wert ist, beschützt zu werden, um jeden Preis. Und je näher die Geburt kam, desto klarer wurde mir: Das wird so niemals funktionieren. Marios Wut war dermaßen unberechenbar, sie hätte sich sehr bald ganz gewiss auch gegen dieses kleine Wesen gerichtet – und als Franca dann geboren wurde, stand mein Entschluss fest.«

»Warum sind Sie nicht einfach mit dem Baby geflohen?«

Sie schüttelte den Kopf, nun voller Trauer. »Angst, Commissario. Ich hatte einfach zu viel Angst. Wohin hätte ich gehen sollen, ohne Geld? Ich war Mario auch finanziell ausgeliefert. Das mit der Schneiderei, das kam erst viel später. Ich hätte mich also an einem fremden Ort und ohne Sicherheitsnetz um das Baby kümmern und meinen Lebensunterhalt verdienen müssen – und hätte mich an jedem Tag ständig umgedreht, vor Angst, dass er uns doch findet. Seine Wut war grenzenlos, der hätte mich aufgespürt. Deshalb wusste ich, dass es nicht geht. Und Vincenzo ... Er hat sich gekümmert.«

»Und als Franca dann weg war, in diesem Kloster, da haben Sie Montegiardino auch verlassen.«

»Noch in der Nacht. Ich konnte nicht hierbleiben. Er war rasend, er hätte mich umgebracht. Ich bin in die Stadt gezogen, ganz alleine, dahin, wo mich niemand kannte. Dort habe ich schneidern gelernt, um schließlich vor vier Jahren wieder herzukommen. Mario hatte es erst nicht mitbekommen, aber dann stand er auf einmal vor meinem Haus.«

»Und dann?«

»Habe ich ihm gesagt, wenn er sich nicht wegschere und wenn er mich noch einmal anrühren würde, dann würde ich nicht die Polizei rufen. Nein, ich würde ihm den Schädel einschlagen. Er hat nur gelacht, aber ich glaube, ganz tief innen drin hat er gewusst, dass ich nicht bluffe. Ich habe es in seinen Augen gesehen, unten am Fluss, kurz bevor ich zugeschlagen habe.«

»Was ist an diesem Tag passiert?«

»Mario hatte mich seit meiner Drohung damals nie wieder angesprochen. Aber nach seinem Treffen mit Franca muss er außer sich gewesen sein. Er hat Vincenzo besucht und ihn offen bedroht. Aber da kam er nicht weiter. Also hat er mir aufgelauert. Vincenzo hatte mich gewarnt, dass Mario vielleicht auch zu mir kommen würde – aber ...«, sie zögerte, »vielleicht habe ich es sogar drauf angelegt, dass er auf mich trifft. Auf die stärkere Version von mir.«

»Er hat Ihnen am Fluss aufgelauert?«

»In der Mittagspause ab zwölf ist das meine Spazierrunde. Mir tun die Finger weh vom vielen Nähen. Deshalb habe ich mir angewöhnt, unten am Fluss entlangzulaufen, den Lachsforellen zuzusehen, die zu dieser Jahreszeit noch durchs Wasser hüpfen, und auf die Stadt zu blicken. Es beruhigt mich sehr – und es macht mich sehr stolz, wie frei ich jetzt bin – und wie … nun ja, glücklich. Und ausgerechnet …«, ihre Stimme bebte, »ausgerechnet diesen Ort hat er sich ausgesucht. Er muss von meiner Strecke gewusst haben, wahrscheinlich hatte er mich schon lange beobachtet. Als ich an der entlegensten Stelle war, die von der Stadt aus nicht einsehbar ist, sprang er auf einmal aus dem Gebüsch. Er war in voller Handwerkerkluft, geradeso, als käme er direkt von der Baustelle, um mich anzugreifen. Er sah aus wie damals. Natürlich war er älter geworden, aber der Irrsinn in seinen Augen war der gleiche. Er hat mich beschimpft«, sie sah ihn aus trüben Augen an, »ich kann die Worte jetzt nicht wiederholen, nicht vor Ihnen, Commissario.« Sie brauchte einen Moment Pause, und er ließ ihn ihr.

Er blickte in den Teich, der so schön und friedlich dalag, dass er gar nicht zu dieser schrecklichen Erzählung passte, aber es war gut, ein Moment des Friedens, der ihn erdete, bevor sie langsam weitersprach.

»Ich habe ihm gesagt, er solle Franca in Ruhe lassen, sie sei jetzt eine junge Frau, die Vergangenheit sei passé – und er solle nicht an alte Geschichten rühren. Aber er schrie, ich hätte ihm sein Leben gestohlen. Und dann war es, als wäre ich wieder ganz klein, es war wirklich ein Déjà-vu. Er kam auf mich zugestürzt, aber diesmal habe ich mich nicht geduckt, ich bin viel kleiner als er, natürlich, aber ich habe den Hammer nicht mal gesehen, ich habe mich nur irgendwo festhalten wollen, und als er den ersten Schlag setzen wollte, genau an der Wasserkante, da habe ich nach dem Hammer gegriffen, ihn aus dem Gürtel gezogen und habe ihn sofort abgewehrt. Aber es war keine Abwehr, ich muss wohl wirklich sehr wütend gewesen sein … ich habe richtig weit ausgeholt, und dann habe ich zugeschlagen und ihn am Kopf erwischt. Ich höre das Geräusch noch, es klang wie ein Ploppen, es war die spitze Ecke, die ihn traf, mitten in seinen fiesen Schädel, und dann … Dann verdrehte er die Augen. Er hatte mich nicht erwischt, aber ich hatte ihn erwischt, mit voller Wucht, ich hatte es ihm vorausgesagt – und das sah ich in seinen Augen, diese Überraschung. Aber vielleicht war er da auch schon nicht mehr in dieser Welt.«

Lucas Hand hielt den Tisch fest, als müsste er aufpassen, dass der nicht umfiele, dabei war ihm schlicht schwindlig – von dieser Tat, aber auch von den schrecklichen Dingen, die dieser Frau zugestoßen waren, von der Brutalität des Mannes, von dessen Wut, aber auch von der Ohnmacht, die er selbst jetzt empfand. Denn was sollte er tun?

»Was geschieht jetzt mit mir?« Gabriela schien seine Gedanken erraten zu haben.

Luca sah ihr in die Augen, die nun ganz klar waren, klar, aber fragend.

»Ehrlich gesagt weiß ich das nicht, Signora. Ich werde Ihre Aussage zu Protokoll geben, das ist sehr wichtig und hoffentlich urteilsmildernd, weil Sie geständig waren. Wenn auch erst nach längerer Zeit. Danach wird meine Kollegin Sie in Florenz vernehmen. Nehmen Sie diesen Rat mit: Sagen Sie ihr alles so, wie Sie es mir erzählt haben. Ich glaube, dass es dem Richter schwerfallen wird, Sie für etwas zu verurteilen, was Notwehr war – aber ich will auch ganz ehrlich sein: Es ist kompliziert vor Gericht. Ich hoffe, dass die Öffentlichkeit nicht zu sehr involviert wird, sonst kann es in alle Richtungen gehen. Ich werde versuchen, die ganze Sache aus den Medien herauszuhalten. Aber nun ...«, er stand auf, »muss ich Sie bitten mitzukommen. Signora, ich verhafte Sie wegen Totschlags an Mario Riccione. Sie haben das Recht, die Aussage zu verweigern, aber auch, sich zur Sache zu äußern. In Florenz werden Sie einen Verteidiger zur Seite gestellt bekommen. Bitte ...« Er wies in Richtung Tor. Doch die Schneiderin machte eine Bewegung zur Seite und sagte: »Einen Moment noch, ja?«

Sie verschwand im Haus, und Luca ließ sie gewähren. Was sollte sie tun? Aus dem Erdgeschoss springen? Als sie nach einer Minute wieder heraustrat, hielt sie ein großes Stoffpaket in Händen.

»Hier, Commissario, ich hatte gehofft, Sie würden diese Zeit brauchen, bis Sie mich festnehmen. So habe ich es geschafft, ich habe bis vorhin daran genäht.« Sie reichte es ihm, es sah aus wie eine große zusammengefaltete Tagesdecke. Luca spürte, wie ihn die Rührung packte. Er nahm den Stoff, er war ganz leicht, gar nicht wie ein schwerer Überwurf. Er faltete ihn auseinander. Es war eine bunte Decke, wie sie die Bauern in Peru ihren Tieren überlegen, wenn sie zusammen in die Berge gehen. Das Muster war wunderschön, und unten waren Schnüre daran, damit er sie Silvio umbinden konnte.

»So wird Ihrem Esel nie wieder kalt. Wenn ich ...«, sie stockte, »... wenn ich wieder rauskomme, dann mache ich Ihnen noch zwei ... Sie haben doch drei Esel, oder?«

»*Grazie*, Signora, von Herzen *grazie*.«

Sabato – Samstag

Verità e dovere
–
Wahrheit und Pflicht

32

Dieser Augenblick war nur für ihn, dachte Luca, als er mit der Bialetti-Kanne und seiner liebsten Tasse aus dem Haus trat und sich auf die Terrasse setzte. Er genoss die Morgenstimmung eines perfekten Frühlingstags: Da war noch die Kühle der Nacht, die Tautropfen glänzten auf dem Gras, aber in der Luft lag bereits die leichte Wärme der aufgehenden Sonne, sodass er nicht fröstelte.

Er nahm einen Schluck und spürte, wie der herbe *caffè* seine Lebensgeister weckte. Silvio stand am Zaun und sah mit seiner Decke wirklich wie ein peruanisches Maultier aus. Aber er fühlte sich wohl, er hatte nicht gemurrt, als Luca ihm den Stoff am Abend umgebunden hatte. Stattdessen war er stolz auf und ab marschiert, als würde er posieren. Es war ein sehr lustiger Anblick gewesen, Emma hatte Tränen gelacht. Und Luca hatte währenddessen an die Schneiderin gedacht. Aurora hatte sie in ihrem Haus übernachten lassen, bevor sie sie heute mit nach Florenz nehmen würde. Es war ja keine Eile mehr nötig, und Fluchtgefahr bestand auch nicht.

Es war schön, mal eine Nacht durchschlafen zu können, ohne von einem Notruf geweckt zu werden. Luca hatte um Mitternacht in den Himmel gesehen: Der Mond war bereits nicht mehr ganz so voll, seine rechte Seite sah aus, als hätte ein großes Tier sie angenagt. Luca hatte aufgeatmet – vielleicht war der Spuk vorbei.

Er hörte erst das leise Surren, dann sah er die Staubwolke, die den Hang heraufwehte. Auch Silvio wandte den Kopf zur Straße. Luca erhob sich, gerade als der kleine rote Fiat um die Ecke bog, das Dach stand offen, und der Commissario konnte nicht anders, er lächelte vor purer Freude. Sie riss die Tür auf und kam auf ihn zu, ein Strahlen im Gesicht, ihr rotes Haar flog im Morgenwind.

»*Ciao*, Dottoressa!«, rief er. »Alles gut?«

Sie blieb ganz dicht vor ihm stehen, er konnte ihr Parfum riechen und ihr Strahlen nun aus nächster Nähe sehen.

»Aber ja, gut geschlafen? Ich wollte nur mal nach unserem vierbeinigen Patienten...«

Die Haustür knarzte in den Angeln, und dann stand sie in der Tür: Aurora, die noch ganz verschlafen war, sie wuschelte sich einmal durch die kurzen Haare und gähnte, dann sah sie die beiden an und sagte: »*Ciao*, Dottoressa, *ciao*, Luca.« Sie trug nur ein Trikot des AC Florenz in Männergröße, das ihr viel zu lang war. Barfuß stand sie auf der obersten Treppenstufe, ihre nackten Beine schlank und muskulös. Chiara trat einen Schritt zurück. »Oh«, war alles, was sie sagen konnte. Und dann, als sie noch einen Schritt zurücktrat und sich ihr Lächeln in Luft aufgelöst hatte, murmelte sie: »Na, ich glaube, Sie haben sehr gut geschlafen, Commissario.« Sie wandte sich um und sagte im Weggehen: »Der Esel hat es ja sichtlich warm. Schönen Tag. Ach ja...« Ein letztes Mal drehte sie sich um, und Luca war immer noch zu perplex, um sie aufzuhalten, dann sagte sie: »Ich konnte Männer in Uniform sowieso noch nie leiden.« Sprach's, stieg ein, ließ die Reifen quietschen, wendete und raste davon. Luca und Aurora sahen ihr nach – und nun auch Emma, die in der Tür erschienen war und sich an der Vice-Questora vorbeidrängelte.

»Was ist denn hier los?«, rief sie und, als keiner antwortete: »Papa, was hat Chiara denn?«

»Ähm«, stammelte Luca und wusste auch nicht weiter, und es war Aurora, die ganz ruhig und leise sagte: »Ich glaube, hier hat jemand gerade etwas völlig falsch verstanden.«

Dabei ruhte ihr Blick auf Luca, der sich fühlte, als wäre er im falschen Film. Der Vollmond, dem mittlerweile ein Stück fehlte, hatte Montegiardino wohl noch nicht ganz aus seinem Leuchtfeld genommen.

33

»Commissario.«

Oh nein, nicht noch eine unangenehme Begegnung heute. Luca wandte sich zum Eingang der Bar und stellte die Espressotasse weg. Er war Frederica nicht mehr begegnet seit der Festnahme in der Fischerei, deshalb stellte er sich jetzt gottergeben auf ein Donnerwetter ein. Doch als sie jetzt vor ihm stand und ihm etwas hinhielt, wirkte sie schlicht furchtbar aufgeregt. Er erkannte es erst nach einigen Sekunden: Es war eine Tasche aus Papier, eine, in der man früher die entwickelten Fotos aus dem Labor erhalten hatte, in jener Zeit, bevor die Leute angefangen hatten, jeden Quatsch mit dem Handy zu knipsen.

»Hier«, sagte sie, »es hat ewig gedauert. Deshalb komme ich erst jetzt zu Ihnen. Ich war am Tag nach dem Anfall bei Papa zu Hause, und wir haben seine Tasche fürs Krankenhaus gepackt. Da ist mir ganz unten in seinem Schrank, bei den Unterhosen, diese Kamera aufgefallen. Sie ist so alt, er hat sie jahrelang nicht benutzt. Dachte ich. Aber dann hab ich hinten durch das kleine Guckloch den Film gesehen. Der schien neu eingelegt worden zu sein. Ich habe ihn im Dunkeln vorsichtig herausgenommen und gleich zugedreht, und dann musste ich bis nach Siena fahren, um einen Laden zu finden, der innerhalb von zwei Tagen einen Film entwickelt. Jetzt habe ich die Bilder. Und ich glaube, sie werden Sie interessieren. Hier. Sehen Sie.«

Sie öffnete die Tasche selbst, weil sie es nicht abwarten konnte.

Wortlos sah er an, was sie ihm gereicht hatte, und fing an zu lächeln.

»Das ist gut. Das ist sehr gut sogar.«

»Finden Sie?«

Er griff nach Fredericas Schultern und hielt sie ein Stück von sich weg.

»Sie können sich gar nicht vorstellen, wie sehr mich das erleichtert, Signorina.« Dann drückte er der völlig überraschten jungen Frau einen Kuss auf die Wange und verließ das Lokal. Die Fotos hielt er noch in der Hand.

Eigentlich war der Méhari für Geschwindigkeiten über hundert Kilometer pro Stunde nicht ausgelegt. Strapazierte er ihn derart, klang es, als würde sich der Wagen gleich auflösen; die Plastikarmaturen begannen zu scheppern, und der Fahrer musste befürchten, das Gestell, an dem das Verdeck befestigt war, würde gleich davonfliegen. Doch heute machte der Wagen mit, und Luca schaffte es auf der Schnellstraße nach Florenz sogar einmal, auf hundertachtundzwanzig Stundenkilometer zu beschleunigen. Bergab, versteht sich. Diesen Weg musste Aurora vor einer Stunde genommen haben, dachte er. Sie hatten auf der Terrasse noch einen *caffè* zusammen getrunken, doch die Stimmung war merkwürdig gewesen. Chiaras Auftritt hatte Luca verwirrt, bei Aurora hatte er aber auch etwas ausgelöst. Sie hatte ihm zum Abschied einen Kuss auf die Wange gegeben und leise gesagt: »Wir sehen uns.« Dann war sie davongefahren, um die Schneiderin abzuholen. Es würde ein langer Tag werden: Verhör, Staatsanwalt, Untersuchungsrichter. Er schüttelte den Gedanken ab, denn er hatte etwas anderes zu tun. Etwas Gutes.

Luca fand überraschend schnell einen Parkplatz vor dem Krankenhaus, denn hier herrschte normalerweise ein enormes Chaos. Dann betrat er das weitläufige Gebäude, das, anders als die meisten *ospedales* in Italien, ein Neubau war, ein ziemlich klug gebauter sogar, mit kurzen Wegen und bunten Fluren, nicht so ein kaltes steinernes Monument, in dem es aus allen Ritzen zog und in dem man umso kränker wurde, je länger man sich dort aufhielt.

Er fand das Zimmer sehr schnell, es war das in der Kardiologie, vor dem ein alter Gendarm saß. Sein Kopf lehnte an der Wand, er schien zu schlafen. Jetzt blinzelte er, und als er Luca sah, sprang er wie von der Tarantel gestochen auf und salutierte.

»Alles gut«, sagte der Commissario. »Ist er wach?«

»Ich weiß nicht, ich …«

»Alles gut«, wiederholte Luca und lächelte dem Uniformierten beruhigend zu. Einen ganzen Tag auf einem Stuhl vor einem Zimmer sitzen – er hätte um kein Geld der Welt mit dem Mann tauschen wollen.

Er betrat das Zimmer, es war hell und freundlich, da war ein Blumenstrauß, und es roch gut hier, überhaupt nicht nach Krankenhaus. Alberto saß aufrecht in seinem Bett und blickte ihm entgegen. Seine Miene verdüsterte sich. Doch es war nicht aus Wut, sondern eher vor Angst – oder war es etwas anderes: Scham?

»Alberto«, sagte der Commissario leise und blieb ein Stück vom Bett entfernt stehen, »wie geht es Ihnen?«

Der Alte fegte mit seiner Hand über die Bettdecke, als wollte er eine unliebsame Fliege verscheuchen.

»Fast wäre es aus gewesen«, murmelte er. »Aber die Chigi, die war ja da, ein Glück. Wobei, vielleicht wäre es besser …«

Er ließ den Satz in der Luft hängen. Luca zog den einzigen Stuhl im Zimmer heran und setzte sich ans Bett. Jetzt erst sah er, wie blass der Fischhändler aussah. Es schien, als hätte er über Nacht fünfzig Kilo abgenommen, aber auf ungesunde Weise.

»Sagen Sie das nicht, Alberto«, bat Luca. »Ich frage mich nur: Wieso haben Sie mir nichts gesagt?«

Er nahm die Fototasche, die er in seiner Jacke verstaut hatte, und öffnete sie, dann zog er drei der Fotos heraus und reichte sie dem alten Mann. Der betrachtete sie und schüttelte den Kopf. Luca sah ihm über die Schulter und spürte, wie Alberto von Sekunde zu Sekunde mehr bebte. Irgendwann ließ er die Fotos aufs Bett sinken, schlug seine Hand vor die Augen, doch der Commissario konnte die Tränen dennoch sehen, die seine Wangen herunterliefen. Es waren keine Tränen der Trauer, sondern Tränen der Erleichterung.

Luca betrachtete die Fotos auf dem Bett. Sie waren nachts geschossen wurden, er konnte das scharfe Licht des Blitzes sehen, jenes Blitzes, den Francesco, der Barbesitzer, in jener Nacht erblickt hatte. Auf dem ersten Bild war die aufgebrochene Tür zu sehen und der vordere Bereich des Wagens. Der ganze Schmutz auf dem Boden, nasse Fußspuren. Aber dann kam das zweite Bild, und Luca drehte sich wieder fast der Magen um: Da war die Theke des Fischwagens, nun ohne Eis, und alles war dreckig, der Alte hatte gute Fotos gemacht, das ganze Ausmaß der Schweinerei war gut zu erkennen, Roststellen auf der Kühlfläche, altes Fischblut, es war eklig. Und dann das dritte Foto – und das schlug dem Fass den Boden aus. Da lagen die unverkauften Fische, aber nicht in der Kühlung, sondern auf dem Boden in einer Kiste, es war nur noch ganz wenig Eis darin, sie sahen so traurig und alt und unappetitlich aus, dass klar war, dass sie am nächsten Tag nicht mal mehr als Katzenfutter taugen würden. Es war so schlimm, dass Luca sich unwillkürlich fragte, ob er jemals wieder würde Fisch essen können.

»Ich konnte mich nicht erinnern«, brachte der Alte mühsam hervor, »aber jetzt sehe ich es, und es kommt alles wieder.« Er zögerte, dann spie er die Worte aus: »Teufel Alkohol.«

»Sie waren also betrunken – und wussten hinterher nicht mehr, was Sie getan hatten?«

»Ich dachte allen Ernstes, ich hätte ihm die Bremsschläuche durchgeschnitten«, sagte Alberto und schüttelte fassungslos den Kopf. »Mir war eigentlich klar, dass ich kein Mensch bin, der so was tut. Aber, herrje, ich hatte ewig nicht mehr getrunken, ich war drüber weg, ich war nie ein Alki gewesen, aber, na ja, auch wenn ich, na ja, meine wilde Zeit hatte. Aber nachdem ich wusste, dass mein Herz nicht mehr so rundläuft, da hab ich es sein lassen mit dem Suff. Nur an diesem Tag, als ich den jungen Typen da sitzen sah, da musste ich was trinken, zur Beruhigung. Und dann haben wir so lange gequatscht, und er hat mich richtiggehend abgefüllt – oder ich ihn oder wir uns beide. Was weiß ich. Jedenfalls kann ich mich an nichts mehr erinnern, so ab der dritten Flasche wird's zappenduster. Ich weiß nur noch, dass ich am nächsten Morgen in meinem Bett aufgewacht bin, mein Kopf hat gedrückt wie irre, und mein Bein war aufgeschlagen, als wäre ich hingefallen. Und als ihr dann vor der Tür standet – na, da dachte ich: Klar, ich bin unter den Wagen gerobbt und hab dem die Bremsschläuche durchgeschnitten, und deshalb hab ich da 'ne Schürfwunde – und dann wusste ich nicht mehr, wo ich mit mir hinsollte. Ich dachte: Wenn der stirbt, der arme Kerl – na, mit der Schuld kann ich nicht leben. Und dann ...« Er wies auf sein Herz, »hat mein Körper den Ausweg ganz alleine gesucht.«

»Na, zum Glück war Ihr Herz stärker als Ihr Gehirn, zumindest in jener Nacht. Sie konnten sich wirklich nicht erinnern, dass Sie in den Wagen eingebrochen sind, um die hier aufzunehmen?«

»Keine Spur«, sagte Alberto und schüttelte diesmal noch heftiger den Kopf, als wäre er fassungslos. »Jetzt, wo ich Sie sehe, kehrt die Erinnerung wieder. Klar, ich bin ja nicht doof. Ich wollte, dass er von diesem Markt verschwindet, aber ich bring den doch nicht um. Ich wusste ja, dass der Typ ein Panscher ist, ich habe ja in den Wagen reingesehen, bevor ich ihn am Schlafittchen gepackt habe. Mir hat das gar nicht gefallen. Wissen Sie, Commissario: Markthändler, das ist ein ehrenwerter Beruf. Wir haben einen Kodex – und wir haben als Markt von Montegiardino einen Ruf zu verlieren. Wenn da so ein Schmutzfink steht, na, da bleiben die Touristen aber weg – und die Einheimischen erst recht. Ich wollte dem das Handwerk legen, der sollte nie wieder irgendwo versuchen, seinen Dreck zu verkaufen. Das ist doch auch ...«, er wand sich, als hätte er Schmerzen, »das ist doch, als wären die Fische ganz umsonst gestorben. Na ja, ich bin da eingebrochen, um das zu dokumentieren, ich wollte Bürgermeister Martinelli zeigen, was das für ein Lump ist – damit er seinen Fehler einsieht und den hier rausschmeißt. Aber ... ich konnte ja nicht ahnen, dass ...« Alberto stutzte. »Wissen Sie, mir fällt gerade zum ersten Mal in unserem Gespräch auf: Wenn ich es nicht war, der ihm die Bremsschläuche durchgeschnitten hat, dann muss es ja jemand anders gewesen sein. Aber ... wer denn bloß?«

»Ich glaube«, sagte Luca und sah ihn ernst an, »ich weiß es schon. Und es ist eine sehr tragische Sache. Aber, lieber Alberto, es ist nichts mehr, womit Sie sich herumplagen müssen. Sie sind ein freier Mann, ich hoffe nur, dass Sie bald wieder auf die Beine kommen. Wir, also die Bürger und der Markt von Montegiardino, brauchen Sie – ich muss schließlich irgendwo meinen Fisch kaufen. Also erholen Sie sich gut, und kommen Sie bald wieder.«

Er wollte sich schon abwenden, als er sah, wie Alberto wieder Tränen in die Augen schossen. Der alte Mann griff nach Lucas Hand und drückte sie fest. Es fühlte sich an, als hätte Alberto nichts von seiner Kraft eingebüßt. »*Grazie*, Commissario«, sagte er voller Rührung, »glauben Sie mir, ich spüre es schon, jetzt, wo ich weiß, dass ich nichts getan habe: Ich komme bald wieder.«

34

Er musste nur mit dem Fahrstuhl eine Etage abwärtsfahren, ein kurzes Gespräch mit der Schwester, dann klopfte er an die Zimmertür. Auch dieses Zimmer war schön und neu, doch die Rollläden waren heruntergelassen, und Schweißgeruch lag in der Luft. Der junge Mann in dem Bett am Fenster schien zu schlafen, so setzte sich Luca auf den Stuhl, der neben seinem Bett stand. Unter der Bettdecke zeichnete sich sein langer, schlanker Körper ab, nur der Kopf schaute heraus, er war abgewandt. Luca schien es, als sähen die Menschen in den Krankenbetten immer so aus, als wären sie nur kleine Häuflein Elend. In einem solchen *ospedale* schienen sich die Persönlichkeiten zu verflüchtigen, zurück blieben nur die Körper.

Die Schwester hatte ihm gesagt, dass es Signore Ennese deutlich besser gehe, er könne schon bald entlassen werden. Deshalb wollte Luca auf diesem Stuhl warten, bis er aufwachte, aber nach kurzer Zeit hatte er sich in den Atem des Mannes eingefühlt und sagte leise:

»Ich weiß, dass Sie wach sind, Signore. Sie haben das gemacht, weil Sie keinen anderen Ausweg mehr sahen, oder?«

Zuerst war da keine Bewegung, Luca konnte nur hören, wie sich die Atmung des Mannes beschleunigte, Sekunden später hustete er, es klang heiser, kehlig. Dann endlich bewegten sich die Hände unter der Decke, sie schlugen die Bettdecke um, doch noch hielt er den Kopf zum Fenster gewandt.

»Nein«, antwortete er leise, »keinen anderen Ausweg. Es war ganz leicht, das zu machen. Aber ehrlich gesagt«, er setzte sich abrupt auf und sah den Commissario traurig an, »ich weiß gar nicht, ob ich nicht wollte, dass es endgültig vorbei ist.«

All die Hoffnung, die Luca eben noch empfunden hatte, war hier, vor diesem Mann, wieder dahin. »Aber eigentlich haben Sie es getan, um abzukassieren? Der Wagen war versichert, habe ich eben gelesen, nicht nur der Wagen, auch Ihre Arbeitsunfähigkeit, richtig? Die Versicherungen wurden erst vor kurzem abgeschlossen.«

Enrico Ennese nickte. »Ja. Es stimmt. Mir war klar, dass es wieder vorbei ist, aber ich wollte auf keinen Fall noch einmal in die Privatinsolvenz rutschen. Das ist so ... so würdelos, ich konnte den Gedanken nicht ertragen. Aber da ich den Markt in Pisa verloren hatte ... Na ja, die guten Fischer waren zu teuer für mich, also kaufte ich auf dem Großmarkt die billigen Sachen. Und dann ging auch noch die Eismaschine kaputt, ich musste das Eis teuer kaufen, und dann drohte die Kühlung von meinem Transporter schlappzumachen.«

»Deshalb sah es in Ihrem Wagen auch so schlimm und dreckig aus?«

»Ich wusste, dass es nicht mehr weiterging. Also habe ich die Versicherungen abgeschlossen und mich an dem Abend so richtig betäubt. Dann bin ich, als die Bar längst geschlossen hatte, unter den Wagen gekrabbelt und habe die Schläuche durchtrennt. Ich wusste, dass die Bremsen noch halten würden, bis ich aus Montegiardino raus bin, aber die Flüssigkeit lief immer weiter raus, und punktgenau an dem geraden Abhang Richtung Florenz ging nichts mehr – da ist das Auto immer weiter geradeaus gefahren. Ich wollte eh nicht mehr bremsen, aber ... Aber es ging auch nicht ... und dann ... Na ja, der Aufprall war wohl etwas heftiger, als ich es vorhergesehen hatte, ab da ist es dunkel.«

»Sie hätten tot sein können, Mann«, sagte Luca wütend. »Und Sie hätten einen anderen Mann ins Gefängnis bringen können, einen guten Mann, einen ehrbaren Markthändler.«

»Ja, das stimmt«, sagte Enrico und senkte den Kopf. »Bloß ... Bloß hätte ich ja die Wahrheit gesagt, wenn er wirklich vor Gericht ...«

»Und wenn Sie gestorben wären? Alberto wäre verurteilt worden, ziemlich sicher sogar.«

»Es tut mir leid. Aber ... Commissario, kennen Sie das nicht? Dieses Gefühl, dass sich alles immer einfach nur weiterdreht und von Tag zu Tag schlimmer wird? Ein Kreislauf des Schreckens – und genau daraus besteht Ihr Leben –, da wünschen Sie sich irgendwann einfach nur noch, dass es mal anhält. Dass Sie durchatmen können. Und überlegen, was Sie tun könnten. Aber dieses Damoklesschwert mit dem fehlenden Geld und der Armut, und dass alle einen meiden – das senkt sich immer weiter. Ich wollte einfach nur die Welt anhalten. Einfach mal *Stopp* drücken. Kennen Sie das denn nicht?«

»Ehrlich gesagt nein, nicht direkt.«

Einen kurzen Moment herrschte Stille im Raum.

»Was passiert jetzt mit mir?«

Luca zuckte die Achseln.

»Ich weiß nicht, wie ich das mit den Bremsschläuchen in den Akten ungeschehen machen kann. Aber ich werde es versuchen. Ich glaube, Sie sind genug gestraft, das mit Ihrem Kopf ... Das wird ja noch dauern. Ich werde dem Staatsanwalt also empfehlen, die Ermittlungen einzustellen. Aber Sie sollten sich wirklich Gedanken machen, was Sie mit Ihrem Leben anfangen. Denn noch einmal werden Sie wohl nicht am Rand des Abgrunds stehen bleiben können. Ich wünsche Ihnen gute Besserung, Signore Ennese.«

Dann drehte er sich um und verließ das Zimmer. Er war froh, als er wieder auf dem Flur stand.

Die vorletzte Antwort war eine Lüge gewesen. Luca kannte es sehr gut, das Gefühl, die Stopptaste drücken zu wollen im ewigen Kreislauf des Lebens, ganz genau kannte er es. Seit dem Tag, an dem Giulia gestorben war.

35

Als Franca Baldini ihre Geschichte erzählte, kam sie Luca vollkommen verändert vor. Ihre Stimme war nun viel tiefer, ihre Koketterie hatte sie gänzlich abgelegt, sie schien endlich ganz bei sich zu sein. Luca spürte, welch große Last von ihr fiel, während sie sprach.

Sogar die Zikaden schienen leiser zu zirpen, weil sie die Geschichte hören wollten. Die junge Frau saß neben dem Commissario an dem großen runden Tisch aus Gusseisen, der vor dem Feldsteinhaus der Winzerfamilie stand. Tommaso Contadini hatte sich diskret zurückgezogen.

Luca schenkte ihr aus der Karaffe ein Glas mit Zitronenwasser ein, doch sie ließ es erst mal stehen, die Worte mussten jetzt raus.

»Sie können sich nicht vorstellen, Commissario, wie diese Ungewissheit an einem nagt«, sagte sie. »Als ich klein war, natürlich noch nicht, da war es für mich – wenn Sie so wollen – *gottgegeben*«, sie lächelte, »na ja, es war ja auch ein Kloster. Da hab ich noch nicht viel drüber nachgedacht. Aber als ich dann in der Schule verstand, dass die meisten anderen Kinder ganz anders lebten als ich, da habe ich mich erst mal gewundert, und dann habe ich mich danach gesehnt, dass sie mich mögen und annehmen, na ja, dass sie meine

Familie werden. Bis ich dann zwölf oder dreizehn war und jede Nacht stundenlang wach lag. Da kamen dann die Gedanken: *Warum haben sie mich weggegeben? Wer hat mich weggegeben? Bin ich nicht gut genug gewesen? Habe ich was falsch gemacht? War ich nicht liebenswert?* Ein Gedankenkreisen, das natürlich gar nichts gebracht hat, außer dass ich verrückt geworden bin vor Angst und Nervosität und Selbstzweifeln, aber ich wusste es ja nicht, ich hatte ja keine Ahnung, und ich hatte so viele Fragen. Und mit fünfzehn oder sechzehn reifte dann der Entschluss: Wenn ich eines Tages frei bin, dann gehe ich los und suche meine Eltern. Wissen Sie ...«

Nun unterbrach sie sich, nahm das Glas mit dem kalten Zitronenwasser und trank es schnell aus, danach musste sie erst einmal kurz innehalten, um wieder zu Atem zu kommen, bevor sie fortfuhr. »Wissen Sie, Commissario, die Nonnen waren wirklich sehr freundlich. Sie haben mich aufgezogen wie ein ganz normales Kind, so denke ich es mir jedenfalls, ich weiß ja nicht, wie es ist, in einer Familie aufzuwachsen. Aber sie haben mir Spielzeug gekauft, und ich habe mit ihnen im Garten des Klosters gearbeitet, und sie haben mir aufgetragen, mich um die Straßenkatzen zu kümmern. Es war alles in allem wirklich eine sehr schöne Kindheit. Als normales Kind hat man ja nur *eine* Mutter – und die ist dann entweder phlegmatisch oder hyperaktiv, sie ist cholerisch oder nachsichtig, sie ist gütig oder böse, sie ist sehr klug und arbeitet viel oder nicht sehr klug und ständig um einen herum. Bei mir war es, als hätte ich zwanzig Mütter: die zwanzig Nonnen. Und eine davon war die Gütige, eine hat mich angetrieben, mit einer habe ich lesen gelernt, und wieder eine andere hat mir die Launen der Natur gezeigt und erklärt – es war phantastisch. Als ich dann sechzehn war und das Kloster hätte verlassen dürfen, bin ich wirklich noch zwei Jahre geblieben, bis ich so weit war. Als mein Auszug dann feststand, hat sich die Mutter Oberin an mich gewandt. Sie war eine ganz normale Nonne, als ich ins Kloster gekommen bin, das heißt, sie kannte mich mein ganzes Leben. *Franca, hat sie gesagt, ich erinnere mich noch an jedes ihrer Worte, Franca, ich finde, dass es mit dem Erreichen der Volljährigkeit so sein muss, dass du weißt, wo deine Wurzeln sind. Deine Mutter hat dich zu uns gegeben, sie hat sich über einen alten Freund von mir an uns gewandt. Don Vincenzo, der Pfarrer einer kleinen Gemeinde in der Toskana. Wir waren zusammen auf einer Wallfahrt nach Lourdes. Er hat mich angerufen, damals vor achtzehn Jahren, er hat mir gesagt, es gebe eine Frau in seiner Gemeinde, die sei schwanger, und sie sorge sich um die Sicherheit ihres Kindes, der Vater ... Nun ja, er sei kein guter Mensch, sondern ein gewalttätiger Mann.* Ich war ganz schockiert von dieser Offenbarung. Meine Mutter hatte mich also nicht weggegeben, weil sie meiner überdrüssig gewesen wäre oder weil ich etwas falsch gemacht hätte. Sie hatte mich schützen wollen. Vor meinem Vater, einem gewalttätigen Mann. Das ging mir durch Mark und Bein. Na ja, die Oberin fuhr dann fort: *Ob sie das Baby zu uns geben könnte. Ich habe Pater Angelis nicht direkt zugesagt, ich musste mit der damaligen Mutter Oberin sprechen: Ein Baby, das ist eine gewaltige Aufgabe, wir alle sind ja keine Mütter, wir haben keine Erfahrung mit Babys. Aber die Mutter Oberin war eine sehr würdige und kluge Frau, ich habe mir alles von ihr abgeschaut. Sie hat sich zum Gebet zurückgezogen und mit Gott gesprochen, und dann hat sie mich zu sich gerufen und mir aufgetragen, sofort zuzusagen. Wenige Tage nach deiner Geburt hat deine Mutter dich zu uns gebracht. Es war, als wäre der Heiland persönlich erschienen. Du warst sofort der Sonnenschein unseres Klosters. Du hast Abwechslung in unsere gleichförmigen Tage gebracht, du hast uns an ein Wunder glauben lassen, mit deinem Lachen und deinem Weinen und all deinen Regungen – und du hast selbst die Verschlossensten von uns aufgeschlossen. Ich glaube, auch wegen dir wurde unser Kloster zu einem Ort, den seitdem keine Nonne mehr verlassen hat, außer sie ist von uns gegangen. Ich möchte dir danken, dass du uns auserwählt hast. Oder besser: Danke dei-*

ner Mutter. Denn ich möchte dir nun sagen, wer sie ist, damit du zu ihr gehen und dich deiner Wurzeln bemächtigen kannst. Und dann hat sie es mir gesagt, und ich sehe immer noch ihren Blick vor mir, es war, als wartete sie auf einen Blitzeinschlag oder eine andere göttliche Strafe, aber da kam nichts, und sie war selbst verwundert, glaube ich. Sie sagte: *Ich habe es lange abgewogen, aber ich finde, du musst es wissen. Deine Mamma heißt Gabriela Franca, sie hat dir ihren Nachnamen als Vornamen gegeben, ich fand das sehr schön. Sie wohnt in Montegiardino, das ist eine winzige Stadt in der Toskana, und wenn du magst, dann solltest du sie aufsuchen. Ich habe heute Morgen mit Don Vincenzo gesprochen. Ich wollte dir den Namen eigentlich nicht verraten, aber er meinte, es sei in Ordnung. Er hat mich gefragt, ob er sie vorwarnen solle – aber ich habe ihm gesagt, es sei sicher besser, wenn du erst mal für dich entscheidest, ob du sie treffen willst – und dann wird sich alles finden.* Ich habe die Mutter Oberin umarmt, richtiggehend an mich gedrückt, ich war so glücklich, so beeindruckt von ihrer Klugheit und von ihren guten Gedanken, es war wie ein Wunder. Und ich habe es so gemacht, wie sie es mir empfohlen hat. Ich habe mich erst mal in mich zurückgezogen und sehr lange über all das nachgedacht. Ich wollte vermeiden, mein ganzes Leben, das ja bis dahin sehr gut verlaufen war, an das Schicksal der Frau zu knüpfen, die mich damals weggegeben hat. Ich wollte erst mal schauen, ob ich auf eigenen Beinen stehen kann. Ich bin aus dem Kloster ausgezogen und nach Florenz gegangen. Das war so ein Schock: all dieses laute Leben zu sehen und die Straßen voller Menschen und all diese merkwürdigen Sehnsüchte. Es ging nur um Geld und Konsum und um lauter schöne Dinge – oder was die Menschen eben schön fanden. Ich hatte mir bis dahin nie um Schuhe oder Handtaschen Gedanken gemacht, nur um die Katzen im Kloster und um das Essen des nächsten Tages oder um eine Nonne, die krank geworden war. Und auf einmal zählten ganz andere Dinge wie Macht und Einfluss – oder ich traf

Menschen, die pausenlos auf ihr Handy starrten und die sich darum rissen, den ganzen Tag zu verplanen mit irgendwelchen sinnlosen Terminen, um sich vorzumachen, stets etwas zu tun zu haben. Es war so merkwürdig. Aber nach und nach kam ich in dieser Welt an, ich mochte meine neue Freiheit, ich konnte so lange schlafen, wie ich wollte, ich fand schnell Freunde, wir feierten, ich lernte auch Jungs kennen, das war sehr aufregend, ich war ja vorher nur auf einer Mädchenschule gewesen. Na, es war jedenfalls eine völlig andere Welt. Ich habe mein Studium in Rekordzeit durchgezogen, aber ich wusste, dass ich nicht in der Stadt bleiben konnte – oder besser: bleiben wollte. Ich wollte eine Mischung aus meinem Leben im Kloster und meinem Leben in der normalen Welt. Obwohl *normal* in diesem Zusammenhang ein komisches Wort ist – was ist an dieser Welt schon normal? Na ja, ich habe mich immer sehr für Landwirtschaft und besonders den Weinbau interessiert – auch im Kloster hatten wir einen kleinen Weinberg, und die Nonnen haben mir gezeigt, wie man Wein keltert. Ich habe mich dann entschieden, den Weg zu gehen, vor dem ich mich so lange gefürchtet habe: den zurück zu meinen Wurzeln. Ich wollte endlich meine Mutter finden. Und meinen Vater. Denn über ihn wusste ich gar nichts. War er wirklich ein so schlechter Mensch, wie der Pater es der Mutter Oberin gesagt hatte? Ich wollte aber nicht nach Montegiardino kommen und mich einfach vor ihre Tür stellen und ihr ganzes Leben durcheinanderwirbeln. Ich wollte es verbinden mit einem Lebensziel. Deshalb habe ich mir einen Winzer gesucht – und nach kurzen Recherchen habe ich gesehen, dass es nur einen ernst zu nehmenden Betrieb hier in der Region gibt, und so habe ich mich bei Tommaso beworben, und er hat mich sofort genommen und eingestellt – und ich fand es so toll, hier zu sein.«

Ihre Stimme war noch ruhiger geworden, sie hatte noch einmal zu ihrem Glas gegriffen, das Luca wieder gefüllt hatte. Beim Trinken hatte sie sich umgesehen, auf diesem Hochplateau mit dem wunderbaren Ausblick, als könnte sie es immer noch nicht fassen, wirklich hier zu sein.

»Hätte ich gewusst, was dann passiert ...« Sie ließ die Worte in der Luft hängen, doch dann schüttelte sie den Kopf. »Nein, das stimmt nicht, ich ...«, sie zögerte, doch dann überwand sie ihre Angst, »ich wäre auf jeden Fall gekommen. Ich habe vorhin mit der Mutter Oberin telefoniert, Commissario, ich musste ihr alles erzählen. Als ich fertig war, hat sie mich beruhigt. Sie hat gesagt, dass es nicht meine Schuld gewesen sei, es sei das Schicksal dieser zwei Menschen gewesen, meiner Mutter und meines Vaters – und ich ... Ich könne nicht schuld sein, ich sei da einfach nur hineingeraten. Ihre Worte waren so überzeugend, dass ich mich komplett darauf eingelassen habe – und nur deshalb kann ich Ihnen gegenüber nun davon so offen erzählen.«

Luca hatte sie während der ganzen Rede angesehen, er hatte keine Sekunde den Blick abgewendet, nicht mal, als er ihr nachgeschenkt hatte. Er war so gebannt gewesen, so fasziniert von dieser jungen Frau, die so nah bei sich und ihren Gefühlen war, und er hatte sich unwillkürlich gewünscht, dass Emma eines Tages so sein würde – dass er allein seiner Tochter das geben konnte, was die Nonnen Franca gegeben hatten. Er ergriff ihre Hand, es war nicht merkwürdig, nein, sie war ihm sehr nah in diesem Moment, sie schien genauso so fühlen. Sie lächelte ihn an, wie eine Tochter ihren Vater anlächelt, und dann sagte er leise: »Danke für Ihre Offenbarung, Signorina, ich weiß, wie schwer es sein muss, dass alles nun so verlaufen ist, aber ... Nun ja, wir werden sehen, was ich für Ihre Mutter tun kann.«

»Aber, Commissario«, sagte sie leise und irgendwie fragend, »etwas in der Geschichte stimmt noch nicht, ich ... Ich bin mir nicht sicher, aber ...«

Luca ließ ihr einige Sekunden, doch als sie nicht weitersprach, sagte er:

»Sie sind sich nicht sicher, ob Mario Riccione ihr Vater war?«

Sie nickte und sah ihn mit zusammengekniffenen Augen fragend an, so als fürchtete sie die Antwort ein wenig.

»Ihr Gefühl trügt Sie nicht, Signorina, wie bei so vielem. Er war nicht Ihr Vater. Ich bin mir sogar sicher, dass diese Erkenntnis dazu beigetragen hat, dass er die Kontrolle verloren hat damals, als er Ihre Mutter verprügelt hat – und heute, als es zu diesem Streit mit tödlichem Ausgang gekommen ist. Damals war es sicher nur eine Vermutung. Ich denke, er wusste sehr lange nicht mal, dass Ihre Mutter schwanger war, und als er es erfuhr, hatte sie sich ja schon dazu entschieden, Sie wegzugeben und sich von ihm loszusagen. Über die Jahre und gerade, als Sie wiederkamen, muss in ihm die Gewissheit gereift sein, dass er nicht Ihr Vater war – und vielleicht auch eine Ahnung, wer es stattdessen ist.«

»Und wer ist es? Wer ist mein Vater?«

»Das ist ein wohlgehütetes Geheimnis – und ich denke, dass es auch ein solches bleiben muss. Zumindest für die Öffentlichkeit. Aber nicht für Sie.« Luca wandte sich um in Richtung seines Wagens, den er ein gutes Stück bergabwärts geparkt hatte. Man konnte nicht sehen, ob jemand darin saß. Er hob die Hand und winkte. Die Tür öffnete sich, und der Mann, der unverwechselbar war mit seinem dicken Bauch unter der schwarzen Soutane und seinem leicht schwankenden Gang, der heute aber viel zielstrebiger wirkte, kam zügig auf sein Ziel zu, das er so lange gemieden hatte, obwohl die Sehnsucht so groß gewesen war. Sein Blick verriet immer noch Angst, Angst vor Zurückweisung, vor dem Schock, vor der Strafe, doch als er näher kam, sah Luca, wie sich die Überraschung im Blick der jungen Frau in ein Lächeln verwandelte, in regelrechte Freude. Sie sah den Pater an, dann Luca, und dann schüttelte sie den Kopf und sagte lachend zum Commissario: »Das ist jetzt nicht Ihr Ernst, oder? Ich komm aus 'nem Kloster, um zu erfahren, dass mein Vater der Priester ist?«

»Ich fürchte«, erwiderte Luca und erwiderte ihr Lachen, »so ist es. Haargenau so, Signorina.«

Sie erhob sich aus ihrem Stuhl und ging auf den dicken Priester zu, und bevor der etwas sagen konnte, schloss sie ihn in ihre Arme. Er war fast einen Kopf kleiner als sie, und sie sahen nebeneinander wirklich ein wenig kurios aus, dieses große Mädchen und dieser kleine Mann, den sie wegen seines Umfangs dennoch nicht umfassen konnte. Aber ihre Herzlichkeit und seine Erleichterung waren so rührend, dass Luca fast die Tränen kamen. Als er nach oben sah, erblickte er hinter dem Fenster Tommaso und seine Frau, die beide ihrer Rührung angesichts dieser Szene freien Lauf ließen.

»Kommen Sie, Don Vincenzo«, sagte Luca und bat die beiden wieder an den Tisch, »setzen Sie sich.«

Er schob dem Priester sein eigenes Glas hin, und der trank es fast in einem Zug aus.

»Das tut gut«, sagte er. »Obwohl mir nach der Aufregung ein Glas Wein lieber gewesen wäre, schließlich sind wir hier doch direkt an der Quelle.«

Die junge Frau griff nach der Hand des Priesters, ihres Vaters, und drückte sie fest. »Wir werden bald Wein trinken«, sagte sie, »wir haben ja schließlich etwas zu feiern. Aber erst mal, Commissario«, sie sah Luca an, »möchte ich wissen: Wie sind Sie darauf gekommen?«

»Es war ein Prozess«, entgegnete er, »Ich habe mich gefragt, wie es wohl dazu kam, dass Sie in ein Kloster gegeben wurden – und nicht in eine Einrichtung der öffentlichen Hand, die auf die Versorgung von kleinen Kindern ausgerichtet ist. Na ja, das war der Beginn meiner Gedankengänge – und dann habe ich mich daran erinnert, wie Mario wütend aus der Kirche stürmte, vor wenigen Tagen erst, und ich habe mich an die Arbeitsstelle Ihrer Mutter erinnert, Signorina.«

»Ich …«, der Priester klang heiser, als brauchte seine Stimme noch Zeit, die Wörter zu formen, »ich habe damals keinen anderen Ausweg gewusst – und ich kannte Schwester Christina sehr gut. Wir waren zusammen in Frankreich gewesen, als der Papst Lourdes besuchte, damals hatten wir uns angefreundet. Ich …«, er wies auf seinen Bauch, »ich sah damals noch ganz anders aus, jung und rank und schlank, wenn du verstehst …« Tochter und Vater lachten sich an. »Na ja, jedenfalls hat sie nach einem Tag Bedenkzeit eingewilligt, dich aufzunehmen. Es hat mich sehr beruhigt, dich in Sicherheit zu wissen, nicht nur vor demjenigen, der dachte, dein Vater zu sein. Deine Mamma und ich, wir hatten große Sorge, dass alles auffliegt und dass du deshalb gebrandmarkt sein könntest, so wie wir sicher aus der Gemeinschaft ausgestoßen worden wären.«

»Wie ist denn das alles passiert?«, fragte Franca und nahm Luca damit die Worte aus dem Mund.

»Ich war ein junger Pfarrer, und deine Mamma, na ja, sie hat ab und zu bei mir gearbeitet, meine Wäsche gemacht, für mich die Einkäufe erledigt und ab und an gekocht – und ich … Nun ja, ich war schon immer ein Mann Gottes, aber ich habe lange nicht so recht verstanden, warum ich *nur* ein Mann Gottes sein sollte – ich dachte, Gott liebt mich auch, wenn ich noch jemand anderes lieben würde. Diese Sache mit dem Zölibat«, er zuckte die Schultern, »deine Mutter war und ist nun mal sehr hübsch, und sie … Nun ja, sie hatte diese schlimme Beziehung, in der sie nicht gut behandelt wurde – und als sie wieder einmal Zuflucht bei mir gesucht hat, ist es passiert. Wir sind uns nahegekommen, nun ja, sehr, sehr nah, und dabei bist du entstanden. Es war wie ein Wink Gottes, wie das Schicksal, ich weiß nicht … Als sie es mir gesagt hat, da war es, als würde mir der Himmel auf den Kopf fallen, ich habe alles infrage gestellt, ich wusste nicht, wie es weitergehen sollte. Aber sie war auch voller Sorge, deine Mamma, sie wusste, dass es niemals rauskommen durfte, sie hatte sehr große Angst vor Mario – und deshalb bat sie mich, für dich zu sorgen.«

»Und dann habt ihr erst mich in das Kloster geschickt ...«

»... und dann deine Mamma in Sicherheit gebracht. Das war auch die Rettung für mich. Ich war zu diesem Zeitpunkt schon unsterblich in deine Mutter verliebt – und wäre sie hier in meiner Nähe geblieben, hätte ich dieses Amt nicht weiter ausüben können. Aber weil sie erst einmal wegzog für viele Jahre, konnte ich hier weitermachen. Wir sind dennoch die ganze Zeit in Kontakt geblieben. Ich habe mich stets im Kloster nach dir erkundigt, einmal im Monat sicherlich, und wusste also, dass es dir gut geht, sehr gut sogar – und das habe ich dann immer deiner Mutter gesagt. Wir waren dir also ganz nah, die ganze Zeit, dein ganzes Leben lang.«

Don Vincenzo sah Luca besorgt an. »Wissen Sie, meine Verbindung zu Gabriela ist nie abgebrochen. Seit sie wieder hergezogen ist, sind wir eng befreundet, auch wenn es seither keine körperliche Beziehung mehr zwischen uns gibt. Aber ich will nun natürlich unbedingt verhindern, dass sie ins Gefängnis kommt. Es war ja ... Nun ja, es war doch keine Absicht. Können Sie nicht etwas für sie tun, Commissario?«

»Wie vorhin schon gesagt: Das Gericht wird es entscheiden. Natürlich werden dabei die Angriffe von Signore Riccione eine Rolle spielen, und es wird sicherlich erwogen, ob es Notwehr war – auch wenn ein Hammerschlag auf den Kopf nicht gleich an Notwehr denken lässt. Sei's drum – ich glaube nicht, dass sie Ihre Mamma wegen Mordes verurteilen werden. Ich werde in meiner Aussage jedenfalls sehr klar sein. Aber nun ...«, Luca stand auf, »lasse ich Sie beide allein. Sie haben sich sicher viel zu erzählen. Einen guten Nachmittag, Franca. Don Vincenzo?«

Er wandte sich um, doch die junge Frau war aufgestanden und streckte ihm ihre Hand hin.

»Commissario? Haben Sie vielen Dank.«

36

»Was hast du jetzt vor?«, fragte Emma, als er endlich wieder an ihrem alten Esstisch saß, ein einziges langes Stück Holz, das von Giulias Familie stammte und ihn, immer wenn er seine Hände darauf stützte, an sie erinnerte.

»Ich habe keine Ahnung, *cara*«, sagte er zärtlich.

»Papa? Du magst die doch so gerne, die Chiara. Nun geh schon zu ihr – und erklär ihr das. Ich meine, Aurora hat doch im Gästezimmer geschlafen und … Na ja, also, viel besser als Sergio und Augusto seid ihr Erwachsenen auch nicht.«

Luca beugte sich über den Tisch und griff nach ihrer Hand.

»Weißt du, dass du ein sehr, sehr kluges und damit manchmal nervtötendes Mädchen bist?«

»Gestatten? Emma die Schreckliche«, sagte sie und grinste.

»Wie recht du hast«, erwiderte Luca lachend. »Pass auf, willst du mir helfen?«

Seine Tochter nickte, ihr kleiner blonder Kopf wippte auf und ab.

»Gut, dann nimm das hier und geh schon mal nach draußen, und ich mache hier noch etwas fertig.«

Sie lief sofort hinaus, während er sich an den Herd stellte und zwanzig Minuten herumwerkelte. Dann nickte er zufrieden, nahm das Glas und die anderen Dinge, die er besorgt hatte, stellte alles in einen Korb und ging hinaus. Als er Emma und ihr Haustier sah, fing er lauthals an zu lachen. Es war einfach zu komisch – und zu süß.

Sie hielt Silvio an einer sehr langen Leine, und er ließ sich das – genüsslich im Heutrog kauend – ohne Murren gefallen.

»Ich danke dir, meine schreckliche Emma«, sagte er, immer noch lachend, und sie überreichte ihm die Leine.

»Nun denn, Herr Papa, ich wünsche dir Glück bei deiner Mission«, erwiderte sie. Und das konnte er wirklich gebrauchen. Denn ihm war gar nicht recht wohl. Die Situation heute Morgen war schlimm gewesen – und er mochte die Dottoressa zu sehr, um … Nein, jetzt war nicht der Moment, die schlimmen Gedanken zu Ende zu denken.

»Komm, Silvio, wir haben einen langen Weg vor uns.«

Der Esel hatte die Decke umgebunden, die den Schweiß auffangen sollte, damit er sich nicht wieder verkühlte. Jetzt sah er aus wie ein peruanisches Maultier – und Luca, in einem Holzfällerhemd und kurzen Shorts, wirkte neben ihm wie sein peruanischer Züchter. Sie gingen den Berg hinab, es schien dem Esel richtig zu gefallen. Luca musste sogar einen Gang zulegen, weil Silvio in Trab verfiel, beinahe hätte das Tier den Menschen überholt. Der Korb auf dem Rücken des Esels hüpfte auf und ab, Gott sei Dank hatte er sich nicht für ein dekoratives Picknick entschieden.

Der Korb enthielt nur einfache Speisen. Montegiardinos Spezialitäten, so ließe es sich wohl am besten zusammenfassen. Tommasos Weißwein aus dem Jahr 2020, einsamer Spitzenreiter in puncto Frische und Würze. Daneben ein Glas von Lucas eingekochtem Sugo aus vollreifen Flaschentomaten, nur mit ein bisschen Salz, Pfeffer, reichlich Olivenöl und frischem Oregano verfeinert und so lange gekocht, bis die Tomaten eine einzige sonnige Masse waren. Dazu hatte Luca vorhin ganz frisches Ciabatta besorgt und von Albertos Tochter eine gebeizte Lachsforelle geholt, purer roter Fisch, der so gut duftete, dass es schon eine Tortur war, den Korb in Reichweite zu haben und nicht sofort Rast machen zu dürfen. Aber sein Ziel war klar, und so hielt er erst eine Stunde später vor der Arztpraxis, die im hinteren Teil von Chiaras Wohnhaus untergebracht war. Er stand erst eine Weile herum, sodass Silvio ihn verdutzt anzuschauen schien. »Ist ja gut, ich mach ja schon«, sagte Luca. Dann wagte er es und drückte die Klingel. Er hegte die leise Hoffnung, dass sie nicht zu Hause war. Er hasste Konflikte – und hatte in den letzten Tagen zu viele lösen müssen. Aber jetzt ging es um was. Um richtig was.

Als er Schritte hinter der Tür hörte, schloss er kurz die Augen. Und atmete tief durch. Dann ging die Tür auf, und er sah ihren Blick, erst überrascht, dann vorwurfsvoll, dann, als sie den Esel sah, wieder überrascht.

Luca nahm all seinen Mut zusammen und sagte:

»Du hast ja vorhin sehr deutlich gemacht, was du von der Situation hältst«, sagte er und konnte nicht verhindern, dass er immer nervöser wurde, je mehr Worte er sprach, aber dann brachte er es hervor: »Ich weiß, Männer mit Uniformen sind nicht deins, aber … Na ja, vielleicht magst du ja einen Mann mit Esel – ich …«

Während er verlegen nach Worten kramte, sah er, wie sich ihr Mund zu einem Lächeln verzog, und schließlich konnte auch er nicht mehr anders und lachte laut und sehr erleichtert los.

Paolo Riva
Commissario Luca
FLÜSSIGES GOLD
Bella-Italia-Krimi
304 Seiten, Klappenbroschur
ISBN 978-3-455-01329-0
Hoffmann und Campe Verlag

Wunderschöne Olivenhaine, mörderische Abgründe

Commissario Luca hat seinen Job in Venedig an den Nagel gehängt und arbeitet nun im größtmöglichen Idyll: Montegiardino, ein Städtchen, das sich am Flusslauf des Arno in die sanften Hänge der Toskana schmiegt. Hier herrscht das Dolce Vita und den Höhepunkt von Lucas Polizistenleben bildet der gelegentliche Auffahrunfall vor der Grundschule. Da wird an einem trubeligen Markttag mitten auf der zentralen Piazza eine Olivenbäuerin angeschossen. Luca will nicht glauben, dass es die braven Bürger von Montegiardino aufeinander abgesehen haben. Hat die Mafia ihre Finger im Spiel? Als weitere Schüsse fallen, beginnt Luca, das vermeintliche Idyll mit anderen Augen zu sehen.

»Ein Wohlfühlkrimi für alle, die gerade ein
Stück Urlaub zum Lesen brauchen.«
kulturnews